千寻文化

Qianxun-Culture

—图书·影视—

朋友是校草 3

PENGYOU
SHI
XIAOCAO

花浅夏 著

百花洲文艺出版社
BAIHUAZHOU LITERATURE AND ART PRESS

图书在版编目（CIP）数据

朋友是校草. 3 / 花浅夏著. --南昌：百花洲文艺出版社，2019.12

ISBN 978-7-5500-3454-9

Ⅰ. ①朋… Ⅱ. ①花… Ⅲ. ①长篇小说-中国-当代 Ⅳ. ①I247.5

中国版本图书馆CIP数据核字（2019）第253719号

朋友是校草. 3

花浅夏 著

责任编辑	郝玮刚
特约编辑	何 易
封面设计	桃 桃
出版发行	百花洲文艺出版社
社 址	南昌市红谷滩新区世贸路898号博能中心A座20楼
邮 编	330038
经 销	全国新华书店
印 刷	长沙鸿发印务实业有限公司
开 本	880mm×1230mm 1/32 印张 9.5
版 次	2020年2月第1版第1次印刷
字 数	281千字
书 号	ISBN 978-7-5500-3454-9
定 价	39.80元

赣版权登字： 05-2019-320

网址 http://www.bhzwy.com

图书若有印装错误，影响阅读，可向承印厂联系调换。

目录

◦ *Contents* ◦

目录

Contents

第一章 谜一样的身份

美国，纽约。

曼哈顿是富人们钟情的地方，而由第五大道向东、列克星敦大道向西这一片区域，则是纽约最昂贵也是最受欢迎的住宅聚集地，被称为纽约的“黄金海岸”。

在一座如城堡般的大别墅内，在满了爬山虎和玫瑰花的温室花园中，一个黑发的妙龄少女戴着耳机，坐在秋千上差不多有一个小时了。

在她身后，还坐着一位头发花白却体态稳健，穿着中山装，一脸严肃的老者。他留有一圈厚重的络腮胡，下巴的部分胡子更长一些，以至于他的手总是不时地往那长须抚去。这样看，他更像是一位已经得道的仙者。而此刻，他正在听面前站着的人做汇报。

他们都是移民到海外的华人，已经在这里繁衍后代了。

“所以，杉这是第四次无视了你所发的邮件？”老者在听完汇报后，有些不高兴地开口问。

“是，他一直没有给我任何回复。上次小姐接受治疗时又哭又闹，让他回来，他也没有回。”

老者沉默了一阵，转头对坐在他身旁的另一个人淡淡地道：“钰，你那边呢？交代那孩子办的事，他办得怎么样了？”

被他称作“钰”的那个男子有着一头又长又直的头发。他喜欢把头发简单地扎在脑后，这就更突显了他独特的艺术气质。

他就是纪羽寒的生父——南宫钰。

对于他们的谈话，坐在秋千上的少女是听不见的。她整个人都沉浸在耳机里播放的轻音乐中，那是她的私人医生专门为她收集录制的，说是听了能让人心情平静，不易冲动。

“茜，你该吃药了。”

这时有人取下了她头上戴着的耳机，再将一颗药轻轻地放在了她的掌心。

“谢谢你，叶医生。”她礼貌地回了一句，然后将那药放进自己嘴里。

叶盛伦又将一杯温水递给了她，她双手捧起杯子大口大口地喝着，许是动作太急，便有一些水从嘴角流了出来。

“都说了多少次了，慢一点，没有人和你抢水喝！”叶盛伦急道。

她笑了笑，然后将水杯递给了他。

“小茜，能到爷爷这儿来吗？爷爷要和你说一件事。”一直坐在她身后的老者见她吃完了药，就朝她喊了一句。他就是当今南宫家最年长，也是最具权威的当家人——南宫龙。

“叶医生，麻烦你扶一下我。”

少女听见爷爷在叫，便让私人医生过来搀扶她。

她叫南宫茜，自小患有眼疾，自八岁起就看不见东西。一开始，她只是一只眼出现视物模糊，后来另一只眼也出现了同样的症状。现在，她的双眼在视物的时候，看到的一切就好像被打了马赛克。

叶盛伦走近她，用手轻轻圈住了她的肩膀，将她从秋千上抱了下来。

“爷爷，是有好消息要告诉我吗？”南宫茜一到老者面前就迫不及待地问。

“嗯，应该算是个好消息吧。”南宫龙摸着他的络腮胡点了点头。

“难道是杉哥哥要回来了吗？”她最喜欢她的“杉哥哥”了。

南宫龙笑道：“小茜是想杉了，对吗？”

“当然想了，我想着他回来就给我带好吃的呢！”她不小心把这个“秘密”说漏了嘴。

果然，南宫龙一听，脸色骤冷，拧起了两道白眉，并严厉又苛责地扫了叶盛伦一眼，问：“阿伦，你有让她随便吃东西？”

叶盛伦赶紧摇了摇头，回道：“没，我一直很仔细地盯着小茜，杉每次带来的东西，其实都是给我吃的，小茜只是在旁边嘴馋而已。”

南宫龙终于微微松了口气，道：“那就好，我就怕杉会忍不住给她分一些。你要知道，小茜的饮食必须严格按照斯蒂芬博士制订的计划来，不能出一点差错。”

“我知道的。”叶盛伦点着头。

南宫茜知道是自己说错了话，才害得叶盛伦被爷爷指责了，于是她偷偷捏了捏他的手臂，以表歉意。叶盛伦回了她一个“没关系”的眼神，还轻轻地将她的手从他的臂弯上拉了下来。

“爷爷，快说是什么好消息？”南宫茜催促着，试图将话题拉回来。

南宫龙朝南宫钰看了一眼，南宫钰立刻明白，便替父亲回答了自己女儿的话：“我们打算送你去澳洲，斯蒂芬博士在那儿建了一个研究所，里面有和你一样的病人，在那儿你可以和他们多多交流。”

去澳洲？

这是南宫茜怎么也想象不到的事，就连站在一旁的叶盛伦都微微皱了皱眉。

“阿伦。”南宫龙转向叶盛伦，道，“你先送小茜回房，一会儿再过来，我还有事要单独和你谈。”

“好的。”叶盛伦再次点头，随后就扶着南宫茜慢慢地走回她的房间去了。

书房的会客室里，南宫龙和叶盛伦面对面坐着。这一次，他把其他人都支开了，以便更好地和这个年轻人谈一谈心。

“阿伦，你还记得，当初你父亲是怎么进南宫家的吗？”南宫龙先用一个问题引出叶盛伦对过去的回忆。

“记得。我父亲在没出国之前，就是一个窝在贫困山区里的穷学生。是南宫家在做慈善的时候发现了他，还出钱供他读书。从初中到大学再到博士，他花的每一分钱都是南宫家的。没有南宫家，就没有他后来的成就，也没有今天的叶家。”

关于这一点，叶盛伦很清楚。就连他的母亲都受到了南宫家的照顾，一直在南宫家照顾年老体弱的大老爷南宫毅。后来南宫毅过世了，他母亲又成为二老爷南宫龙的私人护理员，享受的是别人羡慕到眼红的高薪。

南宫龙的身体比他的大哥南宫毅要硬朗得多，所以母亲现在的工作十分轻松。但不幸的事却发生在南宫龙唯一的孙女南宫茜身上，原本健健康康的她患上了一种罕见的病——视神经脊髓炎，简称 NMO。

也因为这样，叶盛伦这一生都被绑在了南宫家，成为南宫茜的私人医生兼陪护。

“很好，我希望你能一直清楚自己的立场，而我对你的信任和对你父亲的是一样的。等小茜和杉结了婚，我会给你安排一门好的婚事，再送你一套位于曼哈顿的房子，怎么也不会亏待你的。”

南宫龙一边说一边观察着叶盛伦，这个年轻人有着精湛的医术和超乎常人的耐心，从小就将南宫茜照顾得很好。可惜他的条件再好，在南宫家也永远只是一个用人的儿子，永远都不可能高攀上他们。

叶盛伦听后只是微笑：“谢谢老爷对盛伦的厚爱，盛伦绝不会辜负您的期待。不知老爷是有什么事情要交代吗？盛伦一定会努力做好的。”

南宫龙从抽屉里翻出一张照片，是个女孩子的，然后对着叶盛伦道：“到澳洲后，你一定会遇到这个女孩。她叫花浅夏，也就是杉心里的那个人……”

周六清晨，悉尼忽然下起了绵绵的细雨。花浅夏推开窗，评估了一下外面的天气，毅然决定坚持出去晨跑。

下周三就是校运会了，所以，不努力不行。

和她一起晨跑的还有她的好闺密水云菲，两人在同一个大学里读书，虽然专业不同，但同时报名参加了校运会。这是花浅夏在毕业前最后一次参加校运会了。

她们一路朝着学校的方向慢慢跑去。此刻，静谧的大学校园如仙境般呈现在丝薄的雨幕中，别有一番独特的缥缈景象。

“哎，浅夏，你看那篮球场上的人是谁？”突然，水云菲伸手朝前方指了一下。

顺着她所指的方向看去，花浅夏发现了一个穿着红色球衣的身影，那人背后醒目的18号数字就好像一把开启回忆大门的钥匙，让她不由得想起了一个人来。

“寒？”她下意识就将那名字说了出来，转念又想起那人不可能是他。

“原来是小奕……”她轻叹道。

“我的天，他的腿不是断了吗？怎么还在这儿打篮球啊！”水云菲看清是他后，忍不住惊叫。

正在打球的奕广寒似乎听到了身后的动静，回过头便看到了她们。然后，他将篮球夹在怀中，再一跳一跳地朝那供人休息的长椅走了过去。

“你们怎么来了？下雨天还出来跑步啊？”

才几日不见，奕广寒原本干净的脸上就长出了胡子，在下巴处淡淡地环了一圈，别有一番成熟男人的韵味，狂野又不失性感。

“你不也一样，不但冒着雨，还瘸着一条腿来。怎么，你不会是报名参加了篮球比赛吧？”水云菲上下打量着他，白色的夹板和绷带都还缠在他断了的腿上，都这样了跑出来，真心牛！

“小奕，你出来，你的经纪人都不制止吗？”花浅夏也皱着眉问他。

奕广寒笑了笑，坐在长椅上打开了自己带来的水，喝了一口，这才回道：“我出门时，他还在睡梦中呢。”

"你真是……怎么就不能让你的经纪人省点心呢？这也是作为人气偶像的基本素质吧？别又像……"花浅夏话说了一半，想到什么，止住了。

"又像什么？"

但是，奕广寒依然固执地想让她将没说完的话继续下去。

花浅夏咬着唇，没有回答。

还好水云菲适时地开口缓解了尴尬的气氛，她抬头看了看头顶的天空，道："雨好像变大了，我们要不要找个地方避一避？"

于是，三人就在学校附近找了一家早餐店坐下，边吃边聊，直到雨渐渐停了。

就在他们起身结账，打算返回住所的时候，一个穿着褐色中山装、扎着长发的中年男子迎面走了过来。男人身后还跟着一个同样穿着中山装，戴着一副斯文的金边眼镜的气质青年。

花浅夏有些疑惑地皱了皱眉，他们的装束不由得让她想起了当年在皇甫杉母亲的葬礼上，突然出现的那一行南宫家的人。不过，她并没有想太多，以为他们不过就是经过这里的路人。却没想，当她正准备和他们擦肩而过的时候，那长发男子却忽然停在了她面前。

"你……"

她还没来得及开口询问他是谁，就听那长发男子开口做了自我介绍："你好，请问你是花浅夏吗？我叫南宫钰，是纪羽寒的父亲。现在方便和你谈一下吗？"

纪羽寒的父亲？

听到这儿，她深深地吸了口气，南宫家的人终于来找她了吗？他们要干什么？

让她更震惊的是，一直跟在她身后的奕广寒突然叫了她面前的男人一声："爸？你怎么来了？"

爸？

花浅夏猛地转头看向了奕广寒。

中午，在一家环境幽雅的咖啡店的一个独立小包厢内，四个人面对面地坐着，他们分别是花浅夏、奕广寒、南宫钰和那个戴眼镜的青年。

"浅夏，或许我们应该早一些见面才对，没想这一拖就拖了那么多年……"南宫钰最先开口。

作为纪羽寒的父亲，他刚刚认回儿子，还没来得及享受这种失而复得的欢乐，儿子就发生了那样的意外，这实在是一件让人痛心的事。可是，刚刚奕广寒叫他的那一声"爸"，却不得不让花浅夏再次怀疑他的真实身份。

奕广寒，会是纪羽寒吗？

花浅夏转头看了一眼奕广寒。他的侧面确实和纪羽寒有七八分像。可如果他真的是纪羽寒，那他为什么不直接和她说明一切？而且他为什么要改名字，为什么换了张脸，又为什么装作不记得他当年离开时的承诺？

与此同时，南宫钰的视线不停地在花浅夏和自己的儿子间来回扫视，又和坐在他身旁的青年点了点头，似乎在暗示着什么。

大家都很默契地沉默了一会儿。随后，南宫钰正色道："不过浅夏，我们今天来找你，并不是为了寒的事，而是为了另一个人，也就是我的侄女、皇甫杉的未婚妻——南宫茜。"

他的话才讲完，花浅夏就觉得自己的心像是被人用什么锋利的东西狠狠地刺了一下。

除了纪羽寒过世的事，她最近一次心痛就是在上一次皇甫老爷子打来一个越洋电话时，因为那次她差点和皇甫杉再次错过。

而这一次，却是南宫家的人亲自来找她了，并且还向她抛出了一个重磅炸弹。

可是皇甫杉不是说他和那女孩并没有真正订婚吗？那么，南宫家现在是在吓唬她？

“我先介绍一下我身边的这位叶盛伦，他是我们南宫家的私人医生，也是小茜的专职陪护。接下来的事，就由他来和你详细说吧。”

这一番话更是让花浅夏莫名其妙，为什么南宫钰会让自家的私人医生和她谈话？而且,那私人医生还是那个女孩的专职陪护。

她正疑惑着，那个叫叶盛伦的私人医生已经彬彬有礼地对她伸出了手，道：“你好，其实我们今天来就是想让你了解一下，我们家南宫茜是一个怎样的女孩……”

说着，叶盛伦就将随身携带的病历资料从文件袋内取出，并逐一摊开在众人面前。

“你们听说过一种叫视神经脊髓炎的病吗？那是一种极其罕见的病，而小茜她患的，就是这种病……

“视神经脊髓炎，是以视神经和脊髓病变为主的脱髓鞘病变，其症状主要表现为：单眼或双眼失明，并还可能会伴有运动障碍、膀胱直肠功能障碍等一系列症状。

“小茜是在八岁的时候被发现患有此病的，本来还能看到色彩斑斓的世界的她，某一天突然就发现自己看东西总是有什么挡在眼前。没过多久，那被挡住的部分就慢慢变大，最终就只剩下光感。

“好在小茜的病发现得早，经过及时治疗，她那只剩光感的视野慢慢地恢复了一些色彩，但是她也只能看到大致的颜色，还是看不清真实的物体。

“小茜很坚强，这一点离不开杉对她的鼓励。同时还有一个信念在支撑她，那就是她一直坚信，终有一天她会嫁给他。”叶盛伦顿了一下，又继续道，“而且她不能受到一点刺激，否则很容易加重她的病情。并且，这种病女性比男性更容易复发，越是频繁复发，病情就越严重。在五年内，她的生存率会下降到只有百分之六十八，其中更有三分之一的患者是死于呼吸衰竭……”

复发、呼吸衰竭、死？

花浅夏从来没有想过，那个女孩竟有这样不幸的命运。

后来她都不知道自己是如何从咖啡厅里走出来的，而原本已经放晴的天又下起了雨。雨很大，打在人身上还阵阵地疼，可她却好像完全没感觉。

“下雨了，我们还是去躲躲吧。”跟在她身后的人道。

那人将自己的外套脱下来，双手一撑，便在她头顶撑出了一块遮风挡雨的檐。

“小奕？”她愣愣地回过头，这才发现他跟着她。

奕广寒的视线扫了一圈四周，道：“那儿有个地方躲雨，我们到那里去。”

说罢，他腾出一只手去拉着她，拖着他那只还上着夹板的脚，一跳一跳地向前走去。

她下意识地朝他脚下看了一眼，只见那缠着夹板的绷带已经被雨水打湿了，可他却没有露出一丝难受的神情。

看到这样的他，她不由得想起了他的经纪人郭星说过的话：他和纪羽寒一样，总喜欢逞强。

一个断了肋骨还坚持去比赛，一个断了腿还坚持陪她在雨中行走。

她实在忍不住问他："小奕，你和南宫家究竟是什么关系？你为什么会叫南宫钰'爸爸'？你是奕广寒，还是纪羽寒？"

奕广寒的面上有一丝轻微的波澜，但他还是否认了她的猜疑："浅夏姐，纪羽寒不是已经死了吗，你怎么会认为我是他呢？"

花浅夏心中又是一痛，感觉自己揭开了自己的旧伤疤。可就在她打算继续追问的时候，一阵急促的音乐声从她衣服的口袋里传了出来。

"你手机响了。"像是怕她没听见，奕广寒还主动提醒了她。

她沉着脸，目光却直直盯着他的眼睛。他被她看得有些心虚，干脆替她把手机掏出来，一垂眼就看到上面的来电显示：杉。

"他的电话……"

他将手机朝她递了过去，可她看都不看那手机一眼，只将注意力放在他身上。

"小奕，那我再问你另外一个问题。你的房间里为什么会有大白的画稿？你以前有没有去过香港？"

这个疑惑藏在她心中已经很久了，只是一直没有找到合适的机会问他。

奕广寒却帮她接起了电话，并对着电话那头的人开口道："喂，杉学长？抱歉，我是奕广寒，我们现在在外面避雨。好，我发个定位给你，你过来接她吧……什么，你已经在外面了？"

听到这儿，奕广寒忙不迭地在四周来回扫视，终于在前方街角的十字路口看到了那一抹身材高大、撑着伞走来的男子的身影。

花浅夏也随之看了过去，皇甫杉不知是什么时候到的，神情看起来不太好。

"我还有事，先回去了。"奕广寒没等那个人走近，只匆匆留下一句话就转身走了。

“花花，你怎么在外面待了这么久？”皇甫杉几步走到她面前，眉头微皱，十分担心地看了看她。

“我……”

她一时竟不知道该不该跟他说真话，因为在南宫家的人要求与她单独谈话的时候，她便让水云菲自行回去，并让水云菲转告他说，她是和导师做临时任务去了。

没等到回答，皇甫杉有些警惕地眯了眯眼，继续道：“花花，看来你是和我分开太久，竟忘了我曾经在你的手机上安装过跟踪器。而且，我也给你的导师打过电话，他说并没有给你指派什么临时任务……”

这下，花浅夏就是想隐瞒也没有用了。而且就水云菲那点说谎的本事，他若是真这么容易被忽悠的话，那他就不是皇甫杉了。

她正准备开口坦白，忽然发现一辆黑色的轿车缓缓地驶了过来。花浅夏仔细一看，发现摇下的车窗露出的正是不久前见过的南宫钰的脸。那一瞬，她的脑海里又响起了他在她离开前说过的话——

“希望浅夏能暂时替我们保密，不要让杉知道我们在这儿了。而且小茜刚刚进入这里的研究所，在她还没有完全适应环境前，我们还不想让她和杉见面。还有，等合适的时候，我们还会再找你谈谈你和寒之间的事。”

皇甫杉正好是背对着车子站着的，所以他并没有发现身后驶过了一辆车子。

“你在想什么？”皇甫杉忽然伸手在她面前晃了一晃。

她猛地清醒过来，继而对他摇了摇头，道：“对不起，因为小奕他有事找我，所以我才让小水跟你说谎的。我这样做只是不希望你想太多，而且我以为很快就能回去的。”

她还是没有对他说南宫家的人来找她的事，不过这个解释也勉强能混过去。毕竟，他刚才也看到她和奕广寒在一起了。

皇甫杉沉默地看了她一会儿，然后将她拥入了怀中。

“我知道你很怀疑奕广寒的身份，所以我和泽商量后，一致决定让你和小水都去试探一下他。”

“试探？”她疑惑。

“对，试探。”他点头。

“怎么试？”她又问。

“我们边走边说……”

他拉着她的手，撑着伞带着她离开了。

第二天一早，花浅夏是被一个奇怪的噩梦惊醒的。她梦到了纪羽寒，还是在美国比赛时出事的场景。她惊得一头冷汗地从床上坐起，去浴室洗了个澡才冷静了一些。

为什么会突然做这个梦？梦里的感觉是那么真实，就好像她当时也在现场一样，心又像被什么东西撕扯了似的，很疼，也很绝望，而这样的感觉明明早就该过去了。

今天，她又和水云菲相约晨跑，但她却偷偷联系了昨天见过一面的南宫家的私人医生——叶盛伦。

为了不让皇甫杉知道她的行踪，她故意将手机落在了大厅的沙发上。

斯蒂芬视神经研究中心。花浅夏到的时候，叶盛伦已经在门口站着了。

这是一个占地面积足有两个足球场那么大的研究所，和她想象的一样，这里有海，有草坪，也有独立的私人庭院。环境很美，让人看了心情也舒畅，确实是一个十分适合病人疗养的地方。

叶盛伦的视线落在和花浅夏一起来的水云菲身上，忽然一指，道："你可以进来，但是她不能。"

"可她是我的朋友。"花浅夏哪里好意思让水云菲一个人在外面等她。

"那也不可以，我不能让有潜在威胁的人进来。"叶盛伦很坚持。

花浅夏有些无奈地看了水云菲一眼，要说有什么潜在的威胁，她不是更具威胁性吗？

"你进去吧，我到海边去走走。"水云菲也很无奈。

此时南宫茜正在一个洒满阳光的露台上坐着，这一次她没在听音乐，只是惬意地听着外面不时响起的海浪拍击声。

亮白的光几乎占据了她视野的大部分，往下便是淡淡又模糊的蓝。她伸出手，想要在两层颜色中添加一点肉色。

"茜，给你介绍一个新朋友。"

就在这时，一道熟悉的声音自她身后传来。她忙把头转了过去，视野中光亮的颜色忽然就变暗了。

这是花浅夏第一次见南宫茜，她的脸有点婴儿肥，眼睛很漂亮，可惜却没有太多的光彩。鼻子虽小但很挺翘，下嘴唇显得有些厚，粉粉的，好像一朵未绽放的桃花。她的年纪虽然看上去比自己还要小，却拥有一种难以言喻的成熟和冷静。

南宫茜终于适应了新的光线，然后将轮椅慢慢地朝他们转了过去。

"你好，我叫花浅夏。"花浅夏面对着她蹲了下去，先对她做了一下自我介绍。

南宫茜看到视野中一抹红色的身影一下缩短了，她礼貌地做了回应，说道："我叫南宫茜，你也是来这里接受治疗的人吗？

你多大了？”

她说话的时候，手还朝那身影的顶部伸了过去，碰到了一头柔软的秀发。她摸了摸，觉得手感实在是好。

花浅夏看了叶盛伦一眼，见他点头，她这才回道：“是，我也是住在这里的人。我比你大几岁，你可以叫我‘花姐姐’。”

“花姐姐？”南宫茜笑了，“怪不得你衣服的颜色都是红的，果然像花儿一样美丽呢。”

“你能看出我衣服的颜色？”

“嗯，能看出。对了，斯蒂芬博士给你治病有多久了？你现在是什么症状？又是什么时候发现病情的？”南宫茜似乎很活泼，对疾病的态度也很乐观，甚至还试图去安慰别人，一点富家千金的架子都没有。

花浅夏和南宫茜聊了一阵，越聊越投入，越投入就越喜欢她，也怜悯她。直到叶盛伦提醒她时间差不多了，她这才依依不舍地和南宫茜告别。

“她很坚强，如果是我得了这种病，我估计没有勇气去面对。”临走时，花浅夏对叶盛伦由衷地说。

“她八岁就患了这病，那时候的她估计也不知道什么是危险，久而久之也就习惯了。”每次叶盛伦提到南宫茜的时候，眼中似乎总闪着明亮的光。

眼看就要走到入口的大铁门了，花浅夏突然又停了下来。

“叶医生，我有一个问题想不明白。”

“什么问题？”叶盛伦也跟着停下脚步。

“你愿意让我去见小茜，就不怕我会对她说我和杉是什么关系吗？”

如果她和南宫茜说，她就是皇甫杉现在的女朋友，南宫茜会是什么反应？会吃醋，会愤怒，还是会……

叶盛伦的回答让她很意外，只听他道：“我认为，浅夏你不是一个这么残忍的人，否则，杉也不会看上你。其实，我很相信杉的眼光。”

“所以，你们是在等我主动退出吗？”

拿着南宫茜的病来对她打同情牌，这才是南宫家真正的意图吧？而且刚好也戳中了她的软肋。

“那么，你愿意退出吗？”

叶盛伦也没有回避她的提问，反而直截了当地询问她。花浅夏倒不知道该怎么回答了，于是只能保持沉默。

回到别墅的时候，皇甫杉就在沙发上坐着，应该是在等她。她的手机也被他握在手里。看到她回来，他的脸色似乎并不太好。

“你们去哪里了？从早上六点钟跑到十二点才回来，还故意不带手机出门。花花，你知道我有多担心你吗？”他冷着脸，应该是生气了。

“手机是我不小心忘了拿，但你也不用像质问犯人一样质问我吧？”也不知道是不是受了南宫家的影响，今天她的脾气很快就上来了，忍不住和他杠了起来。

“我有把你当作犯人吗？我说了我是在担心你！”

“悉尼的治安很好，你有什么好担心的？而且我去哪里也是我的自由，小水也在，我真想不通你有什么可担心的！我们在一起，需要时刻看紧对方吗？我不想过每天二十四小时都被人监视的生活！”

在一旁听着的水云菲没想到他们居然会在这时吵起来，忙伸手拉住了花浅夏的胳膊，像是在劝她不要动气。然后，她也转头去对皇甫杉解释：“我们确实是去跑步了，就是今天去的地方较远，跑到海边去了，然后又贪玩了一会儿，所以才耽误了那么长时间。以前就算没有比赛，我们周末也经常跑远的……”

“行了，小水，你不用跟他说，他反正也不信。”说罢，花浅夏甩开了水云菲的手，上前从皇甫杉手里夺回了手机，然后转身“噌噌噌”地奔上了楼。

进了自己的房间后，房门一锁，终于，她又恢复了平静。

看来她还是需要冷静一下，这两天发生的事或许太多了。她真的要好好思考一下，她和皇甫杉究竟还要不要继续走下去。

就在这时，房门口传来了两声敲门声。她以为是皇甫杉来主动求和的，所以依旧坐在床边没有出声。

“浅夏，是我。”

是安文泽，这倒让她感到有一些意外。

“放心，杉不在这儿，他也回房冷静去了。”似乎是猜到了她的顾虑，安文泽又开口说了一句。

果然，门开了。花浅夏有些疑惑地看他。可还没等她张嘴，他就将一张卡片递到了她面前。那是一张邀请卡，上面的英文翻译过来是……大学生辩论赛？

她有些不解地抬头又看了他一眼。

安文泽对她笑了笑，道：“今晚七点，在悉尼大学举办的一场辩论赛，我是其中的一个辩手。所以，我想请你们过去旁听，也算是为我加油打气吧。”

原来是这样，这似乎是安文泽第一次邀请她。邀请她的人是他的话，她当然不会拒绝。

“谢谢，我会去的。”

“你也可以叫上奕广寒，如果他能来的话……不过我想如果是你叫，他应该会来的。”说到这儿，安文泽又多给了她一张邀请卡。

这下，他的目的就显而易见了。原来，他是想借这个辩论赛将奕广寒约出来，好让她……

“我明白了，我会去叫他的。”

她答应着，可心里却有点忐忑。他们要的是奕广寒的DNA样本，比如毛发、唾液或血液。她不知道自己能不能成功，可就算成功了，她也很害怕结果并不是她所期望的。

第二章 彼此的爱

下午五点半，已经换好衣服的花浅夏主动去敲了水云菲的房门。

今晚，她们都不约而同地穿上了修身的曳地晚礼服。她的是淡紫色的，水云菲的是蓝色的。两人相视一笑。其实她们穿的是同款，只是颜色不同罢了。

两人手挽着手一起下楼，而大厅内，皇甫杉穿着一身淡紫色的西装，正侧着身靠在沙发边上，那样子似乎是在等人。

“你们是故意穿的情侣装吧？和好了？”水云菲用手肘偷偷在花浅夏身上蹭了一下。

“没有。我不知道他也有这种颜色的衣服，早知道这样，我就换另一条了。”花浅夏死也不会承认，她是无意中看到皇甫杉从房内拿出了一件淡紫色的西装，才故意选了一条淡紫色的裙子。

皇甫杉在听到楼梯上的动静后，下意识地抬头朝她们看去。

“怎么那么慢？”他竟有些不耐烦地嚷道，可视线在扫到花浅夏的时候，却忍不住在她的裙子上停留了片刻。

花浅夏被他看得脸红了，忙低下头故意不搭理他。

安文泽因为是辩手，所以早在中午的时候就出门了。皇甫杉将车子泊在门外，刚要发动，就听见一个声音在喊：“不好意思，等等我啊！”

众人循声望了过去，只见奕广寒穿了一身粉色的西装，裤子垂得笔直，完全看不出腿上夹了夹板。

“不好意思，我本来想直接去悉尼大学的，但我经纪人的车在半路上爆胎了，正好离你们这儿很近，所以，麻烦你们载我一程好吗？”

本来奕广寒就是花浅夏叫来的，花浅夏自然不会拒绝载他。水云菲也是没等众人表态就给他打开了车门，只有皇甫杉的脸色是阴沉的，但他同样也无法拒绝奕广寒。

“你脚上的夹板呢？”花浅夏见他上车了就问。

奕广寒笑了笑，回道：“当然是被我暂时拆了。其实也没什么事了，我那么年轻，愈合能力很强的。”

皇甫杉透过后视镜看了看他。他们三个人一起挤在后面，奕广寒还被花浅夏和水云菲一左一右包围着。他不由得觉得有些眼疼，但为了让她们快一些完成任务，也只能将这口气憋在心里。

然而，奕广寒并没有因为他的“仁慈”而有所收敛，反而得意地将双手伸在她们后座的靠背上，做出了“左拥右抱”的姿势。他那无赖样和纪羽寒如出一辙，看得皇甫杉几度停下车想将某人甩出去。

好在这时，水云菲给花浅夏使了个眼色。花浅夏心领神会，随即毫不客气地伸手，在奕广寒的头上随便扯了几根头发。

“哎哟！疼啊！”奕广寒吃痛地喊道，“浅夏姐，我做错了什么？”

花浅夏瞥了他一眼，道：“没什么，就是想提醒一下你，好好坐着，别把手伸到我们后面。”

单纯的奕广寒还真以为她是对他的坐姿有意见，于是乖乖地缩回了手，放回到自己的腿上。

车子的速度逐渐加快，穿过车流拥挤的街道和横跨海面的悉尼大铁桥，也路过了宽广无垠的海滩和高耸入云的一座座高楼，最后终于在悉尼大学的门口停了下来。

下车的时候，花浅夏感觉微微有点凉。皇甫杉下意识地朝她身上看了一眼，那淡紫色的礼服还露出了她好大一截后背，如白雪般的肌肤实在是让人忍不住想伸手去抚摸。他定了定神，把自己的西装外套脱了下来。可他还没来得及给她披上，奕广寒却抢了先。

“浅夏姐，你冷不冷？”奕广寒还特别体贴地问。

花浅夏笑着回答了他：“谢谢你，现在不冷了。”

皇甫杉瞬间就变了面色，为了缓解自己的尴尬，他只能故作整理自己的衣领。

“走啦，我们进去吧。”

和他们一起下车的水云菲也上前挽住了自己好友的胳膊，其实她也觉得有点冷了，但无奈左右的两个男人对她没有一点意思。如果安文泽在就好了，说不定他会愿意把外套借给她呢。水云菲忍不住有些花痴地想。

而花浅夏终于找着了机会，偷偷将刚才拔出的头发塞到了水云菲手里。

水云菲迅速垂眼一看，却在看清了那几根头发丝后，眸色一沉，露出了失望的表情。

“浅夏，难道杉王子没和你说过，在采集头发的时候需要连根拔起吗？”水云菲在花浅夏耳边小声地说。

“连根拔起？”花浅夏震惊了。

“带毛囊的头发，才是一根完整的头发啊！你这些，废了！”

原来采集头发还这么讲究？花浅夏真是恨得咬牙。别说她自己不知道，皇甫杉在和她说这个方法的时候，也没提过必须要连根拔起啊。

“浅夏姐，小水姐，你们怎么还在后面磨蹭？”奕广寒走出一段距离才发现，她们不知什么时候居然掉队了，忙回头催了一下。

“不好意思，我们还没适应高跟鞋。”水云菲很快就找到了一个完美的解释，说完后又转头对花浅夏道，“一会儿你再试一次，记得，是要带着毛囊的。”

这次，花浅夏自然是晓得了。

辩论赛开始了，主持人先在台上介绍了比赛的规则和注意的事项。可这时，观众席上的奕广寒已经有些坐不住了。他先是打了一个呵欠，然后用手撑着脸，后来又悄悄地闭上了眼睛。

他们坐的位置是在观众席中间，水云菲在桌子下踢了花浅夏一脚，示意她这是一个极好的机会。

奕广寒睡着后，头也渐渐朝胸口低了下去，可时不时又醒过来，重新调整了坐姿后又继续闭眼睡。

花浅夏看准时机，再次将手伸到了奕广寒的头上，然后瞄准了某个发根的位置，正准备用力拔出，突然只听“啊”的一声，奕广寒像是被什么惊醒了。

在场的所有人，包括台上的辩手、主持人和评委们，纷纷转头看了过来。

花浅夏脸一红，知道任务失败了。

“咦，这位同学是有什么意见吗？”主持人微笑着问。

奕广寒也很尴尬，除了学生的身份外，他还是个颇有名气的明星。而此刻现场所有的人都在看他，他若是不站起来的话，那他的一世英名可能会……

“那个……不知道你们还缺不缺观众评委，我……”他看了看坐在观众席第一排的学生，那些都是观众评委。

“这位同学是自荐当评委吗？我们很欢迎啊！来，上来吧！”主持人愉快地朝他招了招手。

奕广寒最终还是走了上去，而花浅夏和水云菲则在下面遗憾地叹气。原本她们还指望着借这个机会完成采样任务的，却没想到奕广寒坐到第一排去了，她们的手伸再长都够不着了。

“白痴！”坐在她们身旁的皇甫杉终于忍不住吐出了两个字，说道。

花浅夏听到了，转头狠狠地瞪了他一眼。

辩论赛正式开始，台上的辩手很快就进入了对战的状态。奕广寒因为坐在了第一排，所以这回他想睡也睡不着了。皇甫杉最是镇定，他根本没有听台上的辩手在争论什么，而是自顾自地拿出他随身携带的笔记本电脑，不时在键盘上敲着什么。可每当轮到安文泽发言的时候，他又很适时地抬头往台上看去。

花浅夏和水云菲一开始就听得很是认真，突然，花浅夏眼前出现了一个小小的纸团。她朝四周看了一圈，最后目光落在了皇甫杉身上。可他依然盯着台上，好像那纸团并不是他抛来的一般。但是现在，台上正发言的人并不是安文泽。

哼，幼稚！

花浅夏在心里冷哼了一声，这才打开了那个小纸团，上面简简单单就写了一行字：十分钟后，礼堂外的厕所门口见。

她刚看完，皇甫杉就从座位上站了起来。

她有些心虚地将纸团握在手中，揉了揉，丢进了他们座位旁的垃圾篓里。

时间又过去了五分钟，但她再没能集中精神去听台上的辩手辩论。

“你怎么了？”水云菲注意到了她的异常。

“没什么，我好像有点饿了……”她随便找了个借口。

“应该还有二十分钟才结束吧。”

“那我再忍一忍。”

很快，十分钟过去了，可花浅夏还在座位上犹豫着。到底要不要这么听话地出去？皇甫杉到底干吗要约自己？是因为刚才自己对奕广寒做的事，还是因为他们之前那小小的冷战？

“小水，我去上个厕所。”

最终，她还是忍不住站起了身。

厕所就在礼堂外的走廊边上，往左是男厕，往右是女厕。而皇甫杉站着的位置很显眼，他就斜靠在门外的罗马柱上。

花浅夏是真想上厕所了，可他站在那儿，无论她怎么绕，都必须经过那罗马柱。

许是感受到了她的注视，皇甫杉的眼睛忽然就向前抬了一抬，看向了一直站在门口发呆的她。

花浅夏深吸了一口气，然后目不斜视地大步进入厕所，完全把他当成透明的。

就在她经过罗马柱的时候，她的手臂忽然被一只有力的大手迅速握住。再眨眼时，她已经被他拖进了左边的男厕里，“砰”的一声，他将她关在了其中的一个厕间之中。

“皇甫杉，你……”

她又羞又恼，这是她生平第一次进男厕啊！

然而，回答她的，却是他铺天盖地的疯狂的吻……

紧闭的木门内，不时地传来挣扎的响动声。男厕内来往的人似乎渐渐多了起来。

花浅夏羞得无地自容，可她又不能喊，否则，不就等于主动让所有人知道，男厕所突然闯入了一个女人吗？那样，她就是跳入帕拉马塔河都洗不清了！

“你不敢叫？”

耳边传来男人低哑又魅惑的声音，他火热的唇瓣从她的太阳穴缓缓地移到她的耳根。

此时的她正被他压在门上，面朝着门。而他的一只手则在她裙子的拉链上慢慢地划拉着，他的另一只手扳过了她的脸，四片唇就这样黏在了一起。

有人说，情人间的吻是会上瘾的，你一旦尝过，就再也无法自拔。亲不到，会想念；亲到了，会贪恋。

花浅夏心中坚固的墙就是被他这样一点一滴地瓦解的，她清楚地知道自己的心是多么渴望他，但每一次鼓起勇气前进都会被击得遍体鳞伤。

好不容易，他的唇终于离开了她，可还恋恋不舍地贴在她一边的脸颊上，像是要在那儿盖上属于自己的烙印。

“花花，我爱你，很爱你，就是因为太爱、太在乎，才会这样患得患失。”他的声音低沉得就像在对她忏悔，“特别是最近，当我感觉那个人可能已经回来了的时候，我从没有像现在这样，在你面前竟没有一点自信……”

那个人？他说的那个人，是奕广寒？

不，是纪羽寒……

原来，他居然也会有不自信的时候，这确实让她感到很意外。

皇甫杉见她依然沉默，心下一沉，也终于对她做出了最大的让步，缴械投降。

“好，我答应你。以后无论你要去哪里，想要干什么，如果你不愿说，那我也不会再逼你说。你不喜欢我用定位，那我就把那个软件卸了。你想要多少空间，要多少自由，我都给你，嗯？”

她诧异地看着他，这是皇甫杉第一次对她服软，第一次收起他锋芒毕露的霸道的爪。

“真的？”她总算开口询问了一声。

他点头道：“真的。”

然后，两人又吻上了。

直到辩论赛快结束的时候，水云菲才看到花浅夏和皇甫杉一起回来。她若有所悟地对花浅夏笑了笑，那眼睛就像是在说“这回是真的和好了吧”。

花浅夏没有回答，可脸颊却是通红的。不用说，水云菲就知道了答案。

又过了一会儿，花浅夏收到了水云菲发来的消息：既然你们和好了，那他的“未婚妻”你打算怎么办？

花浅夏没有回复。

水云菲又发来了一条：其实我觉得吧，那个医生看上去不错，而且他们相处的时间又那么多，很难说没擦出一点火花来。或许，你可以试试，让她改变自己的心意？

花浅夏看到这条消息后眼睛一亮。对啊，她怎么就没想过，还有这样的解决方法？

在一阵热烈的掌声过后，辩论赛总算是圆满结束了。以安文泽为首的反方获得了这次比赛的胜利，获胜队伍的每个辩手都会获得一笔金额为一千澳元的奖金。

之后，安文泽请大家在学校附近最有名气的夜宵店吃烧烤，和他一同前来的，还有今天一起参加辩论赛的辩手。

辩论赛结束后，奕广寒再次回到他们中间时，发现花浅夏和皇甫杉已经和好了。他原本给她披上的西装外套也已还给了他，取而代之的是皇甫杉的那件淡紫色西装。

此时，在夜宵店里的小舞台上，一个黑人歌手正唱着一首节奏感极强的当地歌曲，身后的舞女煽情地跳着。或许是因为她们的动作性感，台下的人也跟着兴奋地吹着口哨。

忽然，奕广寒从座位上站了起来，在众人疑惑的目光中，自信地上了台。

“大家好，我是歌手奕广寒。”

他十分主动地抢过了黑人手中的麦克风和吉他，向着大家做了自我介绍，并道：“在这里，我只想给我心爱的女孩唱一首歌，歌名是《遇见》。”

说完，他便将麦克风放在了架上，然后低头拨弄了一下吉他上的弦。随着优美的旋律响起，他闭着眼开口，轻轻地哼唱道：“听见冬天的离开，我在某年某月醒过来。我想我等我期待，未来却不能因此安排……”

这是来自新加坡著名歌手的一首歌，奕广寒把音调降低了一些，竟唱出了属于他自己的独特味道。在他倾情演唱这首歌的同时，舞台上耀眼的聚光灯从他头顶的一方斜斜地射下。有那么一瞬，花浅夏她们都仿佛看到了另一个人。

在台上唱歌的好像不是奕广寒，而是纪羽寒。直到那一曲演唱完毕，在场所有的人似乎都久久无法回过神来。

“啪啪……啪啪啪……”

转瞬间，热烈的掌声响了起来，还有欢呼声和口哨声。

奕广寒将吉他还给了原来弹唱的黑人，正准备走下台，却被突然冲上来的美女们包围了。

“帅哥，你有女朋友没？”

“签名！”

“偶像，今晚你睡哪里？”

在这种夜宵店里，没有保安，没有经纪人，有的只是疯狂的粉丝和浇不灭的热情。

奕广寒已经彻底被堵在人群中出不去了，甚至有人直接将他扑倒在地。他的脚本来还在恢复期，被这么一扑……于是，他悲剧了。

“浅夏，那家伙不会直接在地上被人吃了吧？”此时水云菲已经喝了半杯啤酒，还吃了很多鸡爪、鸡翅、肥牛，手里更是抓着没吃完的烤鱿鱼，一边吃还一边关心地问。

花浅夏也一直盯着台上，那些粉丝疯狂的行为又让她想起了当年在圣丽斯时纪羽寒被女粉丝追捧的情景。最后，还是安文泽让他的那几个同学去帮忙把奕广寒解救了出来。

“来！干杯！”

众人再次举杯庆祝，但此刻他们这桌却成了全场最闪亮的焦点。

有人主动过来请奕广寒再唱一首，可奕广寒却摇了摇头。这一次，他是坚决不会再上去唱了。刚刚被那些疯狂的粉丝围攻，到现在，他脸上的唇印都没抹干净呢。

后来，水云菲喝醉了，花浅夏也喝得差不多了，半倚着靠在皇甫杉身上。安文泽结了账，先拦了出租车将他几个同学分别送走，然后就剩下他们五个人了。可是，大家多多少少都喝了些酒，就算有车，他们也不能开了。

“我打电话叫小郭过来吧，让他开车送我们回去。”奕广寒的头也晕，他自己都不记得自己喝了多少瓶酒。估计一会儿他的经纪人来了，肯定会对他大发雷霆。

“那就这样吧。”大家纷纷表示同意。

没过多久，郭星就出现在众人面前。水云菲是被安文泽拉上车的，而皇甫杉则半拥半抱着将花浅夏拽了进去。可惜一辆车最多只能坐五个人，奕广寒就这样被他们落下了。

“你自己打车回去吧。”皇甫杉说完还丢了一张钱，有些得意地朝着奕广寒笑了笑。

郭星好像也很配合，丢下自己的艺人，一脚油门就驰骋着“飞”了出去。

半小时后，花浅夏终于躺在了自己那张柔软的大床上，鞋子也没脱，最后还是皇甫杉帮她脱的。她的裙子把身子包得很紧，特别是腰线的部分，不解开她就很不舒服。

于是她在床上动了动，也不顾旁边有没有人，自己就伸手把拉链往下拉。

皇甫杉刚把她的鞋放好，抬头就看见了这一幕：女子半露的香肩在黑直长发下若隐若现，后背一大片雪白映入眼帘，只消一眼就让人心神荡漾。

他感觉自己的喉间仿佛有一团火在烧，身体几乎要爆炸。而最要命的是床上的女人并不自知，身子一动，裙子又因摩擦下滑了两厘米。

皇甫杉觉得自己不能继续站在这儿了，于是捡起床边的被子替她盖上，便快速走出房间，“砰”的一声把门关上了。

而另一间房内，安文泽把水云菲放上床后，刚要离开，他的手就被她扯住了。

“泽王子？”水云菲不知怎的突然醒了，“你怎么在这里？这是哪里？”

她迷迷糊糊地看了看四周，连自己的房间都认不出来了。

安文泽将她抓着自己的手掰开，说道：“你醉了，睡觉吧。”

她不仅没听清，反而用力过猛地将他扯到了床上。

“啊！我一定是在做梦！”她双眼迷离，微微眯着好像是想看清眼前的人。

安文泽俊逸的面孔似乎多叠了一个影子，一个变两个，两个变三个。怎么有那么多个安文泽在她的床上？

她忽然兴奋了起来。

“天啦！我又梦到男神了！男神还在我的床上！”

她一边叫一边用混混沌沌的脑袋蹭着他的颈窝。他的身上好香，不仅仅是酒香，好像还有点淡淡的香水味。

“男神，我今天一定要趁着做梦，把你给收了！”

话音刚落，她的唇就用力堵住了他的唇……

这晚，花浅夏睡得很不安稳。她不断地做梦，梦里，她来到了美国，然后她看到了纪羽寒。

飘扬的国旗被风吹得高高的，他驾驶的那辆红色的机车距离终点就只有短短的几百米了。突然，天空黑了下来，浓黑的乌云形状诡异，就好像撒旦那张危险的笑脸。

然后，她看到纪羽寒加速朝着那地狱之神张开的血盆大口冲过去。

不要！回来——

纪羽寒，你给我回来！

她想拉住他，可是，她怎么也够不着他。

“浅夏！浅夏！”

花浅夏被突然闯入的水云菲摇醒了。她睁眼时，额头上还冒着汗水，心仿佛还徘徊在刚才梦境里的恐慌之中。

当她回过神来的时候，才发现原来天已经亮了，而将她唤醒的水云菲，此刻的脸色比她的还要难看。

“小水，你怎么了？”她不由得有些担心地问。

“浅夏！”水云菲看上去快要哭了，“我昨晚，昨晚……好像把安文泽给睡了！”

花浅夏本还不够清醒的脑袋，在听到水云菲的话后就完全清醒了。

“我一早起来就见他躺在我的床上，衣衫不整的……”水云菲捂着脸，那羞红的颜色从耳根顺着脸颊一路向下蔓延。

“什么，你睡了泽？”

花浅夏上下打量着她，见她身上还穿着昨天的裙子，明显就是一直没有脱下：“你确定你们发生了什么吗？”

水云菲也愣了，才想起看看自己现在的模样。衣服什么的全都穿在身上，而且她好像也没有传说中的那种痛感。

她总算松了口气。还好，一切都是误会，是误会！

花浅夏提前把毕业论文交上去了，回来的时候才下午三点。就在她收拾东西准备去操场练习校运会上参赛项目的时候，手机响了起来。

“浅夏，今天你有时间来研究所吗？”电话那边传来的是叶盛伦有点低沉的声音。

“怎么了？”

“小茜今天要接受治疗了，她刚来这里，对一切都感觉十分陌生。可自从昨天和你聊过后，她似乎是记着你了，一直嚷着让我叫你过来。她现在就在这里等你，你什么时候来，她什么时候才肯接受治疗。”叶盛伦似乎也有些无奈。

斯蒂芬视神经研究中心。

花浅夏到的时候，南宫茜依然静静地坐在轮椅上。她低着头背对着他们，不知在捣弄着什么。

“拜托你了，每次接受治疗之前，她总是会闹小情绪。”在她进去之前，叶盛伦又小声向她叮嘱了一句。

花浅夏走到南宫茜身后，看到她手中正拿着一根如手臂般粗壮的软木，还用指甲用力地在上面戳着，像是想将它凿出个洞来。

“你在干什么？”花浅夏疑惑地问。

南宫茜一听到她的声音，便欣喜地朝她转过了头：“是花姐姐吗？”

“嗯。”

南宫茜笑了，开心地道：“花姐姐，你终于来了！我都等你好久了！”

“那你在这儿做什么？”

花浅夏拿过她手中的软木，上下打量了一会儿，自己在做道具的时候也曾用过这样的软木料。

“花姐姐，你会雕刻吗？我突然好想用它雕出一个人脸来，可惜我看不清楚……”

花浅夏一听倒是来了兴趣，蹲下来问道：“那你想雕刻谁的脸？”

南宫茜有些不好意思地笑了，回道：“嘻嘻，我偷偷告诉你，我其实有未婚夫了！这次来悉尼，除了治疗，另一个目的就是来见他呢！”

未婚夫？花浅夏心中微微一颤。

“所以你想雕刻的是……”

“就是他的脸呀！”

花浅夏一时不知道该怎么接话，于是无助地朝站在门口的叶盛伦看了一眼。只见他不时用手指着自己腕上的表，似乎是提醒她注意看一下现在的时间。

“小茜，你若是真想用它雕刻出一个人脸的话，我会。”花浅夏的语气中满是无奈。

南宫茜兴奋地问：“真的？你没骗我？可是你看得见吗？”

她从没怀疑过这个和她说话的亲切的姐姐并不是研究所所有病号中的一员，所以她很单纯地认为这个姐姐也和她一样是看不见、看不清楚的。

花浅夏说道：“我能看见！现在我恢复得很好，正好在学习这门手艺呢！”

花浅夏不忍心拆穿这个善意的谎言。

“啊！那是什么时候的事？你用了多久时间才恢复的？”她的话让南宫茜看到了治愈的希望，抓着她的手使劲摇着。

花浅夏止住了南宫茜的动作，捧着她的脸轻轻地道：“你先答应我，现在立刻去做治疗。等治疗结束后，我再回答你这个问题，好吗？而且，我还会替你用这个软木雕出你未婚夫的脸，你把你未婚夫的照片给我，我保证刻出的人脸和照片上一模一样，怎么样？”

"好！"

南宫茜想也不想就点头答应了她。

这晚，别墅里除了安文泽，没有一个人按时回来。水云菲在医院实习本来上的是早班，可不知为什么，一直到晚上八点都还没下班。

花浅夏回来的时候，见安文泽一个人坐在一楼的小书房里看着电脑。似乎是听到大厅的动静，他下意识地转过了头。

"浅夏？你今天怎么也这么晚？"

花浅夏没有把南宫家的人已经到悉尼的事情告诉他，只说在学校忙着备战校运会，不知不觉就错过了时间。说完她转身准备上楼，又突然想起早上水云菲的事，又朝安文泽看了一眼，发现他像没事似的，继续敲着电脑键盘。

"小水没有回来？"她试探性地问。

"还没。"安文泽依然很平静地回道。

"哦！"花浅夏故意提高了音量，"就没见过哪个实习生像她那么忙，以前她下班都是很准时的，如果临时有事也会打电话或发消息通知一声。可是我今天却没收到她的消息……"

她边说边往楼上走，安文泽忽然开口问道："她在哪个医院实习？"

晚上十点。

水云菲依然在医生办公室里勤奋地写着病历，这是她实习以来的第一次加班。可实际上，她并没有那么多事情要做，只是每当她一想到回去要面对安文泽，她就觉得特别尴尬。但现在还是太晚了，她不得不从桌案旁站起来，收拾东西准备离开。

一出医院大门，习习凉风就吹起了她刚刚过膝的裙摆。她将带来的外套披在身上，然后快步朝人行横道边走了过去。

都这么晚了，城铁也停止运行了，公交车也没有了，只能打出租车了。

“嘀嘀——”

突然，两声尖锐的车鸣声从靠近路边的树下传了过来。那里不知什么时候泊了一辆车，远光灯还对着她闪了两下。

水云菲觉得那车子看着很熟悉，走近了才发现，原来还真是自己认识的人。

“安……安……安文泽？”她结结巴巴地道。

“上车。”他替她打开了副驾驶的门。

都到这份上了，水云菲自然没有理由拒绝。

“你……你什么时候来的？”刚坐好，她就有些不好意思地问。

“差不多九点吧。”他一边回答一边踩下油门，车子便缓缓地起步了。

水云菲听到后心里惊呼了一声。天！那他不是在这里等了一个多小时？

“你……你怎么不给我打电话？”她很内疚。

“我不知道你是不是在手术室，或是在开会，不好打扰你。”他很平静。

“不……不打扰！如果你早告诉我你在这儿，我肯定不会在里面待那么久。”刚说完她就后悔了，这不是在告诉他，她是故意待在办公室里不出来的吗？

安文泽不知道是不是听出了她话中的意思，转头淡淡地看了她一眼，嘴角却忍不住微微勾起一抹笑。

“吃了吗？要不要出去吃个消夜？”他竟主动提问。

水云菲的心瞬间又加速跳了起来，和他一起去吃消夜的话，算不算是在和他单独约会？

“吃！当然去吃！我还没吃晚饭呢！”她其实已经吃过了。

“没吃晚饭？你那么忙？”安文泽一听，眉头不由得蹙了一下，立刻将车头转了方向，往悉尼市区夜宵店最集中的地方开了过去。

灯红酒绿的海滩美食街，有一段路几乎都是华人开的餐馆。大排档、串串烧，就连豆浆、油条都可以称霸美食街。

“就这家吧，环境看着还不错。”

水云菲指着距离码头最近的一家特色餐馆，那是用红色的木板在海面上搭起的一排小木屋。

安文泽点了点头，刚要拔出车钥匙，就听水云菲在一旁惊呼了一声：“咦？那不是奕广寒吗？他居然也在这里吃消夜，他的经纪人也在。”

顺着她手指的方向望去，安文泽果然看到奕广寒穿着一身休闲的运动卫衣，端正地坐在夜宵店外边的露台上。此外，他还发现那张餐桌上坐着另外两个人。

他们都穿着深色的中山装，其中一个年纪较轻，戴着金边眼镜，一副斯斯文文的样子。而另一个则年长一些，虽是男的，却留了一头及肩的长发。

安文泽的脸色倏地沉了下来。

“南宫家的人是什么时候过来的？他们又怎么会和奕广寒认识？”

安文泽不过是自言自语地低声问了两句，没想到水云菲听到后却很自然地接过话：“他们前天就到了，还去找过浅夏呢。”

话一说完，水云菲就发现闯祸了。

天！她居然说漏了嘴！

第三章 采他的样本

“你是说，你看到南宫钰和奕广寒在一起？叶医生也来了？”别墅内，皇甫杉听了安文泽的话，疑惑地问。

“嗯。叶医生在的话，南宫茜或许……杉，他们难道没有提前通知你？”

“没有……”

两人陷入了沉默，不一会儿，安文泽又道：“我还听见奕广寒叫南宫钰‘爸’，除了纪羽寒，我想不出还有谁能有这个资格喊‘爸’……”

“但纪羽寒确实是不在了，当初我不是还参加了他的葬礼……不对，或许还有另一种可能……”皇甫杉顿了一下，继续道，“我并没有亲眼看见他的遗体，南宫家将一切都处理好了。他们没有举办遗体告别仪式，葬礼几乎一切从简。现在想想，这并不像南宫家一贯的作风……”

“所以，你也怀疑……”那次的葬礼，安文泽并没有参加。

皇甫杉从椅子上站了起来，不停地在床边来回踱步。最后，他像是终于下定了决心一般，转身对安文泽说了一句：“泽，我想回一趟美国。有件事，可能还是我亲自去查证比较好。”

“你？什么时候？”安文泽觉得有点意外。

皇甫杉看了眼手机上的日历，后天校运会就开幕了，他原本被邀请做校运会一些项目的裁判的。

“泽，明天你和我去一趟学校吧，我想向校长引荐一下你。我明晚就走，这件事，等不得……”

“需要我帮你安排人手吗？”若说人脉，安文泽倒是掌握了极大的资源优势。

“要，你安排吧。”

皇甫杉说着拨了一串号码，还没接通，他又转头对安文泽说了一句：“有一个很重要的人被我们忽略了，就是白芷乔，她可是比我们还要在乎纪羽寒的人。不知道她后来究竟去了哪里……”

白芷乔，是最有可能知道纪羽寒一切的人。如果说奕广寒真的就是纪羽寒，那么作为曾经是他姐姐的白芷乔，为什么没有一起出现呢？

两人虽说不是亲姐弟，但关系却比亲姐弟更好。

电话那头传来了“无法接通”的忙音，皇甫杉不得不把电话给挂了，然后将那号码重新确认了一次，确实是白芷乔的手机号。

第二天，星期二。

闹钟响起的时候，花浅夏眼都没睁开，伸手直接朝声音的方向摸了过去。但是，她还没摸着手机，铃声就自动停止了。

咦，难道是手机没电了？

她又继续摸，却摸到一阵温热。

她猛地睁开眼。

皇甫杉侧着头，不知是什么时候来到她床上的，还一眨不眨地盯着她看。

“你？”

她的声音还带着一丝嘶哑，皇甫杉听着一阵心痒。他忍不住低头先给她献了一个早安吻。

“吓着你了？我早上进来的，想叫醒你又不忍心，就干脆在一旁等你自然醒了。”

他的声音更加低沉，好像魔音一般在她耳边回响。

“你进来干什么？”她有一些紧张，两个人虽然已经是情侣，但毕竟现在是大清早。

这时，皇甫杉的吻再次朝她袭了过来。初醒的细胞仿佛有源源不断的活力，正叫嚣着想要摄取更多，而被子也不知什么时候滑落到地上，就连从窗外吹入的晨风，也在这一刻变得燥热起来。

结果这一天，花浅夏上学迟到了。

“对不起！对不起！”

花浅夏不断跟自己的导师道歉，他们原本计划今天去黄金海岸采风，但因为她的迟到，整个团队都误了时间。

“如果你赶的是一场电影或者一部电视剧的拍摄，整个剧组因为你而拖了进度，这些时间可都是要用金钱来弥补的，你知不知道？”

她狠狠地点了点头。她怎么会不知道？之前纪羽寒就是因为耽误了时间，才不得不赔偿公司的损失。

就在她也打算用赔偿班费的形式来弥补今天的过失时，身后忽然传来学生们疯狂的叫喊，既是激烈的、兴奋的，又是热情的。

花浅夏下意识地回过头去，就发现原本在进入校门后和她“分道扬镳”的皇甫杉，如一道光一般耀眼地出现在他们的教室门口。

在众人仰慕的目光中，皇甫杉走到了她导师面前。两人不知道低声说了什么，转瞬间，她导师就像花儿一样笑开了。

“你和我们教授说了什么？”趁着大家都在收拾东西准备上车的时候，花浅夏在皇甫杉旁边小声地问。

“没什么，就是让他照顾一下你。”

他回头笑了笑，拉过她的手握紧，然后加快脚步，往楼梯方向奔去。

“喂！你干吗？你要带我去哪里？”

花浅夏想挣扎，他却紧扣住她的手，丝毫不给她逃脱的机会。

“杉，我要和他们出去采风了！”

她再一次提醒他，但皇甫杉却将她拉到了楼顶天台。这个时候，天台一般没人上来。

今天的太阳有点晒，仰头时总有些刺眼。花浅夏不得不用手稍微遮挡，试图给双眼制造出一小块阴凉的视野。

就在这时，皇甫杉忽然转了个方向，用高大的身躯替她挡住了阳光。

“花花，你再多陪我一个上午，一个上午就好。”

他依依不舍地看着她，他知道他不应该在这时选择离开。但是，他心中有太多疑惑，若是不尽快找出答案，他这一辈子都不会安心的。

似乎是发现了他与平时的不同，花浅夏也将他的手握紧，问：“杉，你是要去哪儿吗？还是你要回美国了？”

她算了下日子，他不是说会在澳洲待几个月吗？这才一个月怎么就……而且，南宫家的人应该还没有联系他吧？

皇甫杉点了点头，回道："嗯，我要回美国一趟，而且这一次，我也不知道需要多久才能回来。机票我已经订好了，就今晚。此次我去美国是要去找一个人。这个人，你认得的。"

他很少会主动对她说明去美国的原因，然而这一次，他说了。

"谁？"花浅夏疑惑。

他伸手轻轻捧起了她的脸，在说出那个名字的时候，似乎下了很大的决心。

"白芷乔。"

听到这个名字后，她果然面色大变。

花浅夏立马问道："杉，你是怎么想到要去找乔姐的？她的电话你打通了吗？"

在白芷乔移民到美国以后，花浅夏就再也无法联系上她了。那时，她还以为白芷乔是因为太伤心，才会一个人偷偷躲起来疗伤，不想让任何人打扰。

"我……暂时还没有联系上她。不过，我已经让泽的人去大使馆查了，今天应该就会有消息的。"

皇甫杉回答的时候，目光仍在仔细地打量着她。他心里有一个问题十分想问她，可话到嘴边，又被他硬生生地咽了回去。

他竟然在害怕。

他怕她说出他不想听到的答案，更害怕她根本不愿意回答。特别是当他躺在她身旁的时候，他甚至听到她在睡梦中喊纪羽寒的名字。

是从什么时候开始，她心中有了那个人的？抑或是她对纪羽寒仍存有内疚，就像他一样？

所以他真的很想问：花花，如果奕广寒真的是纪羽寒，那你还会选择我吗？

这个问题就像一根刺，不知何时竟已在他心中越扎越深。

“那你去吧。我也希望你能把乔姐找回来，我真的很久没有她的消息了。”她说完后，轻轻地叹了口气。

“你要照顾好自己，不要老熬夜，这样对身体不好。”他心疼地叮嘱。

“嗯。”她点头应他。

他再次握住了她的手，将它们包在他宽厚的掌中。

“实在太忙的话，也不用每天都给我打电话。”她又补充了一句。

“不，电话是肯定会打的，要不然别人还以为你没有男朋友。”他慌啊！

她的脸又红了，从他掌心抽出手，作势就要朝他打过去。他侧身躲开，又后退了一步，然后趁她不备，将她紧紧地搂在了怀里。

“吻我。”他嘴角微弯，双眼更是如黑洞般深深地凝视着她，“在我离开之前，我想让你主动吻我一次。”

她的面皮本来就薄，被他这么一要求，实在是有点……

“这可是在学校，而且，光天化日之下……”

她指了指他们头顶的太阳，这个天台并不是学校里最高的，对面的那栋教学楼楼层比他们站的地方还要高，只要有人从高处的窗口往外看，就能看到他们在做什么。

“没关系，大家都很开放，看到了也没事。”

皇甫杉揽在她腰上的手一个用力，又将她的身子朝他拉近了一些。

她犹豫了一下，终于踮起脚，快速在他的唇上落下一吻。

飞往美国的飞机准点起飞，本来皇甫杉是不愿让花浅夏送行的，但当安文泽送他来到机场的时候，花浅夏已经在那儿等着了。

“你什么时候来的？”离去的时候，安文泽忍不住问了她一句。

“他今天上午和我告别，下午我事情做完就直接过来了。”

花浅夏还在仰望夜空中那朝另一边天空飞去的闪光点，直到再也看不到了，她才缓缓地低下了头。

“你知道他去找谁吗？”安文泽又问她。

“知道，找白芷乔。”她答。

“可是，我刚刚才知道，白芷乔根本就不在美国……”他轻叹一声。

“什么，她不在美国？那她在哪儿？”她诧异地问。

“不知道，她就好像凭空消失了一般，她最后一次在美国出现已经是两年前的事了。希望杉这次能在她生活过的地方找到一些线索吧。”

花浅夏听后，脸不由得泛白，原来，白芷乔居然失踪两年了。

两人陷入了沉默，最后，还是安文泽转过头来问她：“回去？还是……送你去研究所？”

“泽，你怎么会知道研究所？”她差一点没反应过来。

“小水没跟你说吗？昨晚我去接她的时候，看到奕广寒和南宫钰了。”

去研究所前，花浅夏先回别墅拿一样东西。下了班的水云菲正窝在大厅的沙发上看电视，虽说是看，眼睛却时不时地瞟向手机。

“小水，去换衣服，一会儿一起出门。”花浅夏在经过她身边时说了一句。

“去哪儿？”水云菲很好奇。

“先去研究所，再去吃夜宵。”

“都这么晚了，还去研究所？”

安文泽送花浅夏回来后并没有下车，只是熄了火靠在路边等待。当他看到花浅夏从屋里走出来后，刚想重新发动，却忽然发现她身后跟着一个人。

“我把小水也叫上了，你不介意吧？一会儿去吃夜宵总不能把她一个人落下。”

花浅夏如此解释。而实际上，她只是想给他们俩制造一些相处的机会而已。

安文泽看了水云菲一眼，倒是没有反对，可水云菲的脸却一下红了。在花浅夏打开后车门要坐进去的时候，她动作迅速地抢先坐了进去，将副驾驶的位置空了出来。

花浅夏很无奈，明明副驾驶座她去坐更合适。

研究所里，叶盛伦刚喂南宫茜吃了药，就收到花浅夏发来的短信。他看了一下就转头对南宫茜道：“茜，花姐姐又来看你了。”

“啊！真的？”

南宫茜那无神的双眼不由得微微弯了起来，倒显得有几分灵动。

不一会儿，花浅夏拿着一个刻好的软木，蹲下身，将它递到了坐在轮椅上的南宫茜手中。

“小茜，你摸摸看，这是什么？”

南宫茜看到视野中多了一点鲜艳的红色，这个姐姐似乎很喜欢穿亮色的衣服，所以每一次，她都能很准确地捕捉到这个姐姐所在的位置。

她伸手仔细地摸了摸摆在面前的东西，在摸到那轮廓清晰的五官时，忽然咧嘴笑了。

“天啊！花姐姐，你这么快就刻好了？”

南宫茜自然记得这个东西，而此时此刻，她手指触到的软木上的轮廓，那头发、眼睛、鼻子，还有唇……都清晰地映在了她的脑海里。

“这是杉哥哥的样子吗？”她很是期待地问。

“嗯，而且我还特地涂了颜色，等白天光线更明亮的时候你再看看是否能看清他的五官。”花浅夏看了一眼自己在软木上雕刻出的模样，有些心虚地回了一句。

而南宫茜天真地相信了她的话，拿起那木雕放在鼻尖轻轻一嗅。嗯，还有新鲜的木屑的味道，就连那颜料也是香的。

这时叶盛伦走了过来，可当他看到南宫茜手中拿着的木雕时，脸色不由得一变。

花浅夏发现他后就抬起了眼，有些顽皮地朝他吐了吐舌，似乎是在请求他的原谅。

“浅夏，你怎么能照着我的样子来刻木雕呢？你再去重新刻一个，不管照着谁的样子刻都不能照着我的！”送花浅夏离开的时候，叶盛伦责怪地道。

“叶医生，你应该很喜欢小茜，对吧？而且你在她身边做了那么多年的私人医生，让她先记住你的样子，也是应该的。我看她也挺依赖你的……”

虽然欺骗了南宫茜，花浅夏心里也有些内疚，但她只能这么做。同时她也看得出，这两人并不是没有一点感情的。南宫茜在生活上十分依赖叶盛伦，而叶盛伦每次看南宫茜的目光，也和别人有些不同。除非眼瞎，要不然她是不可能看不出来的。

“花浅夏，你知不知道，你这样做，万一让南宫家的人……”叶盛伦很生气，但他的话却被她打断了。

“反正我已经把雕像交给她了，就算是强行将它拿回来修改，也改不成杉的样子啊。”

安文泽和水云菲一直坐在车内，等着花浅夏出来。两人都低着头做各自的事，发呆的发呆，玩手机的玩手机。

水云菲最近迷上了一款相亲交友软件，是一起实习的同事推荐给她的。她最近总觉得自己和安文泽已经不可能了，虽然两人曾经在一张床上躺过，但从安文泽这两天的反应来看，他们根本不可能走到一起。既然这样，不如趁着还没有陷得太深，早点把这种不该有的念想清除为好。所以，在等待花浅夏的过程中，水云菲的注意力一直在手机上。

“小水，周末有空吗？我有四张歌剧院的门票，周末的时候一起去看？”安文泽在一旁看了她很久，终于，他有些忍不住了。

听到他的邀约，水云菲心头忽地一跳，但还是故作矫情地没有抬头，只随意地回了一句：“周末不行，我有约会。”

“约会？”安文泽微微皱了皱眉。

“就相亲会啊。我好歹也是个马上就要毕业的大学生了，却连一次恋爱都没有谈过。我不想回家接受父母安排的对象，都没有相处过的人，怎么会知道合不合适呢？”

安文泽听后又皱眉，问她：“你和谁相亲？”

“嘿嘿，网上报名的那种啊。填好资料，上传照片，往系统里一抛，系统就会自动匹配一些符合要求的对象啦，什么国籍的人都有。”水云菲边说边继续刷着。

其实明天相亲她连个见面的对象都没有，因为每一个系统匹配过来的人，无论外表还是内涵，都无法和安文泽相提并论，很多更是没聊上几句就冷场了。但她还是嘴硬，即便没有，她也不应该再和他单独出去了。

安文泽沉默了一会儿后，也掏出了自己的手机，又问她："你用什么软件，也介绍我用用。"

"哪，就这个。"

水云菲稍微将身子往前方倾斜，把自己的手机朝安文泽坐着的方向递了过去，试图让他看清楚上面的软件名。

本是很自然的动作，在她抬头看他的时候就变得尴尬了。他们之间的距离忽然变得很近，鼻尖都差点碰在一起。

她的脸倏地一红，还好车厢内光线昏暗，否则她再怎么藏都藏不住。

安文泽还真下载了那个软件，然后注册，填写资料。水云菲坐回了自己原来的位置，两个人再次各玩各的，互不打扰。

又是十分钟过去了，花浅夏还是没有出来。水云菲注册了账号后，已经添加了五六个好友。而她的账号头像，用的是那天去参加辩论赛时，偷偷在会场里面自拍的一张。

不一会儿，又有一个新的好友申请。

她看了看那个号，是新号。她本想拒绝，却鬼使神差地点了同意。

就在她打算试探这个添加的新号会不会就是安文泽的时候，花浅夏出来了。

"走吧，我们去哪里吃夜宵？"她一上车就问。

"去海边吧，上次我和小水去吃的那家还不错。"安文泽似乎有意提起自己是和谁去吃的。

又是那个位于海边的木屋，三个人找了张圆桌坐了下来。花浅夏突然来了兴致，在路上时还把奕广寒也叫了过来。

奕广寒的经纪人郭星也跟着来了，开的还是南宫家的人之前开的那辆车。花浅夏再次朝奕广寒投去狐疑的目光。不知今晚能不能成功拿到他的头发。

“除了烧烤和小吃，我们也喝点酒怎样？”她先提议。

“浅夏，明天校运会就开幕了，你今晚喝了酒，明天起来还有精神吗？”安文泽第一个表示反对。

“喝一点没关系，一会儿回去马上睡觉就好了。校运会上午十点钟才开始，我们有大把的时间。”水云菲倒是举双手赞成。

“我没意见，我酒量很好，而且我明天也没有比赛项目，就是去凑凑热闹。”

既然大家都没有意见，郭星自然也没意见了。

花浅夏最先在奕广寒面前摆起阵仗，将送来的六个杯子摆成了一个简单的塔形，然后再从上往下倒酒。

“咱们扔色子，你扔到几，就喝几杯。”花浅夏说着，便将那色子放到了桌上。

众人一听不由得大惊。天，她居然玩这么大？

“浅夏姐，你是来真的吗？那如果是你扔到六的话，你能一次喝完六杯？”

花浅夏很是认真地点头道：“喝不了，就在这沙滩上滚一滚，或者到海水里泡一泡啊。”

“好！玩就玩！”

奕广寒才不怕，说着就率先拿起那色子，放在盅筒里抛了起来。众人都有些紧张地看着他。他打开盅筒后，他们看到那色子竟然停在了六个点的一面。

“天！真的是说什么来什么！”

奕广寒自认倒霉地拍了拍脑袋，无奈地拿起倒好酒的杯子，开始一杯接一杯地喝起来。

郭星在一旁看着，好几次都想制止。奕广寒喝到第六杯的时候，连耳朵根都红了，郭星一把抓住他的手，道了句：“不如最后一杯我来喝吧？”

奕广寒笑着拒绝了他：“那怎么行呢？我喝！”

说罢，他仰起头，又是一杯酒下肚。

“好了，到谁了？我们顺时针还是逆时针呢？”喝完了六杯，他便将那色子重新放回了盅筒里，向其他的人问了一句。

“我吧，你过了就到我。”

郭星倒是很随意，拿起那盅筒在桌上晃了晃，打开后，色子的点数为三。

“怎么那么小，不公平啊！”奕广寒觉得没趣，倒是让郭星捡便宜了。

三杯喝完，这回轮到的是安文泽。他也十分幸运，抛到的是一个点的那面，于是他直接拿了自己面前的那一杯喝下。

之后就轮到水云菲了。她心里非常紧张，她的酒量本来就不好，极限也就是三杯。如果超过三杯，她还不知道会出现什么情况。但她参与了游戏，就必须遵守游戏规则，大不了，她在沙滩上滚一圈呗。于是，她心情紧张地祈祷着。

“六！”

谜底揭开，水云菲的脸“唰”地一白。

大家似乎都知道她的酒量是他们之中最差的，所以都有些同情地看了她一眼。

水云菲犹豫了片刻，如果去滚沙滩的话，她身上的汗会沾到沙子。而且现在看来他们一时半会儿也不会回去，她这么一滚，恐怕接下来坐在这儿就会很难受了。但，若是要她喝酒……

“小水，你穿的是白裙子，还是雪纺的，这沙子有点湿哦。”花浅夏聪明地猜到了她的想法。

水云菲一听就下了决心，反驳道：“谁说我要滚沙子？喝酒而已，我没事的。”

说罢，她还真一口气喝了三杯，只剩最后的三杯了。

头好晕，水云菲的视线开始变得模糊，有些分不清哪些是已经喝过的杯子，哪些是还盛着酒的杯子了。

就在她伸手准备拿起一杯看似满上的酒杯时，身旁有人替她拿了起来，一饮而尽。而且，接下来的两杯也都是那人替她喝的。

水云菲好奇地看了过去，朦胧中发现那好像是安文泽。

“哎，是我的酒！”

她伸手就将那杯子夺了回来，可里面的酒只剩下最后两口了。她想也不想，仰头就将那两口喝了下去。

不行，这还不够！

她一转头，捧起安文泽的脸，直接就朝他刚喝过酒的嘴吻了上去。

四周瞬间就响起了抽气声。谁也没想到，水云菲居然敢在众目睽睽之下去亲吻安文泽，而且还越吻越深了。

安文泽竟也没有反抗，直到她意识逐渐涣散，倒在他胸前睡了过去。

“呃……原来你们是这种关系。”第一个反应过来的是郭星。

奕广寒安抚了一下自己受惊的小心脏，问：“你们什么时候在一起的？”

花浅夏也很震惊，原来他们进展得比她想象中还要快。

然而安文泽并没有回答众人的话，直接将水云菲打横抱起。

“我先送她回车上睡，一会儿回来咱们再继续。”他如是道。

"浅夏姐，到你咯！"安文泽一走，奕广寒就开始催促。

花浅夏斜了他一眼，顺手摇出了个"三"。

时间就这样缓缓地流逝，安文泽将水云菲送上车后并没有立即回来，而这边花浅夏已经喝得快吐了。

这已经是第三轮了，她抛出了两次"三"和一次"一"，一共七杯，完全超过了她以往的酒量。

可是奕广寒还处于清醒的状态。他喝得少，现在并没有醉意。

"浅夏姐，我们还要继续玩吗？"他撑着下巴，将自己的脸凑了过去，鼻尖差点就碰上了她的。

花浅夏尽量让自己的大脑保持着清醒，她盯着他乌黑的短发，直接伸手就在他头顶的一处用力一拔。

"啊！"奕广寒痛得大叫了一声，"浅夏姐，你最近怎么老爱拔我的头发？"

花浅夏手中再次握住了几根细软的发丝，而且这一次，她感觉她终于拔到根部了。

趁着其余两人倒酒的空当，她打开了小挎包，把头发用干净的纸包好，装到信封里。

太好了！任务完成，她终于不用再喝酒了！

想到这儿，她眼前一黑，就这么睡了过去。

回到别墅的时候已经是凌晨两点钟了，奕广寒负责扶花浅夏进屋，郭星让代驾在外面等着，自己则下车试图和奕广寒一起进去。

"我来背她吧。"

郭星见奕广寒准备蹲下身，匆忙去制止。

"她又不重，我来就好。"奕广寒还不愿意。

"你的脚还想再断一次是不是？"郭星没有理他，一把就将花浅夏背在背上，然后快步往别墅内走去。

奕广寒不得已，只能默默地跟在他们身后。直到将花浅夏放上了床，郭星才回头对奕广寒道：“动作快点。”

奕广寒沉了脸，回他：“知道了！”

郭星去外面抽烟了，室内只剩一男一女单独相处。此时，受到他们声音惊扰的花浅夏微微动了动身子，似乎是感受到自己已经躺在床上了，于是就顺手扯过身边的被子，横盖在自己身上。

“杉，我要喝水！”忽然，她开口喊了一句。

奕广寒坐在床边没有动，只静静地听她继续叫着：“杉，我好渴……”

见她好像是真的渴，奕广寒四处看了看，终于在床头柜上发现了一个保温水壶。他打开水壶，见里面还盛有温开水。他小心翼翼地将水壶放在了她唇边。

花浅夏虽然醉了，但下意识的动作还是有的，一感受到有东西来了，便伸出双手捧住了水壶。

“慢点喝……”奕广寒见她喝得很急，忍不住提醒了一下。

她终于喝够了，将那水壶朝床头放回去，头往后一仰，又盖上被子睡了过去。

“晚安，杉，记得关灯……”

自始至终，她喊的都只有皇甫杉一个人。

奕广寒的眉头深深地皱着，在仔细观察了她一阵之后，终于将手伸到了她还背着的小挎包上。他打开，在里面翻了一下，总算找到了那信封。

第四章 寻找纪羽寒

花浅夏是被闹钟叫醒的。她的头疼得不行，而且还很胀，那感觉几乎要将她的脑袋撑破。

好不容易稍稍清醒了些，她看到自己身上还穿着昨天的衣服，不得已只能翻身下床，打算拿件干净的衣服去浴室里洗个澡。

可走了几步，她又像想起了什么，忽然回头，去翻放在床边的挎包。但是，无论她如何翻如何找，就是找不到装标本的信封。

怎么回事？难道她昨天没有把那几根拔出来的头发放进去？又或者是她忘记带信封了？她头疼得有些记不清了，翻完包包，又去翻柜子，可还是没找到。

今天是校运会开幕的第一天，花浅夏和水云菲都站在一个队伍里，她们参加的第一个比赛项目是接力赛，两人正好被分在了一组。

所有比赛项目在开始前，学校都会召集所有参赛运动员在操场讲话。花浅夏终于找到了合适的机会，告诉水云菲信封不见了的事。

“什么，不见了？你确定吗？”

水云菲今天醒来的时候头也非常疼，但好在她并没有迟到，要不然前段时间每天辛苦坚持跑步就白费了。

“嗯，我到处都找过了，但没找到。昨晚我喝多了，可印象中我应该是放进包里的，怎么会……”

花浅夏也曾怀疑信封是不是被人拿走了，但是她不相信奕广寒会精明到发现他们正在做的事。所以，她很快就将这种可能性给否定了。

水云菲向来聪明，可今天她脑子也不太灵光，因此在这件事上也没有多想。

校领导终于讲完了话，接下来，是校方特别邀请的外宾上台致辞。这些外宾一般都是邀请的别的学校甚至是别的国家的学生，而且是在体育运动方面成绩较为突出的。这个环节原本应该由皇甫杉来完成。

忽然，前面有女生兴奋地狂叫、高呼，那场面绝对不逊色于明星出场。

花浅夏和水云菲都抬起眼，只见上台的是一个黄皮肤、黑头发的亚洲男子，看清了模样后，两人不约而同地惊叫了一声。

“安……安文泽？”水云菲几乎不敢相信自己的眼睛。

“原来是泽代替了杉？”花浅夏则是又惊又喜。

亚洲的男生，不管是中国的、日本的、韩国的，还是新加坡的，只要是皇甫杉和安文泽这类型的，在澳洲都是十分受女生欢迎的。

安文泽表现得和平时一样淡定，目光朝下面站着的队伍中扫视了一圈，很快就发现了水云菲和花浅夏。

他似乎对她们微微一笑，然后用十分流利又地道的英文简短介绍了一下自己。最后，在一阵又一阵的欢呼声中，安文泽完成了校方安排给他的仪式。

“哔”的一声，接力赛开始了，裁判的哨声跟着吹响，第一组进入接力跑道的学生好像火箭一样飞驰而去。

此刻依然在赛道上待跑的水云菲和花浅夏，正十分紧张地握着拳。她们的目标是前三名，零点五分的学分呀，蚊子的腿再瘦也是肉！

花浅夏那一队的第一棒和第二棒都是皮肤黝黑的粗壮女生，跑起来就像黑豹一样，在第二棒时就已经与其他队拉开了距离。

很快，接力棒传到了花浅夏手上，本来运动细胞就发达的她，棒子一接，脚就像自动上膛了一样，没有片刻犹豫和停滞，直接就冲在了第三道的最前面。

水云菲作为第四棒非常焦虑，虽然胜利在望，但无论是在中学还是大学，她擅长的运动仅局限于体力消耗和耗氧量都不大的体育项目，比如慢走之类的项目。像她新学的马术，虽然也有耐力方面的要求，但那至少是马在跑，不是她在跑。

眼看着花浅夏已经将棒子递过来了，她的手抖得差点没接稳，随后一个转身，朝着终点的方向拼命跑了起来。

可是，站在第二赛道的队员在接棒的时候突然发力，竟猛地追了上来。

“啪”的一声，水云菲脚下一乱，竟直直地摔倒在跑道上。

“小水！”

花浅夏在后面吓了一跳，差点就跑上去，却见水云菲已经挣扎着从地上爬了起来。

此刻，水云菲突然将视线聚焦在终点的安文泽身上，她也不知道他是什么时候出现在那儿的，但她怎么能在他面前出丑呢？她出的洋相已经够多了，还总是在最关键的时候掉链子。但这一次，她就是掉链子也不能停下。于是，她全然不顾自己的膝盖是否有擦伤或磕碰，眼里的目标只有一个，那就是赢！

安文泽自然也看到了她。如果说以前的她只是一个喜欢八卦又特别花痴的普通女孩，那这一刻，她终于绽放了独特的光彩。她变了，变得比以前更美丽了。

花浅夏在后面追喊着加油，而原本已经冲到水云菲面前的二号队员不知道怎么回事，居然在跑到一半的时候便被水云菲超越了。

胜利只在一瞬之间，当终点的哨声终于响起，围观的群众竭力欢呼时，水云菲已经领先一秒触到了那红白相间的终点彩带。

花浅夏兴奋得跳了起来，安文泽也松了口气。但是，水云菲并没有因此而停下。

就在众人以为她是刹不住车，打算避让的时候，只见她直直地扑向了站在前方的安文泽，并拼尽全力把他压倒在地上。

安文泽还没反应过来，就感觉自己的唇又被某个人胡乱肆虐了一通。

午间休息，食堂内。

“天啊！我今天怎么会做出那种事？”

水云菲好像刚回魂似的，吃饭的时候才想起来自己今天究竟干了什么事。

"浅夏，我真的当着全校人的面，强吻了安文泽？"她仍不相信。

花浅夏把自己拍的现场照片翻了出来给她看，笑着道："证据在此，即成历史。"

"噗！"水云菲刚喝下去的汤水喷了出来，"你为什么不拦住我？我的天！这个人一定不是我！我一定是被什么东西附体了！"

还好花浅夏反应快躲开了，这才避免了一场因为汤水而引发的悲剧。

"小水，现在全校都知道你今天'非礼'了学校特聘的双学位高才生，类似这样的照片都已经传到脸书和官方微博上去了，你还想怎么抵赖？"

水云菲觉得自己当时一定是脑子抽了。

"不过小水，好像泽也没怎么抵抗啊？原来他喜欢你这样的女生啊！"

花浅夏看似冷静地分析着，实则是在说水云菲属于"脸皮厚"的那一种类型。水云菲听后更是恼羞成怒，举起粉拳对着她就是一阵猛捶。

在后来的几项比赛中，除了篮球和游泳这两项看到了安文泽外，其他的项目就再也没见到他的身影。

美国，新泽西州的莫里斯敦，这是一个距离费城仅有十五公里的小镇，可夜生活却远没有费城丰富多彩。

皇甫杉来到这个地方已经有两天了，按照安文泽给他推荐的人查出的资料显示，这个小镇是白芷乔最后出现过的地方。

在镇上休息了一夜，第二天一早，他拿着手机记录的详细地址，终于找到了那所位于街心花园旁边的矮旧民房。

这个时候正好是美国时间的清晨四点半，很多小镇的居民早早就爬起来晨练了。

皇甫杉找到了门牌号，然后轻轻地按下在墙上挂着的门铃。

等了好一阵，里面才传出了一个类似中年妇女未睡醒的声音，夹杂着浓浓的地方口音，朝门外问了一句："找谁啊？这一大早的。"

皇甫杉一听，竟有一些紧张地回道："您好，我找白芷乔白小姐。"

不一会儿，门开了，站在他面前的是一个头发有些花白、脸上皱纹却不明显的亚裔妇女。

"中国来的？"她上下打量了他一会儿。

"不是，是新加坡来的，但也是华人，我叫皇甫杉。不知道白小姐还在这儿吗？我是她的朋友。如果她不在这儿，您知道她现在在哪里吗？还有这个男孩，请问您见过吗？"

皇甫杉似乎有一些迫不及待，一口气问了好几个问题。他生怕妇女听不明白，说话的时候还尽量放慢了语速。同时，他朝那妇人递上了两张照片，一张是白芷乔的，一张是纪羽寒的。

那妇人只是淡淡地扫了一眼，并没有做出多大的反应。

"我不认识这两个人，你要找人，还是去警局吧。"说完，那妇人就直接将门关上了。

皇甫杉没想到居然吃了个闭门羹，但还是不放弃地继续敲着门。

"女士，如果您肯告诉我有关他们的信息，我给您酬劳！"他开始放诱饵了。

"200 刀！"第一次喊价。

“不，1000刀！”第二次喊价。

“女士，我需要您的帮助，10000刀可以吗？或者，您可以开个价！”

可门内的人就好像完全没听见似的，任凭皇甫杉在门口怎么叫喊，都没有丝毫回应。

街道上的行人开始慢慢多了起来，每一个路过的人都以一种奇怪的眼光注视着皇甫杉，甚至有巡逻的警察让他出示身份证件，并再三警告他不要继续在这里滋扰居民。

就在皇甫杉准备和警官理论的时候，只听“哗”的一声，一盆冰凉的水从他头顶上方泼了下来，不偏不倚，正好泼在了皇甫杉身上。

“哇哦……”

众人吃惊地掩住笑，就连那巡逻的警察也差点笑出了声。看来，这屋里住的还是一位脾气不好的夫人。

视频里，安文泽听说了皇甫杉今天的遭遇，也忍俊不禁地笑出了声。

被泼了水后，皇甫杉就直接转身走回了酒店。

长那么大，他何曾受过这样的待遇？

见自己的兄弟也这般嘲笑自己，他忍不住责骂了：“没良心的，现在你也学会幸灾乐祸了？”

“对了，我朋友收到了新的消息。”安文泽一边说一边打开了自己的电子邮箱，“但是这对你来说恐怕不是什么好消息。”

当安文泽在自己的房间里用电脑与皇甫杉视频的时候，花浅夏正将一盘水果沙拉端在手上，另一只手刚好准备去敲安文泽的房门。

“是什么消息？”皇甫杉在那边问。

“他说，叫纪羽寒的那个人在三年前曾经申请过更名，但是被驳回了。他申请更改的名字，就是叫‘奕广寒’。”

安文泽刚说完，就听见门口传来“啪”的一声，好像是托盘和瓷器落地的声音，与此同时，还伴随着一个女生的抽泣声。

“不好！”

安文泽立刻站起，转身朝房门的方向奔去，只见花浅夏用手捂着嘴，满眼含泪地呆站在那儿。可她露出的不是悲哀的神色，而是激动和喜悦。

“纪羽寒，他真的是纪羽寒？”

花浅夏伸手抓住安文泽的肩膀，迫不及待地问道：“泽，你没有骗我对不对？奕广寒真的就是纪羽寒！”

安文泽眉头微皱，却没有正面回答她：“浅夏，在DNA没有得到确认之前，所有的可能都只是猜测。”

“不，我不觉得只是猜测！”花浅夏摇了摇头，“我一开始也觉得他不是，但是，当我听到他叫南宫钰‘爸’的时候，我的信念就动摇了！你们和南宫家那么熟，你们应该知道，南宫钰只有纪羽寒一个孩子，是吧？”

安文泽没有吭声，花浅夏的泪水再次落下，肩膀还有些颤抖。

四年前，当她第一次知道纪羽寒再也回不来的时候，她的心就好像被人用刀割去了一半。为了疗伤，她独自去了香港旅游散心，在那里遇到了“大白”。后来，“大白和女孩”的画稿便一直陪伴着她。从香港回来后，她就感觉纪羽寒一定还活着。他可能受了很重的伤，又可能是毁容了，所以才不敢出现在她面前……

这一等，就是四年。随着时间的流逝，那份期待慢慢就变成了一种习惯。

但是当有一天，她发现这份期待可能就要成为事实时，她已经平复的心又翻滚着沸腾了。

这一次，她不想再失望了。

“泽，谢谢你今天让我知道这些。我觉得，那个DNA鉴定你们不需要再做了，我也不会再帮你们收集样本的，那根本就是……多此一举！”

她转过身，也没去捡掉在地上的托盘和水果，径直朝她的房间走去。

安文泽眉头深深地皱着，看着地上凌乱的碎片和果块，一时间也不知道该怎么办才好。

就在这时，他的视野中出现了一双穿着拖鞋的脚。他抬眼，发现是水云菲。她蹲下身收拾了那一地的残局，然后抬头疑惑地问：“已经确定了？真的不用再做DNA鉴定了吗？”

安文泽将她从地上拉起，没回答，反而开口问了一句：“你能试一下吗？”

她点点头：“可以，我还是不相信。”

“那好，她不弄，你来弄。”

“为什么我总是觉得，他好像知道我们要干什么似的，总能搞出点什么状况，让我们无法顺利地采集到他的头发？昨天浅夏的信封莫名其妙就不见了。校运会时我头疼，没仔细分析，现在想想，就感觉是这样……”

“真的？”

听了水云菲的话，安文泽又陷入了沉思。

花浅夏一回到房间就准备换衣服，她等不及了，她现在就要去找纪羽寒。为什么他一直瞒着她？她相信他那么做一定是有原因的。

就在她拎着包准备出门的时候，包包里的手机响了。她掏出来一看，是皇甫杉发来的视频邀请。她刚要接，手机就突然关机了，没电了……

“浅夏，这么晚了你还要出去？”安文泽忽然从房间里走出来。

“泽，如果今天晚上我不去向小奕摊牌，我怕我整个晚上都会睡不着。你能体会失而复得的那种心情吗？我现在就是这种心情！”

似乎是知道自己劝不住她，安文泽干脆将车钥匙拿在手上，道：“那好，我陪你一起去。”

悉尼的深夜正好是美国新泽西州莫里斯敦的上午。皇甫杉不时给花浅夏拨去电话，但她的手机一直处于关机状态。

他今天真的是诸事不顺，不但在大清早被人泼了冷水，回来和自己的兄弟视频通话，在讨论到最重要的问题的时候，还被他心里最紧张的那个人听到了。

虽然他在来美国调查之前就已经做好了准备，但当这样的情况真正发生的时候，他的心还是会颤抖。所以，他只好给安文泽发去短信，让安文泽看着她。

“咚咚咚”的敲门声，惊醒了原本准备睡下的人。

奕广寒在床上翻了个身，想喊郭星去开门，但郭星睡得比他还沉。无奈，他只得自己爬了起来。

让奕广寒没有想到的是，深夜来敲门的人竟然是花浅夏。

“寒，为什么你不告诉我你回来了？我一直在等你，我就知道你还活着！”花浅夏边哭边抱着他，继续道，“不管你遇到了什么事，就算你的样子和以前不一样了，声音也不一样了，只要你回来了就好！以后，不要再去赛车了……”

泪水打湿了奕广寒胸前的T恤，她纤瘦的身子不停地颤抖，就好像害怕失而复得的东西又再度失去。

这是她第一次在他面前叫他“寒”，而不是叫那个略显生疏的“小奕”。

奕广寒任凭她抱着自己，也没有出声，只是伸出手轻轻地在她背上拍了拍。

忽然，花浅夏像是又想起了什么，直接走进了他的屋子，在书房窗下的那个画架上翻出了她之前看到的那几张画。

她还找到了他如今正在使用的记事本，将他手写的字迹翻出来。她替他抄过笔记，可那时候她还真没有注意，原来他的字迹和纪羽寒的一模一样。

最后，她又冲到了他的卧室里，将衣柜里的衣服都翻了一遍。没有？她又去翻他的行李箱。终于，在行李箱的最下方，她找到了那条围脖。那是在他最后一次去美国比赛的时候，临走前，她补送给他的生日礼物。

“寒，这些东西都在，你还有什么话要说吗？”

她将东西都摊在了他眼前，等着他的解释。也许是她的动静太大，原本一直睡得死沉的郭星也醒了过来，揉着眼从房间里走了出来。

“你快告诉我，你为什么会有这些东西？你为什么会叫南宫钰‘爸爸’？你不要和我说你是他领养的孩子。就算是领养的，你的笔迹也不可能和纪羽寒一样吧？还有那些画……”

奕广寒皱着眉，微微地张着嘴，想说什么，却好像在纠结着。

郭星在一旁似乎有些看不下去了，直接冲到了他面前，扯着他将他推到了花浅夏跟前。

“寒，你还在顾虑什么？她都已经查到这种程度了，你再隐瞒，还瞒得住吗？还是由我来替你说？”

奕广寒没想到郭星居然在这时候醒了，听了他的话，他的眉头皱得更紧了。

郭星本就是个急性子，也不知是不是憋久了，见奕广寒依然不发一言，便迫不及待地对花浅夏道：“小花，奕广寒他就是纪羽寒，是南宫家不让我们以原来的身份露面的。而且，‘奕广寒’这个名字本就是个艺名！”

郭星的一番话正是花浅夏想要的答案。可有一点，她自始至终都不明白，为什么他一直不愿意向她承认？

此刻的奕广寒格外沉默，就好像完全变了一个人，不再是那副既阳光又痞痞的，还有点无赖的模样。

郭星又忍不住了，补充了一句：“小花，在那场意外中，寒头部遭到碰撞，导致他失忆了！所以，他才……”

什么？失忆？

花浅夏听后一下就呆住了。她怎么也想不到，纪羽寒居然会忘了她。

“郭星，你够了！”奕广寒终于忍不住开口，他冷着脸，又转头向花浅夏道了一句，“浅夏姐，现在很晚了，明天校运会你不是还要参加最后一项比赛吗？你还是回去早点休息吧，明天我会去看你比赛的。”

他这是在对她下逐客令？

此时，安文泽也上前拉住了花浅夏的手，示意她现在可以离开了。

“浅夏，我们先回去吧。你该问的也问了，该知道的也知道了，其他的事，你们以后再慢慢说。”

此刻的夜风非常凉，花浅夏只穿了一件单薄的外套，在出了楼道之后，她不由自主地抱紧了自己。

安文泽慢慢地走在她前面，在靠近车子的时候，才回头担忧地看了看她。

“泽……你还记得，我和你说过，纪羽寒在去美国比赛前，让我答应他一件事吗？”她忽然道。

“记得。他让你答应他，等他比赛回来以后，就让他做你的男朋友。”安文泽回答。

正是因为这个承诺，皇甫杉才对纪羽寒很是忌惮。可是，老天爷还是喜欢眷顾着某些人，这才没有让纪羽寒平安回来。但也因为这事，纪羽寒又成了皇甫杉这辈子最大的心结。

花浅夏思索了一阵，目光从远处移到脚下，然后又看向一旁的安文泽，继续道：“泽，你知道吗，就在刚才听到小郭说纪羽寒失忆了的时候，我居然……居然感到了一丝庆幸。”

花浅夏说到“庆幸”这个词的时候，心底的那份对纪羽寒的亏欠更重了。

“我庆幸的是，他忘了那个承诺。要不然，我真的不知道该如何面对他，毕竟我已经是杉的女朋友了……”

就在他们的车子离开之后，房间里的奕广寒默默地拉上了窗帘。

郭星就站在他身后，偷偷松了口气。

“小郭。”奕广寒突然叫住了他，“你不做演员而做经纪人，好像有些浪费了。”

郭星淡淡地笑了一下，道：“我这是在帮你，要不然，南宫家交给你的任务，我怕你这辈子都完不成。”

“那是我的事！以后，你还是不要插手为好！”奕广寒竟然有些生气。

“不要插手？那尹珂的事呢？你是不是也打算不管了，奕子铭？”

郭星的话让奕广寒的心猛地震颤了一下。

奕子铭，他有多久没听到有人喊这名字了？

第五章 被设计的人

美国，莫里斯敦。

“我知道了。”

结束了和安文泽的通话后，皇甫杉默默地躺在酒店的床上，发了将近半个小时的呆。

奕广寒是失忆后的纪羽寒？听着真是可笑和离谱。

就在这时，从酒店客房的座机上传来了服务总台的呼叫。

“皇甫先生，有一位韩小姐找您。”

“让她进来吧。”

不一会儿，门铃声响起。进来的是一个身材高挑、留着齐耳短发，看上去十分干练的年轻女子。

“终于见到您了，皇甫少爷。”她微微弯着如杏般的大眼，礼貌地伸手向他自我介绍道，“您好，我的名字叫韩木香，是安文泽让我过来找您的。”

韩木香是安文泽以前的邻居，两人从小就认识，所以关系非常好。因为她总是一头短发，性格又豪爽，所以她身边的人经常把她当作男人来看待。她是一位美籍华人，父亲是一名私家侦探，母亲是医生，在当地开了一家中医诊所。很多小道消息，她都是从母亲的诊所里搜集到的。要知道，唐人街里的华人总是无所不知。

两人在房间里聊了一会儿，皇甫杉也跟她说了今天他遇到的事。她想了一会儿，然后道：“没关系，从明天起，我和你一起去。”

翌日，皇甫杉和韩木香一起去敲那妇人的门。但毫无意外地，那妇人依然拒绝开门。不过他们并没有轻易放弃，第二天，第三天……皇甫杉已经不记得自己是第几次去敲那妇人的门了，可还是毫无进展，他不免有点心灰意冷。

这天，他们再一次上门请求见面。

“杉，如果今天她还是不肯见我们的话，那我们真的没有必要继续在这里浪费时间了。”

韩木香看了看那老旧的门牌号，如若不是因为线索在这里断了，她也不会鼓动皇甫杉到这个地方来受这种气。

“我知道。如果再不行，我们就按计划去下一个地方继续查吧。只是，我一直认为这条线索是最重要的，能让我们最快找到白芷乔。”

就在他伸手又想去敲门的时候，忽然闻到从里面传出某种奇怪的气味。

两人都皱了皱眉，猛地意识到发生了一件很危险的事。

“是天然气泄漏？”

皇甫杉先叫了一声，二话不说就朝着门狠狠地踹了一脚。

不够，再一脚。

还不行，再来一脚。

“啪”的一声，老旧的木门终于被他踹开了。

医院。

当白丹妮清醒过来的时候，便发现自己已经躺在了病床上。她的脑袋还有一些昏沉，胃里也感觉有些恶心不适。但，她居然还活着。

“阿姨，你醒了吗？”

皇甫杉凑近了些，还顺道递给她一杯水。

白丹妮看到他，先是吃了一惊，但很快脸色就恢复了正常，接过他递来的水喝了一口，然后才说道：“原来是你啊，年轻人……唉，谢谢你救了我。”

站在一旁的韩木香偷偷按下了录音笔，然后也凑过去问了她一句：“白阿姨，今天的天然气泄漏是怎么回事？能和我们说说吗？您不要害怕，我们是来帮您的。”

白丹妮一听她这么说，脸色瞬间就苍白如纸。她左右看了看，还好，她住的是单人间。

“既然你们都已经来找我那么多次了，我现在大难不死，也不想再替他们隐瞒了。”

白丹妮说着试图坐起来，皇甫杉忙上去扶住了她。

“天然气泄漏完全是我自己不小心造成的，那纯粹是意外。其实我认识你们要找的那两个人，只是，南宫家不让我说。他们给了我很大一笔封口费，那些钱对我来说也算是救命的钱，要不然我早就病死了。”

“那您现在能告诉我们，白芷乔后来带着纪羽寒去哪儿了吗？他们应该没有分开，对吧？”皇甫杉有些迫不及待地问。

白丹妮只是犹豫了一下，就将自己知道的一切告诉了他。

澳大利亚，悉尼。

校运会一连举办了几天，据说到最后一天的时候，校方还请了当地的新闻媒体，专门报道这场校运会。与此同时，还会出现娱乐记者，因为在下午的闭幕式上，从这里毕业的明星们也会过来捧场。

让花浅夏意想不到的是，南宫钰也将出现在观众席上。

“南宫家是这所学校的捐资者之一，商学院和医学院的那两栋新教学楼，就是他们出资建的。”安文泽对她解释道。

这天上午，有几个项目进行决赛。花浅夏参加游泳决赛。

水云菲站在安文泽身后不远的围栏外，一双饱含情意的眼睛一眨不眨地盯着他的背影。昨天自己的疯狂举动虽然丢脸，但现在回想起来还是值得的。

“什么时候到浅夏？”

突然，一个声音在她背后响起，她匆匆回头，发现是奕广寒。

“下一场，很快了。”她回答。

刚说完，花浅夏便站在泳池的前端等待着。

随着一声尖锐的哨响，赛道上的选手们纷纷下水，花浅夏更是冲到了最前方。但是，怎么感觉好像有什么地方不对？

“天啊！这是谁做的手脚？”水云菲在岸边也看出来了。

“她怎么了？”奕广寒纳闷。

“她的泳衣带！是谁弄开了她的泳衣带？”

水云菲有些急了。经水云菲这么一提醒，奕广寒也看清楚了。今天花浅夏穿的是一件连体泳衣，而此刻，她一侧肩膀处的泳衣带子还差一点点，就断了。

他望了一下看台四周的人，发现一些已经完赛的金发选手，正围在一起不知道在讨论着什么，而她们的目光时不时地朝水中的花浅夏看过去，仿佛在等待着一场好戏。

水云菲急得直冒汗，恨不得现在就冲上去，在花浅夏准备离开水面的时候给她挡上一挡，避免走光。但是，已经来不及了。

花浅夏果然是第一个抵达终点的，就在她起身准备跃出水面的时候，一只手忽然从岸边伸来，一把将她从水里捞了起来。

是奕广寒，此刻他正用自己的身子挡住观众看向花浅夏胸前的视线，并用手紧紧地抱住了她。

“咔嚓”“咔嚓”的闪光灯，瞬间就在他们四周亮了起来。花浅夏瞪大了眼，根本就不知道究竟发生了什么事。

“你……”

她刚想将抱她的人用力推开，就被水云菲用一条大浴巾裹住了。

“浅夏，是他帮了你，你的泳衣……”

水云菲边说边示意她看肩膀处，她这才发现自己的泳衣出了问题，可好好的泳衣怎么会这样呢？她还发现泳衣带子的断裂痕迹是平整的，看着很像是刀子割开的……

她看了一眼站在泳池另一边的那群金发女生，早在更衣室的时候，她们看她的眼神就有些不对。是嫉妒？但她们又嫉妒她什么呢？

花浅夏不解，就只当是她们的一次恶作剧。

“谢谢，对不起，我误会你了。”既然知道奕广寒不是故意揩她油，花浅夏自然要跟他道歉。

奕广寒笑着摊开手，放开她，然后半倚在围栏上，视线却朝观众席上的某个地方看了过去。

此时，郭星正坐在南宫钰的身旁，刚才的一幕他们自然也看到了。

“先生，这一次，他一定会成功的，那女孩现在已经完全相信他就是寒了。”郭星赔着笑脸，一脸狗腿地讨好着，好像南宫钰才是他的老板。

听了他的话，南宫钰终于淡淡地笑了笑，道：“他这边我不担心，就不知道阿伦那边现在怎么样了。”

说着，南宫钰从位置上站了起来，转身往游泳馆门口走去。

斯蒂芬视觉研究中心。

南宫茜刚吃完药，就又捧起了放在床边的人脸木雕，用指尖轻轻地勾勒着。

叶盛伦每次看到南宫茜抚摸那木雕，心里都有一种说不出的感觉。

“茜，这东西都被你摸得掉色了，要不要我再去悉尼的市场里帮你买点别的回来？”

他真恨不得把她手上的那个东西丢掉，或是藏起来。

“市场？我想去！但这个如果掉色了，就让花姐姐重新给我上色就好了。”

南宫茜依然抓着那个木雕不放，还紧紧地将它搂在怀里。

“但是你也知道，你花姐姐的眼睛好了以后，已经能去上学了，她不可能经常有空过来给这个木雕上色。”

“那我就让花姐姐教我上色，上色应该不难吧？虽然我看不清颜色，但是你可以告诉我呀。”

南宫茜仰着头，那双黝黑的大眼看似无神，实则充满着灵气。

看来又要给花浅夏打电话了。叶盛伦从口袋里掏出手机，走到被太阳余晖照着的窗台下。

温暖的阳光笼罩着他，有那么一瞬，南宫茜仿佛看清了他高大挺拔的身影，还有他身上穿着的灰蓝颜色的男士衬衫，并且这身影还越来越清晰。

叶盛伦在电话里和花浅夏说了一阵，然后又转身回到了南宫茜面前。

“茜，你放心。我已经替你给花姐姐打了电话，她说晚点就过来。”

南宫茜的视线一直在他的脸上，他有一双藏在金边眼镜下的清秀的眼，还有高挺的鼻梁和线条柔美的嘴唇。她不记得自己最后一次看清他的模样是什么时候了，但是现在，他的五官比她想象中还要帅气很多。

听到他这么说，南宫茜只是机械地点了点头。

“我去给你准备些画画用的东西。”说着，叶盛伦就往病房外走。

待叶盛伦离开之后，南宫茜才低头瞧了一眼一直被自己握在手中的那个人脸木雕。那上面刻着的男子，无论是眉形还是眼眸，怎么看都和刚才在她面前站着的男人一样。

校运会刚结束，花浅夏就来到了研究所，她还把奕广寒也拉了过来，并多准备了两个画架，她一个，奕广寒一个。

叶盛伦准备了好几种画纸，因为他也不清楚他们需要什么样的画纸，于是就从附近的文具店里买来了素描纸、油画纸、白板纸、灰卡纸……甚至买到了画中国水墨画的宣纸。但是，他分不清楚生宣和熟宣，所以就干脆一起买了。

他还买了很多画笔，水彩笔、马克笔，以及素描用的铅笔、炭笔、油画笔，还有各种粗细大小不同的毛笔。

当花浅夏看到叶盛伦捧来一堆的纸笔供她选择时，差点没忍住笑出声来。

“叶医生，早知道我就提前和你说要准备什么了，没想到你居然买了这么多。”

花浅夏从那一堆的纸笔中挑出了可以给南宫茜用的，然后自己也选了一支，调好颜料。

不一会儿，洁白的画纸上就出现了一座山的形状，花浅夏耐心地问南宫茜：“看得到我用了什么颜色吗？”

南宫茜点了点头，拿起自己手中的笔在颜料盘上蘸了蘸，准确无误地在自己面前的纸上也画了一道绿色的痕迹。

没有人注意坐在她们身旁的奕广寒手中拿着的却是画水墨画用的国画笔，他将那画架弄成了一张平整的小方桌，然后执笔娴熟地在宣纸上画了一幅气势磅礴的中国山水画。

要不是进来查房的护士无意中看到了，大家都没发现，原来他们之中居然隐藏着这么一个天才画师。

“寒，你什么时候学会了画水墨画？”花浅夏看到那画时，也震惊了。

可奕广寒却在听到她的这番夸赞后，面色微微变了变。

“寒，这是你这几年学的吗？实在是太棒了！能给我画一幅吗？”

花浅夏没注意到他脸色的变化，还十分主动地向他讨画。

“我就只会画这一幅而已，你知道的，我学什么都是三分钟热度。做事情，也就图个表面好看就够了。”

奕广寒找了个借口推脱掉，便将手中的毛笔放回桌上。

花浅夏吐了吐舌头，表示遗憾，然后继续教南宫茜作画。

又过了一会儿，奕广寒借口去上厕所，出来时见叶盛伦跟在自己身后。

“奕，先生让我转告你，不要让他等太久了。”在空无一人的走廊上，叶盛伦压低声音对奕广寒说。

“我知道。”

奕广寒似乎有点不情愿，但还是勉强答应了他。

叶盛伦猜出了他的心思，看着他的目光有些无奈，可谁让他现在是南宫家的人呢。而且，这孩子还有短处握在南宫家的手上。

再回到病房的时候，奕广寒看到花浅夏已经用水彩在画纸上画了一幅很有中国味的山水画。而南宫茜临摹了她的画，居然有七分相似。

花浅夏一转头，就看到了跟在奕广寒身后的叶盛伦，她十分兴奋地挥了挥手：“叶医生，你看，小茜的视力是不是比以前好了？她居然能这么准确地临摹出我的画呢！”

叶盛伦看了眼南宫茜面前的画，再看了看花浅夏的，两幅画确实很相似。随后，他深深地皱了皱眉，又抬眼久久地看着南宫茜。

时间不早了，花浅夏估算着安文泽的车子可能已经开到了楼下，于是起身告辞。

“花姐姐，你明天还来吗？”

现在只要有机会，南宫茜就会要求花浅夏过来看她。

“嗯……明天正好是周末，如果没什么事的话，我会来的。明天教你画花瓶好不好？”

“好呀！”

南宫茜开心地笑了，目送着花浅夏和奕广寒一起离开。

当病房内又只剩下叶盛伦和南宫茜两个人的时候，叶盛伦突然拿了一根细棍儿，对着墙上的视力表说了句：“茜，你看看这个。”

可是，结果却和他预料的不同。无论南宫茜用哪只眼看，手指的方向好像都是乱来的，只偶尔对了一两个，只有最上面的那个她能看清楚。

“唉……”叶盛伦放下细棍儿，轻轻地叹了一口气。

他刚才还以为她的视力恢复了呢，不过，看上去是比原来好了不少，至少能看清最上面那个了。

花浅夏和奕广寒走出研究所的时候，果然看到安文泽将车子停在了大铁门外。他们事先曾约好，两个小时后过来接她。

水云菲也坐在车上，不知他们是不是已经等了一会儿。花浅夏见到她的时候，她已经在副驾驶位上睡着了。

“校运女神，你打算请我们去哪儿吃夜宵啊？”奕广寒一边搭着她的肩膀，一边替她打开车门，同时问道。

“不如我们去外面转一圈，然后打包回家吃怎么样？”花浅夏提出了自认为很完美的意见。

“不行啊，这多没意思！反正明天是周末，我们找个地方住一晚？”奕广寒马上提出了反对意见。

“咦，真的？这主意好啊！就像当年我们篮球队最后一次聚会一样。那我们现在就去找个海边小屋住一晚吧？”水云菲正好醒了，一听到要出去住，整个人都兴奋极了。

在距离邦代海滩仅有五百米远的公寓式酒店套房的大露台外，花浅夏、水云菲、安文泽和奕广寒四个人正围绕着一张四方桌，一边吃着烧烤，一边玩着最流行的牌类游戏。后来，大家渐渐困了，便给烧烤师傅结了账，最后各自回了房。

水云菲是最先回去睡的，安文泽的房间就在她隔壁，两人是一前一后离开的。花浅夏也很困，最后吃了一块肉就转身回房了。

“浅夏姐，我有东西要给你。”突然，奕广寒叫住了她。

“什么东西？”花浅夏好奇地转头问。

自从知道他的“真实”身份后，她对他的防备就少了许多，而且很有耐心。即便他永远恢复不了记忆也不要紧，只要他健康地活着就很好。

“你等等，我好像找不到了。”

奕广寒摸了半天口袋也没摸到什么。

花浅夏实在是困得不行，连打了几个呵欠后就先回房了。奕广寒让她在房间等等，他找到了就给她送过去。她也没多想，点头答应了。

一躺上床，花浅夏就觉得自己的眼皮好像要打架似的，倒头就睡着了。她房门是虚掩着的，本来是打算等奕广寒来了之后再关上的。

二十分钟后，奕广寒才出现在她的房间门口。可即便他走近了，躺在床上的花浅夏还是毫无感觉。

第二天醒来的时候，花浅夏觉得整个世界都坍塌了——她衣衫不整不说，枕边还躺了一个男人。

奕广寒几乎是被她的喊声惊醒的，他揉着眉还没反应过来，房间的门就被人用力撞开了。

“浅夏！”

一男一女几乎同时闯了进来，脸色苍白地看着坐在床上的两个人，然后……

“浅夏，你怎么样了？”水云菲飞一般地冲了过去，并快速捡起散落在地的外套给她披上，然后顺手拥住了已经呆住的她。

“奕广寒，你这个卑鄙小人！”安文泽一把将奕广寒从床上拖了下来，紧接着一拳朝他的面上打去。

奕广寒吃了个痛，但并没有因此而还手。

“你信不信我现在就将你送到警局？”安文泽又拉起他，二话不说又是一拳。

这一次，奕广寒被他打得口唇冒血。他有些挣扎地捡起地上散乱的衣服快速穿上，还是没有还手。

水云菲发现花浅夏身上冰凉，甚至还有些颤抖。

就在这时，奕广寒突然在他们面前单膝跪下，道："浅夏姐，昨晚是我一时糊涂，我一定是喝醉了，才无意中冒犯了你。但我会负责的，我……"

他还没说完，就听花浅夏歇斯底里地吼道："出去！你给我出去！你现在就给我出去！"

奕广寒的眉头皱得紧紧的，虽然有点犹豫，但还是听了她的话，慢慢地往门口走去。

"我真的会对你负责的！"离开前，他回过头最后对她说了一句。

负责？她心里冷笑，只捂着脸将头埋进了自己的双膝里……

"浅夏，没事的，我们都不会对杉说的，而且我们一定会让奕广寒受到惩罚！"水云菲一边拍着她的背，一边不停地安慰她。

可花浅夏只是哭，她已经丧失了冷静思考的能力，完全没注意到自己身上其实毫无被人侵犯的痕迹。

这天晚上，皇甫杉不断打来电话，但直到手机没电了，花浅夏也没有接。

"我给她吃了两颗安定片，她现在睡了。"水云菲从花浅夏的房间里走出来，对安文泽道，"这件事，你打算怎么处理？"

"当然是报警，他这是犯罪！"

安文泽对这件事的态度一直很明确，让他纠结的是，到底要不要把这件事告诉皇甫杉。如果说了，后果可能会不堪设想；可如果他不说……

“但他是纪羽寒啊，他是好不容易才死里逃生的纪羽寒，就算他做错了事，你也应该等浅夏恢复冷静后再做决定。”

在水云菲的认知里，纪羽寒在花浅夏心中的地位和皇甫杉其实是一样的。

“我知道，要不然我早就报警了！”

这也是最让安文泽气不过的事情。就在这时，他揣在裤袋里的手机猛烈地震动起来，他顿时有一种不好的预感，掏出手机一看，果然是皇甫杉打来的。

水云菲也看到了，她紧张地握住了他的手，眼睛一眨不眨地注视着他。

“嗯，昨晚我们都出去庆祝了。”安文泽还是接了电话，但并没有提到今天早上的事，“她又喝醉了，我们都醉了。上午才醒的，但是她还没有醒。嗯，小水说她有些酒精中毒，现在给她吃了点药，等她醒了，我让她打给你。”

最终，安文泽还是没有狠下心来告诉他，水云菲也松了口气。

“嗯，那你先忙吧。”他刚要挂断电话，又震惊地问了句，“什么，你要回来了？”

一听到这儿，水云菲刚刚放下的心再次提了起来。

此时，在悉尼的某家高档酒店的总统套房内，南宫钰收到了奕广寒发来的一组照片。照片中，床上躺着两个人，一个是奕广寒，另一个就是花浅夏。两人的身子都藏在被子里，只隐隐露出肩膀和颈脖。

南宫钰以极快的速度将那些照片浏览完毕，然后才给奕广寒发了条信息：很好，你的任务也算完成了大半。

奕广寒很快就回了一条：那我可以请假回美国吗？

不一会儿，南宫钰的回复便到了：可以。

奕广寒的离开很突然，临走时只交代郭星看好他们现在租住的房子。

飞机降落在美国洛杉矶的时候，时间已经是当地晚上十一点。他按照南宫钰发给他的地址，很快就找到了那家私人医院，还有他最想见的人——尹珂。

“针已经打完了，小姑娘，你好好睡一觉吧。”

有护士正在里面说话，奕广寒刚要推开门，就见那门开了。原来是刚才说话的护士从里面走了出来。那护士看到他先是一愣，然后问：“你是来看珂的？”

“对。她睡了吗？”他点头。

“还没有，但是快了。下次不许这么晚才来探视病人，而且，过几天你也不能再探视了。”那护士严肃地道。

“为什么？”他不明白。

“她要做骨髓移植呀，需要先在无菌层流病房住一个月。你们以后来探视，就只能隔窗或视频。”

奕广寒听了，激动地道：“她真的可以做手术了吗？找到合适的供体了？真是太好了！”

似乎是听到了他们的对话，躺在病房里的女孩问了一句：“是谁来了？”

“是我！”奕广寒应着，然后抬脚步入病房内。

当尹珂看到进来的竟然是她许久不见的那个人时，泪水瞬间就流了出来。

“子铭哥？怎么是你？”

第六章 我们登记吧

花浅夏再次被噩梦惊醒时，窗外的天还是黑的。夜，怎么这么漫长。

从昨天到现在，她已经睡了一天一夜，好像连东西都没有吃。她又闭上眼，总觉得自己的世界好像缺失了什么。

手机的震动再次传来，不知是谁帮她充了电，但手机震了一会儿就不动了。她拿起手机一看，皇甫杉竟然打来了不下二十个电话。

可她现在谁都不想见，也不想联系，特别是皇甫杉。

怎么办?

她睡不着，干脆下床洗澡，然后准备去外面走一走。

刚打开灯，花浅夏就听到房内响起另一个人的声音：“浅夏，你醒了？”

此时水云菲正趴在大床的另一侧，似乎是睡得很沉，所以刚刚花浅夏被噩梦惊醒的时候，她并没有马上醒过来。

“你怎么睡在这儿？”花浅夏疑惑地问。

水云菲揉了揉眼，撑起身子茫然地看着她，答道：“还不是因为你，我担心你出事啊！”

花浅夏淡淡地笑了一下，回道：“我会出什么事？又没死人，也没破财的。”

说完，她便走进浴室，把门关上。

“对了，浅夏。”水云菲忽然想起了什么，在浴室的门口敲了两下，道，“杉要回来了，明天就到。”

花浅夏脱衣服的动作一滞，面色也变得苍白起来。

“你放心吧，浅夏，我和泽说好了，那件事我们绝对闭口不提，我们……”水云菲还没说完，就被花浅夏打断了。

“帮我请个假吧，我明天不想上学。我现在也不想追究奕广寒的责任，你们就当什么都没发生过，或许这就是我欠他的。若是这样就能还清的话，也罢了。还有，我一会儿出去一趟，今晚就不回来了。”

她并未打算去告奕广寒，其中很重要的原因是她一直以为奕广寒就是纪羽寒。她欠纪羽寒太多，既然还不起，那这个意外也就当是还债了。

“你要去哪里？”水云菲问。

“去研究所，我会一直在那里待到明天。如果……如果杉回来了，你就告诉他，我在他的未婚妻那里……”

水云菲听后脸色一变，这最后一句话怎么听都觉得不对，可又不知该如何去阻止她。

花浅夏到研究所的时候，叶盛伦很惊讶。此时的南宫茜已经躺在病床上睡着了，病房里光线黯黑，花浅夏一时看不清她入睡后的样子，却觉得此时她一定很恬静。

叶盛伦出去拿药回到病房后，看到花浅夏正歪着脑袋斜坐在病床边，他感觉她的身上应该发生了什么，于是又出了病房，给奕广寒拨去了电话。

“你成功了？”他问。

奕广寒有一些迟疑，但还是答道：“算是吧……”

“安全措施做了吗？”

奕广寒沉默了好一阵，最后只是含糊地应了句：“叶盛伦，你真多事！”

随后，奕广寒率先挂了电话。

清晨，太阳缓缓升了起来，阳光透过干净的乳白色窗帘，洒在洁白的病床上，暖暖的。

南宫茜醒来后，很意外地在床边看到了另一张脸。她先是有点疑惑，仔细看了一会儿后，才确认那确实是教她画画的花姐姐。

她轻轻地抬起手，刚想抚上花浅夏长长的睫毛，房门就被人从外面推开了。

“茜，你醒了？”

叶盛伦穿着白大褂走了进来，白大褂里面是一件淡蓝色的条纹衬衫，配一条深黑色领带，看上去十分精神和帅气。

南宫茜立马将手收了回来，装作迷茫地看了看歪着脑袋还睡着的人的脸。

“你猜是谁？”叶盛伦弯唇微笑着问。

也不知花浅夏是不是听到了他的声音，忽然就睁眼醒了过来。看到叶盛伦，她刚要说话，就见他将手指伸到自己的唇边，似乎在示意她不要出声。

“茜，你若猜得出是谁的话，今天我们就到海边去逛一逛。”

叶盛伦抛下诱饵，南宫茜一听可以出去，心里自然乐开了花。

“是花姐姐吧？”她马上答，“今天花姐姐虽然没有穿红艳艳的衣服，但是我感觉就是她。”

花浅夏有些惊讶地和叶盛伦对视了一眼，只见叶盛伦含笑点了点头，随后又对南宫茜道：“我们去海边吃早餐吧。”

这个研究所位于悉尼的曼利海滩上，距离喧嚣的市区也只有短短七公里。因为不是周末，海滩上几乎没什么人。

叶盛伦为她们包下了一张休闲的长椅和配套的圆桌，一把遮阳的大伞就立在桌旁，但还没打开。

有人送来了丰富的早餐，叶盛伦很是熟练地给南宫茜配好了蔬菜汁，然后将规定分量的面包片工整地摆到她面前。

“浅夏，你要吃什么就自己拿，别客气。”

听到叶盛伦的招呼，花浅夏只是淡淡地点了点头。

“叶医生，我来悉尼已经有一段时间了，什么时候才能看到杉哥哥呢？”就在大家安静地吃着早餐的时候，南宫茜突然开口问。

花浅夏的心跳瞬间就加快了，不知道为什么，她居然有些紧张。

“你杉哥哥忙着呢，不过应该马上就能见到了。这两天我帮你联系他怎么样？”叶盛伦说这话的时候，不经意看了花浅夏一眼。

“好啊好啊！我要见他！能不能今天就去见他？”

南宫茜掩藏不住自己内心的喜悦，原本暗沉的双眸好像被注入了无数星光，是期待，又像是爱恋。

叶盛伦的脸色却沉了下来，他垂眼看了看自己盘中的食物，有些酸酸地道："嗯……我一会儿尝试联系一下他，但不能保证他今天一定能来。"

吃完了早餐，花浅夏就将画架插在了沙滩上，调好颜料后便问南宫茜："我们今天画大海吧？你能看到前面的蓝色和沙滩的黄色吗？但前面的蓝还分了两层，一层是天空，一层是大海。"

在花浅夏教南宫茜调颜色的时候，叶盛伦给皇甫杉打去了电话。

忙音。

他皱了皱眉，过了一会儿又打一次，还是忙音。

"花姐姐，你的手机是不是在震动？"南宫茜在画纸上涂了一半的蓝色后，忽然问。

花浅夏拿出手机一看，是皇甫杉。

"花姐姐，你不接吗？没关系的，我可以等你把电话打完。"南宫茜说着就放下了画笔，缩着腿撑头看着她。

花浅夏轻叹了一声，该面对的总是要面对的。于是，她按下了接听键。

"花花，你终于接我电话了！你在哪儿？我回来了！"皇甫杉没等她出声就直接问，他似乎刚下飞机，说话间还有点喘。

"我……"

花浅夏迟疑了一下，可她还没来得及回答，南宫茜的声音就响了起来："叶医生，你能帮我把我的木雕拿过来吗？我忘在床上了。"

这个时候她居然还想着那个木雕。叶盛伦的表情显得极不自然，但他没办法，只能折回去拿她想要的东西。

南宫茜的声音，却被电话那头的皇甫杉清楚地听到了。

“花花……”此刻的他一只手拖着行李箱，脚步不自觉地慢了下来，“你等我。”

说完，他就挂了电话，将手机放入口袋，并加快脚步往安文泽泊车的方向走去。

“泽，带我去叶盛伦所在的那个研究所。”

安文泽听后拧了拧眉，不是很想动。他当然知道，花浅夏现在就在那里。

皇甫杉等了一会儿，见安文泽还没发动车子，不由得疑惑地转头问了他一句：“泽，你还在等什么人吗？”

安文泽这才有了动作，他面带歉意地回道：“没，我们走吧。”

花浅夏此时已经完成了一幅完整的海景图，这一次她画的是油画，浓郁的渐变蓝色厚重地粘在纸上，从远处看，还真像一张拍摄的照片。

“花姐姐，你怎么画得这么好？”

南宫茜看了看她的，又看了看自己的，一对比，差距就出来了。

但她的话却让花浅夏产生了疑惑，不由得问：“小茜，你看得清我的画？”

南宫茜一听，脸色不由得微微变了变。好在这时有风沙吹入眼里，她很不舒服地眯了一下。她刚要伸手去搓揉，却被某人及时制止了。

“茜，别动！”

叶盛伦轻轻弯下腰，同时慢慢靠近她。

南宫茜的心跳加速了，这似乎是她第一次这么近地看一个人，还是个男人。原来他的眉毛生得这般清秀，双眼更有着闪动在碧水间的波光粼粼的色泽，明媚又夺目，让人忍不住想伸手抚摸。

“你往下看，就看我的鞋吧……好像进了沙子，我帮你吹出来。”

叶盛伦此刻并没有察觉到，他的长相和表情都被面前的女孩深深地刻在了心里。

那一瞬，南宫茜脑子里突然冒出了一个念头：为什么她要嫁的人不是他呢？

她的杉哥哥现在究竟是什么模样？在她的印象中，皇甫杉还停留在小时候看到的那个样子。帅帅的，像个王子，有一点高冷，不喜欢和人亲近，但至少对她还是不错的。现在，她唯一记得的，就是皇甫杉的声音了。

叶盛伦翻了一会儿她的眼皮，终于找到了那作恶的沙粒，然后鼓起腮帮吹了起来。

“好了。”

他一连吹了三下，南宫茜差点忍不住落泪，她的眼睛实在是太敏感了。

“茜，我跟你说过很多次，以后再遇到有东西误入眼睛，一定不能用手搓，会伤眼的。”叶盛伦略带责备又宠溺地说了一句。

南宫茜听后吐了吐舌。

过了一会儿，叶盛伦忽然望着远处，道：“咦，那不是杉吗？”

一听到皇甫杉的名字，花浅夏就紧张起来。她有些僵硬地转过头，果真看到一张熟悉的面孔，正迎着海风缓缓走来。而自踏上这片沙滩起，他的视线就一直锁在她身上。

“杉哥哥来了吗？”

南宫茜也转过头，目光中满是好奇和期待。

很快，她就看到了。来人穿着白色的衬衫，在海风的吹拂下，衬衫下摆微微扬了起来。他的肩膀很宽，腿很长，怀旧又休闲的浅蓝色牛仔裤似乎一直是他的最爱。

他很快来到了南宫茜面前。但是，就在南宫茜双眼忽闪，想要叫住他的时候，他却匆匆与她擦肩而过，向她身后的花浅夏走了过去。

“你跟我来一下……”皇甫杉二话不说，直接抓住花浅夏的手腕，拖着她往更接近大海的方向去了。

“叶医生，那是杉哥哥吗？他要带花姐姐去哪里？他们认识吗？”

南宫茜有些愣神，她第一次有了被人忽略的感觉，而且那个忽略她的人，居然是她指腹为婚的对象。

叶盛伦皱了皱眉，在她身边轻轻地蹲下。他不喜欢说谎，但是这一刻他不得不说谎：“你杉哥哥向来是个细心又警惕的人，他第一次在你身旁看到陌生的人，自然要检查一下。”

陌生的人？

南宫茜又下意识地抬起眼眸，朝远处的两个人影望了过去。虽然她的视力还没有完全恢复，但就刚才皇甫杉看向花浅夏的眼神，看上去不像是对陌生人，反倒像是……

“茜，你吹了一阵海风，还是先回病房吧。我想，你杉哥哥一定买了很多东西放在病房里了。”

叶盛伦伸手抚了抚她的眉，似乎是有意想让她离开。

南宫茜也没反对，反而露出了一副纯真又期待的笑脸，道：“好啊！先带我去看看，杉哥哥这次有没有给我带糖来。”

那一边，皇甫杉将花浅夏拉到了浅水沙滩。偶有一朵浪花打过来，击在礁石上，浪花四溅。

“你干吗？放开我！难道你想在南宫茜面前公开我们的关系吗？”花浅夏用力地甩开了他的手。

“如果不是顾忌到她的病，我真的会直接告诉她，我喜欢的人是你，我今后要娶的人也是你！不，是我马上要娶的人！”

她震惊得后退了一步，只因他刚刚说的那句，他“马上要娶的人……”

“皇甫杉，我可没答应嫁给你，你都有指腹为婚的对象了，我可不想……”

她还没说完，他就揽住了她的腰，以吻封唇。

他的吻强势、霸道，带着侵略性，又满满都是她熟悉的味道。她几乎快沉沦了，可就在那一瞬，她的脑中又快速闪过了某些模糊的片段——

海边的夜、黑暗的房、宽大的床，她和奕广寒……

“不要！”

她猛地用力推开了他，颤抖着身子，甚至有些惊恐地捂住了头。

那些画面其实是她臆想出来的，因为她根本回忆不起来当时的景象。

没有什么比这种感觉更糟了，一种深深的罪恶感包围着她，让她觉得自己好脏。

“你怎么了？”许是发觉了她的不对，皇甫杉皱眉问。

花浅夏蹲下身，颤抖着双手抱住自己，任凭身后的浪花如何凶猛地拍击礁石，任凭激起的水花溅湿她的衣衫，她就好像一个没有灵魂的木偶一样，一动不动地蹲在那儿，不敢直视他。

皇甫杉一把拉起她，问：“你是不是出了什么事？你以前就算喝醉了，第二天醒来看到我的电话或消息也会回复。那天，我急得都要疯了，我是真的很担心你，这才改变了原本的行程赶了回来。你知道我最害怕发生的事是什么吗？我怕我回来迟了，会失去你！所以，我已经决定了，花花，我们去登记吧！东西我都准备好了，你不是也要去中国读研了吗？花花，嫁给我吧！”

他说完，再次抱住了她，只有这样他才能安心。

花浅夏愣住了，结婚吗？有那么一瞬，她差点就点头同意了。

“花花？”见她沉默，皇甫杉又喊了她一声。

花浅夏的脑子忽然清醒了，她想起了一些事，或者说是一些细节，一些当时因为情绪过于激动而被她忽略了的细节。

她觉得有必要去找奕广寒谈一谈，有一件事她一定要问个清楚。

“杉，我现在……暂时还不能嫁给你。”她终于回道。

“为什么？”皇甫杉的脸瞬间就僵了。

“有件事我要先解决，如果你真想娶我，还得再等一等……”

她并没有告诉他真实的原因，因为她知道，以他的脾性，一旦知道了这件事，那么奕广寒说不定会没命的。

花浅夏和皇甫杉回到南宫茜病房的时候，南宫茜正看着一个木雕出神。

叶盛伦没想到他们这么快就回来了，还来不及将那木雕藏好，就被皇甫杉拿了过去。

“这是什么？”

皇甫杉虽然问的是南宫茜，可眼睛看的人却是叶盛伦。这让叶盛伦更尴尬了，于是将目光投向了花浅夏，似有责怪之意。

皇甫杉何等聪明，看到他那个眼神，立马就明白了事情的原委。虽然有些想笑，但他还是非常配合地将那木雕还到了南宫茜手里。

“这上面刻的是我吗？”

他问南宫茜的语气就好像在问一个孩子，虽然这孩子早就长大了。

南宫茜的视线不经意地在他脸上停留了片刻，视线从他的眼落到了他的唇。然后，她又看向了自己手中的木雕，木雕上的人明显戴着金边眼镜，一看就知道不是皇甫杉。

“花姐姐说，是你。这是花姐姐帮我刻的。”她巧妙地回答了他的问题。

皇甫杉又看了看花浅夏，花浅夏却匆忙挪开了目光。

“抱歉，今天杉哥哥刚从国外办事回来，因为太急就没有给你准备礼物。下次吧，好吗？”

他还是像哄小孩一样去哄她。他其实并不排斥南宫茜，反而有点同情她。毕竟，生在南宫家也不是她能够选择的。她的状况，其实和他一样。

南宫茜微笑着点了点头。很难得，今天的她并没有说太多话。其实也不止今天,这两天叶盛伦一直觉得她似乎变得沉默寡言了。

“那我就先走了，改天再来看你。”

皇甫杉说着就起身告辞，临走时，还顺手拉住了花浅夏垂在身侧的手。

十指紧扣，只有情人才会这样做吧？

南宫茜静静地看着他们牵起的手，看着他们成双入对地进来，又成双入对地出去，忽然开口问叶盛伦：“叶医生，杉哥哥和花姐姐，他们是恋人吗？”

叶盛伦十分震惊地看着她，不答反问：“茜，你是看到了什么吗？如果你看到了，就告诉我！”

他轻轻地抚着她的脸，手指慢慢滑过她迷人的双眼。他总有一种感觉，觉得她是看得见的，只是她没有说。可是，他很难想象一个刚成年的孩子，是如何冷静地做到掩饰一切的。

南宫茜视线的焦点只是在他的脸上停留了几秒，就重新回到手中的木雕上。

“叶医生，那只是我的感觉罢了。难道你没发现，杉哥哥来了以后，花姐姐的话就变少了吗？而且我听声音，感觉他们是同进同出的，那就证明他们是一起来、一起走的。如果他们的关系不好，又怎么会这样？”

她一边说，一边继续用手指抚摸着木雕上的面孔。

其实，看见了又有什么用？她看见了，才发现原来每一个人都戴着一张虚伪的面具在她身边活着，那她还是看不见的好。

奕广寒下飞机的时候，已经是凌晨三点多了。他本不想如此匆忙地回来，他还想陪着尹珂直到她转进无菌层流病房。但是，南宫钰的电话就好像催命一般，他说：“杉已经从美国回来了。”

似乎在这里，有一个判决正等着他。

他刚拉着行李箱从机场出来，经纪人郭星就冲上来一把扯着他道：“今天，那小花姑娘可是等了你一个下午，我好不容易才把她劝回去，但估计她不久之后还会再来。”

奕广寒听后挑了挑眉，她会主动找他，就一定是来和他谈条件的。至少他是这么想的。

花浅夏不知道自己是不是在海边吹风吹久了，回到别墅的时候就感觉有一些头重脚轻。

“花花，我觉得你还是得早点跟我结婚。反正你迟早都是要嫁给我的，而且我已经订了回新加坡的机票了，就我们俩的。”

下午的时候，皇甫杉并没有和她一起出门，不是他不想，而是她拒绝了。所以，他才一意孤行地订了两人回新加坡的机票。

这是花浅夏第二次听到他提到结婚的事了，看来他真的是抱着这个念头回来的。可她和奕广寒的事不搞清楚，她就无法心无芥蒂地和他在一起。

“花花，你怎么了？我看你脸色不太好，你是不是哪里不舒服？”

这回，细心的皇甫杉注意到了她脸色的变化。没等她回答，他就已经起身去柜子里找体温计。

花浅夏还真是发烧了，但她不想吃药，皇甫杉也没强迫她，只给她倒了一杯又一杯温开水。

“你好好睡一会儿，如果还是觉得难受，我就让医生过来。”他叮嘱着。

“嗯。”

花浅夏应了一声就翻身睡了。皇甫杉在她床边坐了一会儿，直到口袋里的手机震动起来，他才起身往门外走。

“泽，为什么我还是有些心慌呢？”

书房内，水云菲在看书时总是不能专心。

“怎么了？”

安文泽今天没课，所以也选择在家里休息。

“就是奕广寒和浅夏的事，你说我们这么瞒着，万一哪天被他发现了，那……”

“你不说，我不说，除非浅夏自己说，要不然，杉从哪里知道这件事？除非是奕广寒不怕死，自己把他睡了浅夏的事情抖出来。”

原以为就只有他们两人在小书房里悄悄谈话，没想到却被正从外面进来的皇甫杉听见了。

只听“砰”的一声，书房的门被人用力地推开了。

安文泽和水云菲不约而同地朝门口看去，只见皇甫杉黑着脸，活脱脱就像一个从地狱里走出来的阎王。

他们最担心的事情还是发生了。

“杉！你冷静一点！”

“浅夏！你快出来啊！”

花浅夏刚睡着没多久，就被房间外的喊叫声给惊醒了。她匆忙从床上爬了起来打开门，竟看到安文泽和水云菲正吃力地拦着想要不顾一切向外冲的皇甫杉。

“浅夏！”水云菲第一个发现了她，喊道，“快阻止他！他知道了，他知道奕广寒和你的事了！”

这句话对花浅夏来讲，仿佛晴天霹雳。她觉得自己脑子里一阵轰鸣，连鼓膜都在嗡嗡作响。

皇甫杉……他知道了？

安文泽也是满怀愧疚，但他除了能够制止可能会发生的事，别的也是一点办法都没有。

“你们都放开我！滚！”

此时的皇甫杉双眼已经猩红，面颊和脖子也被气红了，整个人仿佛要被怒火烧起来。安文泽几乎用自己的整个身子挡在他前面，但还是难以和他的力量抗衡。

愤怒中的人所爆发的气力比正常的人要大好几倍，安文泽感觉自己快要挡不住了，水云菲虽然也在后面拉扯着皇甫杉，可也没办法将他拉住，甚至被他拖着走。

就在两人都觉得情况越来越不可控制的时候，花浅夏突然大喊一声：“杉，你不是说要和我去登记吗？只要你不去找奕广寒的麻烦，我这就和你一起回新加坡。”

在她抛出了这个极具诱惑的条件后，皇甫杉果然瞬间就冷静了下来。

“你说的，是真的？”良久，他才转身问她。

花浅夏在心中轻轻地叹气，点头道：“是的，只要你不嫌弃我，即便那件事可能是真的，也可能不是。我其实……也不确定。”

第七章 必须要坚强

第二天，花浅夏和皇甫杉就乘飞机回到了新加坡。他们就简单收拾了一下，并没有带太多的行李，带得最多的就是特产了。

婚姻登记的手续办得十分顺利，可对皇甫杉来说却有一点憋屈。花浅夏从一开始就希望低调，再加上皇甫家里的老爷子那关不好过，所以他们只在一个小教堂里举行了一场简简单单的婚礼，来观礼的只有郝明宇一家以及安文泽和水云菲。

郝明宇其实一开始是不太同意的，但最终花梓桐说服了他。毕竟孩子们都大了，法定年龄也过了，只要两人想好了要在一起，又不违法，那他们这些做家长的也没必要反对。

两人的婚事还是暂时对外保密，这是花浅夏和皇甫杉一起商量决定的，等解决了奕广寒和南宫茜的事后，再对外公布也不迟。

回到悉尼已经是一个月后的事了。安文泽和水云菲先回去，他们一个要继续在医院实习，另一个是因为交换生的关系。

皇甫杉最近很忙，他虽然也是以交换生的身份过来学习，但他很少去上课，大部分时间都是在外面做项目调研。

反倒是花浅夏成为他们中最早毕业的那个，只因她是他们中唯一一个只用读四年大学的学生。像水云菲所学的医学专业要读五年，安文泽和皇甫杉更是那种“4+1”模式的高才生。

花浅夏毕业后继续留在学校，一是为了帮重用她的教授多做些事，二是为了等中国那边的研究生院校开学。

但是今天，花浅夏觉得身体很不舒服。最近不知道怎么回事，她觉得自己很容易疲惫，而且头总是晕晕的。

就在困倦的她下了床，准备下楼去吃早餐的时候，突然眼前一黑，晕了过去。

再醒来时，花浅夏觉得自己好像是在医院。

“这么快就醒了？”

身旁忽然传来了水云菲的声音，她拉了一把椅子在床边坐下，头发在脑后盘成了髻，听诊器随意地挂在颈前，再加上她身上还套了一件白大褂，这样看，还真有点医生的模样。

“一会儿给你吃你喜欢的田鸡粥，泽他已经去鱼市场买了。恭喜你成为我今天上班的第一个病人，我这个实习生总算有点正经事情做了。你真该庆幸，是我出门晚才发现你晕倒在地上的。要不然，估计你现在还躺在地上呢。”

花浅夏觉得有点渴，喝了些水后，这才觉得自己能说话了，开口第一句就问：“杉呢？”

水云菲笑道：“我没告诉他，怕他担心。等你感觉好些了，我再给他打电话吧。”

“算了，其实也没什么事，我就是觉得自己可能感冒了。”

不一会儿，安文泽就将田鸡粥买回来了，他还细心地问店家要了个碗，除了盛给花浅夏，也给水云菲留了一些。

花浅夏若有所思地看着他们俩，正想八卦八卦他们的，这时，紧闭的房门被人敲响了。

房内的三人纷纷转头，让他们有些意想不到的是，进来的居然是南宫家的人——南宫钰和奕广寒。

“小水，我们先出去吧。”

安文泽很识趣地将空间留给他们，但也给花浅夏递去了一个鼓励的眼神，像是在告诉她不用怕。

花浅夏点头表示了感谢，其实她哪里会怕，她早就想找机会和奕广寒说清楚了。现在，正是时候。只是，让她有些想不明白的是，奕广寒一个人来见她就算了，为什么连南宫钰也一起来了？难不成他们之间发生的事，南宫钰也知道了？

她正想着，南宫钰已经扯着奕广寒，让他在她面前跪了下来。

“这个不孝子！”南宫钰冷着脸吼道，“是我教子无方，他才做出了这样的缺德事！浅夏，我代表整个南宫家向你道歉，对不起！”

对不起？

花浅夏看了看南宫钰，又看了看跪在地上的奕广寒，没有说话。

“我们南宫家向来家教严格，但这家伙从小在外面长大，没受过管束。所以，作为父亲的我实在是惭愧。但事情毕竟已经发生了，我希望浅夏你能原谅他。如果你需要我们南宫家提供什么补偿的话，尽管开口！甚至是……”南宫钰顿了一下，又道，“甚至是让他娶你，我都能接受！”

什么？让她成为他们南宫家的媳妇，做奕广寒的妻子？

花浅夏差点以为是自己听错了，她觉得这想法有些好笑，却又笑不出来。

这时，南宫钰在奕广寒的脚跟处踢了一下，奕广寒就像是想起了什么，赶紧从裤袋中掏出了一个小小的、红色的方形盒子，然后单膝跪在了花浅夏床前，有些不自然地沉着脸道："浅夏，你嫁给我吧，我以后一定会对你好的。"

花浅夏听得嘴角一抽，终于忍不住笑了，还是捧腹大笑。

病房外，水云菲的耳朵几乎贴在了门上，自然将里面的谈话听得一清二楚。

"我的天！他居然向浅夏求婚？不行，泽，你快点告诉杉，有人要和他抢老婆了！"

安文泽倒是很淡定，回道："怕什么，杉和浅夏现在有法律保护了。"

好像也是。水云菲努努嘴，差点忘了好友已经和心上人登记结婚了。接着，她继续将耳朵贴在门上偷听。

花浅夏终于笑够了，病房里又安静了下来。南宫钰的脸色很难看，他的颜面和南宫家的骄傲很明显是被这女孩踩在脚下蹂躏了，换作其他人，当听到自己能嫁入南宫家的时候，估计早就开心得飞起来了吧。

"对不起，戒指你们还是拿回去吧。"

花浅夏终于有了回应，南宫钰听后脸色更难看了。

"浅夏……"

奕广寒的声音虽然沉，但他好像松了口气。

"对不起，寒，我现在不太舒服，如果你们没别的事，那就请先离开吧，我要休息了。"

如果不是因为南宫钰也在，她是不会放过和奕广寒交谈的机会的。可是她现在已经看得很清楚了，如今的奕广寒并不是曾经的纪羽寒,或许从头到尾他都只是一枚任南宫家摆布的棋子而已。而如果是纪羽寒，他是不会成为那颗棋子的。

“好吧。”南宫钰见她态度冷淡，也没打算在这时把她逼得太紧，于是道，“我们会给你时间考虑。毕竟，这也关系到南宫家的名声，我们不希望寒成为一个不负责任的人。”

说完，南宫钰就将奕广寒从地上拉了起来。奕广寒慢慢地直起了身，临走前，向她投去了一个歉意的眼神。

南宫家的人虽然走了，却留下了那枚戒指。水云菲进来后第一眼就看到了，那枚戒指耀眼夺目，想不注意到都难。

花浅夏的头还有些晕，看也不看那戒指一眼。

花浅夏睡下后，安文泽便离开了，水云菲则回到医生办公室写病历。写了一半，她忽然想起花浅夏入院时抽血的结果还没有看，于是就登录了电脑查询系统，在上面找到了花浅夏的名字。

然而，只一眼，她就被上面标红的一个结果吓住了。

尿检结果：妊娠阳性。

她又仔细看了两遍，确认自己没有看错。

花浅夏是被护士的动静弄醒的，迷糊间，她看到她们在给她更换输液瓶。

“浅夏，你怀孕了！”

水云菲是在护士们离开后才进来的，她将打印出来的检查报告单递给了花浅夏。

听到这个消息，花浅夏心里震惊，脸色十分复杂。她不知道自己是高兴还是难过，只是下意识用手捂住了嘴，眼眶却忍不住红了。

"我一会儿让超声科的医生过来给你做床边B超，这样就可以确定孕周了。你自己也想一想，最后一次月经是什么时候？"

超声科的医生很快就来了，结果和预料的差不多，五周了。

直到这一刻，花浅夏才露出了喜悦的笑容。

"是杉的孩子。小水，我竟然怀了杉的孩子！"那是她和杉爱情的结晶啊！

"那我去告诉他吧，那个要做爸爸的人现在还不知道呢。"水云菲刚要转身，就被花浅夏叫住了。

"等一下，你先别告诉他，暂时先不要让其他人知道我怀孕了。"花浅夏有些紧张地拉着她的手，认真地道，"因为我还不确定，这个孩子会不会受到南宫家的威胁，除非，我有十足的把握能保护他……"

听到这儿，水云菲脸上的笑容褪去了。

是啊，她怎么就没想到这一点呢？南宫家之前就在孩子的问题上吃过亏，现在，就在他们计划着让花浅夏成为南宫家的人，又想让南宫茜顺利与皇甫杉成婚的关键时刻，突然蹦出了一个孩子的话，结果会怎样？她不由得想起皇甫杉母亲的遭遇……

不过，让水云菲守住这样一个令人开心的秘密是很困难的。

下班的时候，安文泽又过来接她了，两人在回去的路上还去菜市场买了菜。但她这次有很明显的偏好，螃蟹不买，甲鱼不买，煎炸的、辛辣的、带刺激性的……全都不买。可那些东西，其中有一半是她以前最爱买的。

安文泽觉得很困惑，直到他偶然发现，她居然跑到菜场旁的一家药店里买了一大瓶叶酸。

"你买这个干什么？"上车时，安文泽看了眼她袋子里的药瓶，忍不住问。明明这种东西医院就有，她为什么非要到外面的药店去买？而且，叶酸这东西，难道不是给计划怀孕和怀孕前三个月的妇女吃的吗？

水云菲这才注意到，她放药的那个袋子是透明的。

“哦，这是给浅夏的，她不是新婚嘛，我只是想为她提前准备一下。”

“你们医院没有？”

“这牌子的没有，但这牌子目前来看是最好的。”

安文泽并没有起疑，他心想：反正那两人都结婚了，夫妻俩有生育计划也正常。

回到别墅后，他看到水云菲买的东西里还有一大袋苹果，若放在平时，这实在是一件不可思议的事，因为住在这里的四个人，没有一个喜欢吃苹果。而且她今天买的菜也比平时多了许多。

“你买这么多苹果干什么？是打算拿来做果酱吗？”安文泽还是忍不住问。

“当然是吃啊，给浅夏吃的。”水云菲回答得干脆利落。

“她什么时候爱吃苹果了？”安文泽觉得有点不可思议。

“人的口味不是一成不变的，而且吃苹果对她现在的身体很好。”特别是孕妇。

“那你一次买这么多菜，会做吗？”他从没见她下过厨房。

水云菲一脸正色地回道：“以后就会了。”

病房里，花浅夏还在熟睡，房门又被人轻轻地推开了。皇甫杉拿了张椅子在她床边坐了下来，见她睡着了，便没有打扰她。

收到消息的时候，他刚好把自己的阶段性研究报告发送了出去，完成了他来澳洲学习的第一个任务。接下来，他可以好好地休息一下了。他还没带她去度蜜月呢。

想到这儿，他爱怜地伸手抚了抚她的脸，却被床头柜上一个刺眼的东西吸引了目光。

他微微眯了眯眼睛，发现竟然是一枚戒指，还是钻戒。是谁放在这儿的？

他刚要拿起来仔细看，手机却响了，是一个来自另一个国家的号码。

花浅夏是在皇甫杉接电话的时候醒来的，睁眼时，她看到夕阳正不偏不倚地映到了面前的窗上。那儿站着一抹会发光的高大身影，他穿着干净的白色衬衫，清爽的短发偶尔会随着微风扬起。隔着这么远，她似乎都能闻到他发上残留的洗发水的香味。

他应该还不知道她怀了他的孩子吧？

她考虑着应该怎样告诉他，又该在什么时候告诉他最合适。

“好的，那就继续麻烦你了。还有我公司注册的事情，你都帮我办妥了吗？”

花浅夏在床上安静地听着，他居然还注册公司了？

“好的，那边的情况你再帮我关注一下，特别是……”

皇甫杉下意识地转过了头，发现病床上的人正在看他。

“那就先这样，一切办妥后我再和你联系。”

他挂了电话，然后走向她。

“你醒了？感觉还好吗？怎么连自己生病了都不知道？”他边问边伸手抚上她的额头，“好像不烧了。”说完，他俯身在她唇上亲了一口。

“你干吗，我病了，这样会传染给你的。”她的脸有些红。

“传染给我才好，那样你就康复了。”他笑了笑，又低头在她唇上亲了亲。

她挪开了他的头，严肃道：“这是医院。”

“怕什么，我们是夫妻。”他低声强调，然后更放肆地与她热吻。

这时，他口袋里的手机又响了。这一次，是安文泽打来的。

“怎么了？”他又起身，重新走回了窗边。

安文泽的声音听起来有些沉重，此时的他正坐在书房的电脑前，而水云菲刚准备把自己生平第一次榨的蔬果汁端给他尝，就听到他对电话里的人说：“DNA 鉴定的结果出来了，奕广寒和你完全不匹配，所以，你们并没有血缘关系。”

“啪”的一声，水云菲手中的水杯掉到了地上。

安文泽吃惊地转头去看她，眼里有些担忧，但他还是接着道：“但是，他和南宫茜却有血缘关系，所以，他确实是南宫家的人……”

奕广寒的检测样本是水云菲绞尽了脑汁才从他身上提取到的，而南宫茜的检测样本则多亏了花浅夏。

安文泽终于把电话挂了，但视线一直停留在水云菲身上。只见她用手捂着脸，泛红的双眼似乎在流泪。

奕广寒和皇甫杉没有血缘关系，那就意味着他们不是兄弟。所以，奕广寒并不是纪羽寒。

他不是……

曾经以为失而复得的人，其实还是没有回来。

她还曾庆幸纪羽寒福大命大，只是改头换面，失去记忆，换了个名字而已。

她开始理解为什么花浅夏后来会突然放弃做鉴定的决定了。没有结果至少还会存有念想，还会有精神上的希望和寄托。一旦有了结果，且这结果还不是自己想要的，那所有的希望会再次破灭，这就好比把心掏出来再狠狠地蹂躏一次。

“小水……”看到她哭，安文泽不由得走了过去，伸出手将她轻轻地拥着。

“泽，你刚才说的是真的吗？奕广寒他真的不是杉同母异父的哥哥？”水云菲突然抓住他的衣领，将他的脸拉近自己。

安文泽沉着地点了点头，回道：“是真的。”

“那奕广寒是谁？他又怎么会和南宫茜有血缘关系？”她继续刨根问底。

安文泽伸手替她擦去了眼泪，道：“奕广寒就是南宫家的人，或许他是南宫钰的另一个儿子，是私生子也说不定呢。这一点也只有南宫家的人知道了，或者我们也可以亲自去问。”

私生子？

所以奕广寒和纪羽寒一样，也是私生子？

医院里，皇甫杉放下电话后，站在窗边沉默了很久。他思考着，究竟要不要把这件事告诉她。

“杉，谁的电话？”花浅夏见他愣了那么久，情绪看上去也不太好，不由得有些担心地问。

皇甫杉这才转过身，顺便将手机放回裤袋，回道：“是泽。他替小水问你，你今天想吃什么晚餐？”

他最终还是决定不告诉她，也许他永远都不会告诉她真相。

花浅夏听后半信半疑，就一顿晚餐而已，怎么会让他好像丢了魂似的？

“那你怎么回的？”

刚才他接电话的时候说话很小声，她什么都没听到。

皇甫杉又看了她一眼，忽然露出了一脸轻松的微笑，回道：“田鸡粥。”

她的双眼亮了，但很快又质疑地问他：“你不是吃不了，连看都看不了吗？”

他坐下来握着她的手，说："为了你，我愿意去克服这个困难，要不然，以后你有了我们的宝宝，你们都吃一样的东西，我却不能吃，那我吃什么，吃醋吗？"

他一边说一边亲她的手，这让她感到无比心安。

她还没说她真的怀了他的宝宝，他就已经想到那么远了。如果他知道她有身孕的话，他会是什么反应呢？

"杉，你真这么想要一个孩子吗？"她又忍不住问。

他点点头，回答："想，我当然想，甚至有些迫不及待。"

"为什么？"

他将她的手再次握紧，道："如果我们有了孩子，花花，我就有足够的信心让爷爷接纳你。"

直到现在，他们的婚姻都还瞒着皇甫老爷子。皇甫家的人除了安文泽，还没有第三个人知道他们结婚的事。她也从来没有想过，有一天自己居然会这么疯狂，结个婚都要瞒天过海。

"可万一你爷爷还是接受不了呢？还有小茜那边，我现在都不知道该怎么去面对她……"老爷子那边暂且不说，对于南宫茜，她还是愧疚万分的。毕竟那孩子是真的很好，天真、单纯、善良。

皇甫杉将身子挨近了花浅夏，安慰道："花花，你听我说。我们皇甫家和南宫家不一样，家庭成员并没有那么多。我和南宫茜就像兄妹一样，你把阿伦的样子刻给她，想必你也知道，阿伦才是最适合她的人。他们相处的时间比我多多了，只是南宫家一直介意阿伦的身份，要不然哪里还会有我的事？"

花浅夏没想到他已经看出来了，叶盛伦对南宫茜才是真心。

"所以花花，如果我们有宝宝了，我就带你到爷爷面前争取一次。我就不相信看在曾孙的份上，爷爷还能忍心把我们分开。爷爷就算顽固，也不会对自己的子孙下手的。如果有了他的庇护，在对付南宫家这件事情上，就能更顺利一些……”

皇甫杉的话，一直环绕在花浅夏的耳边。她又一次陷入了沉思，思索着利害关系，思索着得与失。最后，她终于道：“杉，其实我……”

花浅夏刚准备将自己已经怀孕的事说出来，就传来一阵敲门声，紧接着，奕广寒从外面走了进来。

花浅夏的脸色沉了下来，皇甫杉更是冷着脸，四周的空气好像也跟着凝住了。

“你来做什么？”

皇甫杉伸手将花浅夏搂在怀中，像是在对进来的人宣告：她是他的。

奕广寒的脸色微微变了变，但他还是礼貌地回了一句：“我自然是来看我的准未婚妻。”

准未婚妻？

皇甫杉差点没忍住笑出来，他看了一眼放在床头柜上的那个红色盒子，伸出手拿起那盒子，二话不说就朝窗外扔去。

他的动作实在太快，快到让人都来不及阻止。奕广寒更是瞪大了眼，就连花浅夏都很是震惊地看着他。

“奕广寒，我们去外面谈。正好，我找你也有点事。”

皇甫杉说着就从床边站起来，但他还没离开，花浅夏的手就伸了过去。

“杉……”

她担心皇甫杉会一时冲动做出不可挽回的事，但他以一个“请放心”的眼神回应了她。

两个大男人就这样一前一后地离开了，病房里又只剩下她一个人。

她拿起手机，想给水云菲发短信，说她决定将自己怀孕的事告诉皇甫杉。就在这时，手机却突然响了。

花浅夏看了一眼来电号码，是母亲。

皇甫杉和奕广寒来到医院楼顶最大的露台，此时天空中的晚霞已经褪去，取而代之的是独属于夜的深沉的黑。

这个露台只在入口处装了灯，两人面对面站着，好似两头雄狮即将展开生死对决。

“如果是为了浅夏的事，那对不起，我不能退让。你本来就肩负着家族的婚约，为何不干脆就此放手，把机会留给更好的人？”奕广寒居然率先开口。

听到他的话，皇甫杉不住地冷笑，如果不是因为答应了花浅夏不对他动手，此刻他早就把他打趴在地上了。

“更好的人？你是指你自己吗？可你连纪羽寒的一根汗毛都不如！”

皇甫杉的这句话，让奕广寒猛地一怔。

他这话是什么意思？难道他已经发现了？

“你还要装到什么时候？你的DNA报告就在这里！”皇甫杉气恼地将手机里的检测报告打开，递在他面前放大了给他看。

奕广寒的脸色倏地一变。没想他千防万防，还是被他们拿到了样本。

可转眼他又轻松地笑了，不屑地道：“那又怎样？就算我和你不是兄弟，我也是南宫家的人，我身上也流着南宫家的血！可是你敢和她说吗？你和她说了，她的希望再次破灭，然后呢？你想看她再伤心一次？”

既然身份被挖出来了，奕广寒反倒觉得轻松了许多。他转身朝露台的边上走去，平静地眺望着远方。

皇甫杉说："没错，我是不打算说。但是，我也希望你适可而止。别以为我不知道你对她做过的事，也别妄想我就这样放过你！你等着！"

皇甫杉目光凶狠地瞪着他，虽说他和纪羽寒不是同一个人，但他在夜色中的身影和轮廓，怎么看都和纪羽寒没有多大区别。

不可否认，奕广寒真的和纪羽寒十分相似，也无怪乎南宫家会让他来取代纪羽寒。

"适可而止？"奕广寒听后笑了，"只有南宫家的人才能让我停止这种荒唐的行为。你觉得，我会听你的吗？"

皇甫杉忽然沉默了，片刻之后，他再次开口："你是见过纪羽寒的，甚至和他的关系不一般，是吧？是在他出事前？"

奕广寒像是猛地震了一下，侧头，凝着眉，有些警惕地看着他，问："你凭什么断定我见过他？"

皇甫杉沉下脸，道："那画稿……大白与女孩，你模仿得可真像，但是……"

说到这儿，皇甫杉又走近了一些，继续道："但是你难道不知道，在飞去美国参加最后的那一场比赛前，他就把那些画稿亲自交到我手上了吗？"

这一刻，奕广寒的脸僵在了夜色之中，但皇甫杉并没有因此停下，他紧接着道："他画的那些画，一共有三百六十五张，如果一天寄一张，可以寄一年的时间……"

皇甫杉像是在回忆，回忆那天纪羽寒将那些画交给他时的情景。

他记得那是在冬日的一个暖阳高照的午后，纪羽寒拉着一箱东西，按响了皇甫家那沉重又高大的铁门。

"你来干什么？"他很嫌弃地看了纪羽寒一眼。

纪羽寒将手随意地搭在箱子的拉杆上，回道："哎哟老弟，我来参观一下都不行吗？"

皇甫杉很不喜欢被他当作弟弟，愤怒地回了一句："你来参观还带着行李？不会是打算在这儿住下吧？我不欢迎！"可他还是让他进屋了。

纪羽寒拉着箱子，一路走马观花地在皇甫家的祖屋里看来看去，最后问："你的房间呢？是哪间？"

虽然不明白他为何一定要去自己的房间，但皇甫杉还是领着他进去了。

"这是我学了美术后，每天在家里画的画稿。大白和女孩，看着是不是有点幼稚？"纪羽寒一边说，一边将箱子里的画都拿了出来，一张接着一张，好像准备展览似的。

皇甫杉兴致索然地拿起几张随便看了一眼，嫌弃道："不是幼稚，是十分幼稚！而且，就你那水平也能叫美术生？"

即便对画画一窍不通的皇甫杉，看着画纸上那些七扭八歪的线条，也觉得有些看不下去。

"哈哈，你就笑吧，但这上面的女孩就是花花。"

纪羽寒说到这儿，发现皇甫杉的脸色已经变了，但他仍然坚持说下去："不过这上面的大白，如果不是我，就只能是你。"

听到这话，皇甫杉疑惑地抬头看着他。

"杉，我今天来也算是和你告别的，但也不一定是告别，说我是来向你示威的可能会更合适。"

纪羽寒说着站了起来，神情认真又严肃，完全不像几秒前那个吊儿郎当又痞痞的样子。

皇甫杉微眯着眼，等着他继续说下去。

"花花她答应了，等我这次比赛回来后就做我的女朋友。"

纪羽寒得意地挑了挑眉。

皇甫杉的脸色更难看了。

“这些画我先放在你这儿，算是买个保险吧，万一我……回不来，你帮我每天寄一张给她。这样，她至少会以为我还活着……”

那时的纪羽寒似乎预料到自己可能会出事，提前将后事交代了。

“这里一共是三百六十五张画，我画的都是我想象的未来，或者是以前和她在一起发生过的事。如果我能回来，我还会继续画下去。我想给她一个童话般的求婚仪式，在寄出去一千张画后，我就会打扮成大白的样子，然后拿出钻戒，对着她单膝跪下……”

那是纪羽寒第一次毫无顾忌地在皇甫杉面前说出了自己的心愿，没想到却成了遗愿。

皇甫杉回忆着，慢慢道：“她去香港散心的时候，我也去了。但她那时还在生我的气，不想见我。所以我突发奇想，不如就扮成纪羽寒笔下的大白的样子去安慰她。那一刻，我才明白当初他说的那句话的含义——那上面的大白，如果不是我，就只能是你。”

皇甫杉说到这儿，仰头望了望天。

过了一会儿，他又低头凶狠地对奕广寒道：“所以，我一开始就觉得你不是他。他就是再想和我抢女人，也不会用这种卑鄙的方法。”

这一刻，奕广寒突然很想对他说：其实，他并没有碰过她。

皇甫杉和奕广寒回到病房的时候，水云菲和安文泽也已经到了。

“来吃田鸡粥。”水云菲端了一大锅粥放在花浅夏床边的小桌子上，并给每个人都盛了一碗，“我只准备了四个碗……”

这时，她才发现多了一个人。

奕广寒尴尬地笑笑，只好道：“我不吃，你们吃吧。我就是来看看浅夏，等会儿就走。”

水云菲“哦”了一声，还真把他当透明人，理都不理。

“小水，你不是说只有四个碗吗？那这个碗是干吗用的？”花浅夏忽然发现水云菲的袋子里还有一个一次性塑料碗，便问了一句。

水云菲挑挑眉，回道：“哦，这是我带来准备喂狗的。你不知道我们医院楼下有好多流浪狗，好可怜呀！”

她这么说，在场的人瞬间就听明白了，她这是在暗讽奕广寒连狗都不如。

皇甫杉依然很为难地看着自己碗里的粥，虽然那层黑溜溜的皮是去掉了，但一想到肉还是田鸡肉，还是感到有些恶心反胃。

“杉，里面并不全是田鸡肉，田鸡只有两只而已。”安文泽看出了他的为难，于是道。

经他这么一说，皇甫杉的脸色总算是好些了，他闭着眼舀了一勺，放进了嘴里。

花浅夏在旁边看着忍不住笑，他如此努力地要改变自己的饮食喜好，为的就是迎合她的口味。而她，却无法为他做些什么。

“怎么样，味道还行吧？”安文泽问了皇甫杉一句。

“嗯，还行。这真是小水做的？”

皇甫杉记得水云菲好像从未进过厨房，能在厨房里舞得天花乱坠的，也只有他的女人了。

安文泽脸上露出一些无奈和苦涩，回道：“本来是她做的，不过后来就是我做了……”

买了四只田鸡，最后做出来两只，因为觉得肉实在不够，又加了点鸡肉进去凑数，想想都是泪……

而此时，水云菲已经跑到楼下去喂狗了。她说楼下有流浪狗也不是骗人的，这儿确实有很多流浪狗。平时她偶尔也会来喂它们，所以那些狗一见到她，就跑了过来。

安文泽见她许久不上来，就走到窗台边瞧了一眼。

然而这一看，他就看到她猫在草丛里，像是在找什么东西。

于是，他给她发了一条信息：你在干什么？

水云菲看到短信后骤然抬头，朝他用力地挥了挥手，然后指了指自己手中的红盒子，给他发了一条信息：猜猜我在草丛里发现了什么？大钻戒耶！好像是南宫家给的那一款啊，怎么会出现在这儿呢？我要再找找，看还能不能找到其他戒指。

安文泽无奈，只能任她在下面胡闹。

“你们吃吧，我先走了。浅夏，我明天再来看你。”

奕广寒一直被众人孤立，本来他只是想找花浅夏单独谈谈，可是看这情况，他们这些人一时半会儿是不会走了。

花浅夏见他起身告辞，突然说了一句：“寒，明天早上十点我出院，你过来接我吧。”

奕广寒有些意外地愣了愣，但下一瞬，他就点头开心地道：“好！我会早点来接你！”

“花花，你为什么不让我来接？”等奕广寒一走，皇甫杉就忙问。

“杉，你给我一点时间，我有话要单独和他谈一谈。”这是她现在能回答的话。

皇甫杉坐到她床边，有些担忧地握着她的肩。

花浅夏自然明白他的顾虑，她笑着问：“怎么，我都是你的妻子了，难道你还不相信我吗？”

皇甫杉深深地凝视着她，最终点点头："好，我相信你。"

第二天，奕广寒果然来得很早，和他一起过来的，还有他那阴魂不散的父亲南宫钰。

"浅夏，很高兴你愿意主动联系我们，是想通了准备接受我们的提议吗？这样的话，周末我们就可以在寒的生日宴上公布喜讯了。到时候，你就先以寒舞伴的身份出席宴会吧。"

在这件事上，南宫钰似乎有着谜一般的自信。

花浅夏没回答他，只是一声不吭地收拾着自己的东西。奕广寒过去帮忙，当他打开抽屉的时候，一张检查单吸引了他的目光。

他只看了一眼就被震惊了，正准备拿起来仔细看，下一秒，花浅夏就将他手中的单子扯走了。

他很是诧异地看着她，而她却像没事似的，随手就把那检查单塞入袋子里。

"杉知道吗？"趁南宫钰还没觉察出什么，奕广寒偷偷在她耳边小声地问。

"他不知道。"花浅夏简短地回道，她全程都板着脸，就连眼神都没留给他。

"收拾好了吗？"等了好一会儿，南宫钰终于有些不耐烦了。

"可以了，我们走吧。"回答他的自然是奕广寒。

奕广寒主动拿过花浅夏手中的行李袋，跟在南宫钰身后走了出去。

花浅夏见他们都出去了，便快速地将那化验单拿出来，撕毁，搓揉，再将它扔进垃圾篓。看来，和奕广寒单独交谈的机会又没了。

南宫钰像是有了防备，无论她如何找机会想要和奕广寒"单独相处"，他总会在一旁盯着他们。

"什么？周末南宫家要给奕广寒举办生日宴，还要请你去做他的舞伴？”

水云菲今天上的是夜班，所以奕广寒送花浅夏回来的时候，她并没出门，这才听说了这件事情。

“我反对！我第一个反对！你都是杉的媳妇了，干吗还做别人的舞伴？而且这舞伴的意义不纯粹吧？他们是不是想……”

水云菲似乎突然变精明了，连南宫家打的主意都能猜到。

“小水，只是做舞伴而已，你别多想了。再说了，这场生日宴会他们邀请了很多人，包括皇甫家的人，还有我的父母……”

“那你打算什么时候把怀孕的事告诉杉？总是这样瞒着杉不好吧？他是孩子的父亲，至少也要让他知道啊！”

“可是小水，如果我现在就告诉了杉，他一定会限制我的行动。我不想再做那个关在笼子里被保护起来的女人了，我只希望自己能保护好自己，也保护好孩子。”

在某些方面，花浅夏是逞强又倔强的。她不愿意什么事都依赖男人，她也想为自己的男人减轻负担。而且，她要保护的不仅仅是她和她的孩子，还有她的家人，比如她的母亲、她的继父，以及那个不久前才在母亲的身体里诞生的弟弟或者妹妹。

第八章 计划与反击

新加坡。

郝明宇从来没有想过，自己居然也会有这么一天。此刻，他眼睁睁地看着自己辛苦半辈子打下的江山、房子，被一车搬家工人洗劫一空。

他酒店的资金已经全部赔在先前投资的项目里了，因为受到了某些利益的诱惑，他在那个项目上整整赔了好几个亿。一夜之间，他输了酒店、输了家，差点就输了命。

要不是那天晚上，花梓桐拼命将他从高楼上拉下来，或许，如今的他已经躺在冰冷的停尸房里了。

现在，唯一能支撑他继续活下去的，就是花梓桐肚子里的那个孩子了。

“亲爱的，浅夏刚给我来电话了，她说她会有办法的。至少，我们的债会……”

花梓桐握住郝明宇微微冒着冷汗的手，她从未想到自己会从阔太太变成差点在大街上风餐露宿的流浪人。为了填补因为投资而挖下的大坑，他们不但把公司、房子和车子都卖掉了，就连花梓桐在旧城区的那栋老宅，也都一并赔了进去。

“我们在乡下还有一个屋子，如果你不嫌弃的话，我们到乡下住一段时间吧。那里空气好，我也能安安胎。”花梓桐提议道，“我还有很多名贵的衣服和首饰，如果都转卖了，还是能够凑出生活费的。”

郝明宇没有说话，只是沉着脸。

“对了，刚刚浅夏在电话里说，让我们周末去悉尼参加南宫家那小子的生日宴，机票什么的她已经替我们买好了。我们就当作去散散心，透透气，怎样？老在这地方待着，我也难受。”

听到这儿，郝明宇伸手握紧了她的手，抱歉地道：“对不起，我差点就让你失去了孩子……”

他指的是那天晚上，他瞒着所有人，跑到皇甫家旗下浩海集团的大楼楼顶，打算从上面跳下的时候，花梓桐用孩子和自己的性命做威胁，才把他从生死线上拉了回来。

其实郝明宇当时已经安排好了自己的后事，他连离婚协议书都签了，只要她在上面签了字，她就和他没有任何关系了，即使是债务，也不需要她来偿还。那是他能给她的唯一生路，只希望她能带着他的孩子好好活着。

可是，花梓桐没有在上面签字，她毅然选择了和他站在一起，即便他破产了，她也没有大难临头各自飞的想法。

他就是这样被她感动的。

“浅夏她……不会是问皇甫杉要钱了吧？他们刚结婚，就遇到这样的事。老爷子那边突然对我们出手，杉要是知道了，会不会……”

这就是郝明宇当初反对他们结婚的原因之一。老爷子之所以会这样做，说不定就是从哪里听说了自己看重的孙子和不是南宫家的女人偷偷结婚的事，所以生气了。

“我也不知道，反正这些就交给浅夏去处理吧。她已经长大了，我们都应该相信她。”

“也是，那就……相信她吧。”

之后他们就回屋收拾行李了。这房子既然已经空了，自然不能继续住在这儿了。就在他们提着所剩不多的行李，准备拦车回乡下暂住的时候，忽然，一辆黑色的高级轿车稳稳地停在了他们面前。

“您好，请问您是郝明宇郝先生吗？”一个身穿黑色西装长裤的人从车上下来后朝他们问道。

那是一个看上去很年轻的男人，大约二十四的样子，但他的行为举止却稍显老成。能看得出，他没有恶意。

“是，我是郝明宇。你是……”

那青年笑了笑，然后从口袋中掏出一张名片递过去，名片上面写的是：花语传媒娱乐有限公司，高级助理，云晓风。

“这是我的名片，我们老板让我来接你们。两位请上车吧。”云晓风说完，便转身替他们打开了后座的车门。

花梓桐有些担忧地看了看自己的丈夫，眼里满是疑惑。

郝明宇一开始也有点犹豫，可转念一想，他们现在已经身无分文了，毫无利用的价值，那还有什么好怕的呢？于是，他握紧了妻子的手，镇定地对她说了一句：“去就去吧，反正我们前方的路已经是茫然一片了，不在乎再多增添一点。”

奕广寒的生日宴定在星期六的晚上，学校里同专业及相关专业的很多学生都收到了邀请，当然还有一些演艺圈和商界的知名人物。

最近奕广寒的人气在网上也是一路爆红，他的家庭背景也被人挖了出来。南宫家，那可是在美国财富榜排名靠前的一大家族。简单来讲，他的身份可以用三个字概括——太子爷。

这自然让人刮目相看，怪不得他一出道就一帆风顺。于是，周六的生日宴便成为众多上流千金和名媛们期待的比美晚宴。

但水云菲却觉得很不爽，虽然她知道花浅夏愿意参加这个生日宴，也愿意做舞伴，一定是有自己的打算，但她还是担心自己的好友会吃亏。那南宫钰看上去就是一只老狐狸，花浅夏再怎么小心，只怕都是防不胜防。

“砰”的一声，她差点用菜刀把砧板给砍烂了。

“你没事吧？”安文泽听到那声巨响，不由得担心地抬眼看了过来。

“不切了！”

最近水云菲心血来潮，要学习烹饪，结果花浅夏还真一点都不沾厨房的边了。不过水云菲也能理解，好友害喜嘛。这两天，她发现花浅夏出现了妊娠反应，但并不是很明显。但再过段时间，恐怕是想瞒都瞒不住了，不知道花浅夏到时究竟想怎么样。

这时安文泽走过来，拿过她手中的菜刀：“还是我来吧，你去看水开了没有。”

安文泽实在是看不下去了，他不希望再出现上次那样的情况，四只田鸡最后就剩下两只。

“哦……”

水云菲很听话地走开了，她不得不承认自己在厨艺这方面确实缺乏天赋。

其实今晚有一位特殊的客人要来，也就是即将要举办生日宴的奕广寒和他的父亲南宫钰，也无怪乎水云菲心情会不好。而花浅夏之所以选择这一天让他们来，是因为皇甫杉这两天刚好外出做项目去了，她这才有了充足的时间来处理某些事情。

傍晚，南宫家的车子停在了别墅门前。奕广寒的手里还捧着一束玫瑰，看架势不太像是来吃饭那么简单。

给他们开门的人依然是水云菲，她一看到他们，立马就摆出了一张拒人千里的脸。如果不是花浅夏再三交代一定要让他们进来，她肯定会让他们吃一个大大的闭门羹。

“吃饭前先喝汤，你们慢慢品尝啊。”

饭桌上，水云菲亲自给南宫钰和奕广寒盛了鸡汤，但她偷偷在他们的碗里多洒了把盐。

结果……

“噗”的一声，南宫钰和奕广寒只喝了一口就喷了出来。

“咦，是这汤不合你们的口味吗？”

水云菲假装好意地抽了几张纸给他们递过去。

一看这情况，安文泽一开始时还真以为是自己盐放多了，可喝了几口后，发觉这汤不但不咸，反而味道刚好合适。

花浅夏也很纳闷，因为她刚也喝过一口，觉得没问题。

于是，两人双双把目光落在了水云菲身上，一定是这小妮子干的……

南宫钰的教养倒是很好，即便知道自己被整了，面上仍然保持着平静。奕广寒许是遗传了他的优点，亦是没有将汤的事情放在心上。

“对了，浅夏，你父母是什么时候到？我想我们应该遵从订婚的礼仪，由我出面把聘金什么的交给你父母才是。”

餐桌上，南宫钰开始了今天的谈话。可花浅夏一听到“订婚”两个字就皱眉，她道：“什么订婚？南宫先生，我并没有答应要和你儿子订婚，我只是以舞伴的身份去参加他的生日宴而已。”

“你说什么，只是舞伴？”南宫钰诧异地与奕广寒对视了一眼，“寒，你难道没和她说清楚？”

奕广寒看向花浅夏，回道：“爸，我觉得这件事，还是等她父母来后再谈吧，现在至少她愿意参加我的生日宴。”

花浅夏听后心里松了口气，还好，他并没有把自己逼得太紧，反而有些配合她。她都有些怀疑奕广寒其实是站在她这边的了，只是迫于无奈才不得不做南宫家的傀儡而已。

南宫钰听了后虽然面上仍不高兴，但碍于有其他人在场，也不好说出威胁的话。

“行，那就等你父母来了再说吧。可他们什么时候来呢？”南宫钰又问。

花浅夏笑了，但还是没有回答他的问题，反而道：“南宫先生，今天我请你们来，其实是有一件事要和你们商量。”

“哦？是什么事？”

南宫钰边问边推了推鼻梁上的无框眼镜，镜片下的一双细长的眼睛高深莫测。

“我希望您的儿子奕广寒在生日宴结束后能去自首，这样或许还能从轻或减轻处罚。要不然，等我主动去报案的话，那就不知道您的儿子要吃多少年的牢饭了。”

“什么？”

南宫钰听后猛地站起，这顿饭看来是吃不下去了。

花浅夏的态度很强硬，而且她还握有两张王牌，那就是水云菲和安文泽。那天在海边发生的事，他们俩都算是在场证人。如果花浅夏狠了心要告奕广寒，那么南宫家即便背景再强大，也逃不出澳洲法律的制裁。

南宫钰一开始是赌她会看在奕广寒就是纪羽寒的分上，一定会从轻看待这件事，而南宫家只需要提出补救的措施就好，却不想她竟会突然翻脸。

水云菲听到她的话后，恨不得大声叫好。对于这个纪羽寒的仿冒品，确实是不需要再容忍下去了，可是……

她和安文泽、皇甫杉通过气，不会将奕广寒不是纪羽寒的秘密说出来，至少不会现在说出来。那么，花浅夏应该还不知道他们不是同一个人。既然这样，她又怎么会对这个“失而复得”的人下狠手呢？

“花浅夏，你是认真的吗？你忘了他是谁？他是……”南宫钰刚要把奕广寒就是纪羽寒的这个伪身份搬出来唬人，可话没说完就被花浅夏打断了。

“他不是寒！他根本就不是纪羽寒，你们不要再骗我了！”

她的话让在场的所有人都为之一震。

南宫钰瞪大了眼，奕广寒也觉得意外，而水云菲和安文泽则对视了一眼，确定彼此并没有把这个秘密说出去。

那么，花浅夏又是怎么知道这个秘密的？不可能是皇甫杉说出去的吧？

“浅夏，你……你怎么会……”水云菲忍不住问。

花浅夏看了她一眼，轻轻地摇头，回道：“虽然我没有确凿的证据，但是我已非常肯定，小奕他绝对不会是寒。不管南宫家花了多少心思，做了多少伪证，甚至编谎言说他失去了记忆，可一个人的性格是不会变的。如果他是纪羽寒，他绝对不会听从你们的摆布，来伤害我！”

听到这儿，南宫钰的面色更加复杂，但还是坚持强调她的判断是错误的。

“你别开玩笑了，我自己的儿子难道还会弄错吗？如果你们不信，可以抽我的血和他的血，做一个DNA比对啊！”

花浅夏一听到“DNA”这个词，心里顿时凉了。这时，另一个声音突然响起：“我们并不是没做过DNA比对，只是用的不是您的血。”

说话的人是安文泽，此刻，他的目光缓缓地转向了一脸震惊的花浅夏。

“浅夏，抱歉，这件事我们一开始并不打算这时候告诉你，但既然你心中已经有了答案，那我们也没必要再瞒着你了。我们后来还是得到了奕广寒的DNA样本，然后用杉和南宫茜的样本分别做了比对。结果发现，奕广寒和南宫茜确实有相近的基因组合，可以认定为有亲属关系。但是，奕广寒和杉一点关系都没有，他们并不是兄弟。”

说完，安文泽回房间拿了那份详细的鉴定报告，摊在桌上，以证明自己说的都是真话。

南宫钰在看到报告结果后，脸色顿时一片惨白。而花浅夏拿起报告的手微微颤抖，但很快她又恢复了平静。

“南宫先生，您还有什么要说的吗？”她仰头看了南宫钰一眼。

南宫钰深深地蹙起了眉，双唇紧抿，并握紧了双拳。片刻之后，他终于卸下了所有的骄傲和自信，沉着声，略带商量地问她：“你说个数，要我们赔你多少钱，你才会愿意放过小奕。”

花浅夏等的就是他这句话，可她还没开口，水云菲就抢先道：

“这是用钱就能解决的问题吗？那法律岂不是形同虚设？您也太小瞧人了！”

但是，她刚说完，就听花浅夏接着道：“八千万！不要多，也不能少！如果您同意立即支付，我就当那晚的事没发生过。”

八千万？

南宫钰吸了一口凉气，水云菲则满脸疑惑。

难道钱真的是万能的吗？还是，她最熟悉的好友开始变了？

所有人都沉默了。南宫钰在短暂的思考过后，终是点头同意了：“好，八千万。我可以让人立即支付给你，但我也有一个小小的要求。”

还有要求？

众人很是警惕地抬眼看他。

南宫钰继续道：“浅夏，在小奕的生日宴开始之前，我希望你能到我们南宫家去住。当然了，是我们在悉尼刚买的房子。如果没问题的话，今晚就去吧。”

水云菲听到后刚要帮花浅夏拒绝，但这一次花浅夏比她先开了口：“行，我同意。”

“浅夏！”水云菲急了，忙在桌下扯住了她的手。她可是一个孕妇啊，怎么能住到别人的家里呢？

但花浅夏却给了她一个放心的眼神。这一趟，她是一定要去的。那八千万可是她继父郝明宇的生死债啊。那是在卖掉了所有的动产和不动产后，还没填完的最后一个坑。

水云菲自然不知道其中的原因，可她看出了好友的坚决，便不得不将手松开了。

南宫钰和奕广寒没吃饭就说要回去了，花浅夏同他们一起离开的时候，只带走了随身用品。

“浅夏，你真的要去吗？我实在是不放心。要不你问问他们，你多带个人去可以不？”花浅夏离开前，水云菲再次叫住了她。

“小水，你放心吧，我会保护好自己的。”

“但你的……”水云菲看了一下她的小腹。

“我知道，我会注意的。”

水云菲不再说话了，只是咬着唇，一脸悲愤地看着花浅夏上了车。

就在南宫家的车子开走之后，不远处，一辆黑色保时捷默默地开了出来，跟了上去。

南宫家的别墅位于达令港附近的一片商务休闲区里，占地面积很大，有独立的运动场和泳池。后花园里更是种满了玫瑰，还摆放了一架双人秋千，让玫瑰枝条慢慢地攀附上去，看起来就好像童话世界般浪漫。

一开始，花浅夏以为这座别墅里只有南宫钰和奕广寒父子俩，却没想，经过花园的时候，她看到了正坐在秋千椅上摇晃的南宫茜。

她的脚步一下就停了下来，刚要问奕广寒，南宫茜为什么会在这里，就见一个穿着用人制服的管家走了过来，对着走在最前面的南宫钰说道：“先生，今天叶医生说，小姐吵着要过来和我们一起住。博士那边已经同意了，说小姐最近的病情比较稳定，不用一直待在研究所里。所以，叶医生就把小姐的行李都搬了过来。”

南宫钰即便无奈，却也只能点头，谁让她是一个特殊的病人呢？

“还有，先生。”管家的话还没有说完，又继续上前紧跟了几步，“小姐今天还吵着说要见皇甫少爷，见不到他就不吃药。

叶医生没办法，就只好给皇甫少爷打了电话。听说……皇甫少爷也要住进来。”

“你说什么？皇甫杉也要搬来住？”南宫钰心里震了一下。

管家点点头，回道：“嗯，是小姐硬要留下他的。小姐的情绪不太稳定，叶医生怕影响病情，所以才……”

南宫钰的脸色臭得不能再臭，可是也没有任何办法。花浅夏听到皇甫杉也要住进来的时候，一时竟分不清心里究竟是开心还是慌乱。

他这两天不是有事去外地忙了吗？怎么突然就回来了？

黑色保时捷缓缓地驶入了别墅的大门，皇甫杉刚将车子泊好，老管家就过来帮他拿东西。

南宫茜还在花园里荡秋千，叶盛伦一直在她旁边守着。月色下，花园里只亮了一盏暖黄的灯，不偏不倚，正照着秋千上的那个娇小的身影。

“茜，你猜是谁来了？”叶盛伦抬眼瞧见了皇甫杉，然后又低头问南宫茜。

南宫茜正背对着来人的方向，闻言，她慢慢地回过头去。可惜夜色太暗，她看得不是特别清楚，只能依稀地辨认出是一个穿着浅色衬衫的高挑男子。

“是杉哥哥吗？”她问。

“是。”叶盛伦轻轻地摸了摸她的头。

“小茜。”这时皇甫杉已经来到了她身后，他蹲在她面前，仰头道，“今天谢谢你。”

虽然只有短短的一句道谢，但两人都知道，这声“谢谢”指的是什么。

南宫茜笑了笑，回道："能帮杉哥哥做事，是小茜的荣幸。以后杉哥哥要是还有什么需要，尽管提出来，小茜一定会尽量帮忙的。"

"那小茜以后就经常跟在花姐姐身边，特别是看到你那个寒哥哥和花姐姐在一起的时候，能多去打扰就去打扰。要不然，你寒哥哥就会把花姐姐抢走，花姐姐就不能天天教你画画了。"

皇甫杉自认为这个理由意义非常大，而南宫茜明显是被他"洗脑"了，非常认真地点了点头，回道："我会的。"

皇甫杉在心中偷偷地笑了。其实，在南宫钰带着奕广寒去他那别墅吃饭的时候，安文泽就给他发了信息。

花浅夏进了自己的房间，满眼的粉红色，还摆放了各种可爱的卡通玩偶。她放下手中的行李，又洗了把脸，便转身去花园找南宫茜聊天。

"杉哥哥，那木雕就是花姐姐刻的，她说那就是你，你觉得她刻得像吗？"

刚走到花园，花浅夏就听到了南宫茜悦耳如黄莺般的声音。她的脚步微微一顿，皇甫杉也在？他已经到了？

"浅夏，你来看小茜吗？"也在花园的叶盛伦最先发现了她。

"是花姐姐？"南宫茜一听就匆忙转过头，很是期待地朝她看了过去。

"小茜……"

花浅夏显得有些尴尬，她来这儿住的事还没来得及和皇甫杉说，没想他已经到了。作为妻子，她觉得自己是不合格的。

"花姐姐，你来得正好，我们正在讨论你为我刻的木雕呢。"南宫茜说着，还将那木雕拿在手里晃了晃。

自南宫茜将那木雕拿出来，叶盛伦的脸色就没有好看过。他不止一次想在那木雕上动手脚，想用颜料将上面的眼镜框给涂去，这样，或许大家就看不出那上面刻的人是他了。可南宫茜好像十分警觉，而且几乎时刻将它带在身边。他完全无从下手。

花浅夏有些好笑地看着叶盛伦一脸吃瘪的表情，然后指着南宫茜手中的木雕问：“怎么，是在讨论我的手艺好不好吗？”

南宫茜吐了吐舌，回道：“不，我相信花姐姐的手艺，我只是很想知道杉哥哥的看法。杉哥哥，你说呢？像你吗？”

皇甫杉一脸无奈地道：“小茜，你忘了这个问题你已经问了不止一遍了吗？我说像就是像啊！”

南宫茜把手伸到了皇甫杉的脸上，并在眼眶周围摸了一圈，摇头道：“不对，如果像的话，为什么你没有戴眼镜呢？”

因为这话，几个人都愣住了。

叶盛伦忙不迭地将自己的眼镜摘了下来，然后收起放在胸前的口袋里。

“叶医生，你也给我摸一摸。”

南宫茜果然叫他了。但是，当叶盛伦蹲在她面前的时候，花浅夏明显看到南宫茜眼中闪过一抹淡淡的失望。

是自己眼花了吗？

为什么从她这个角度看南宫茜，总觉得南宫茜的眼睛是看得见的？

“叶医生，你不戴眼镜？”单纯的女孩又开口问了。

“嗯……”

叶盛伦没有说太多，一个“嗯”字更像是在敷衍。

“你们在外面聊那么久，都聊什么呢？”这时，南宫钰忽然从屋内探出头来，道，“阿伦，夜晚露大，别让小茜在外面待太久，小心她感冒了。快送她回去。”

“好。”叶盛伦应下后，就想将南宫茜从秋千上扶到轮椅上坐好，却没想到遭到了南宫茜的拒绝。

今晚的她似乎有点叛逆。

“我不要坐轮椅，我要走回去，你们谁也别扶我！”说罢，南宫茜就从秋千上跳了下来，并急急转身，迈开腿就朝前方走去。

自从发病的急性期过了之后，她就已经可以和正常人一样走路了。只是因为她的眼睛看不清楚，再加上南宫家对她的溺爱，为了安全起见，才一直让她坐轮椅。她走得太过匆忙，完全没注意脚下的泥泞，一不小心就打了个滑。

只听“啊”的一声，她整个人便往后方摔去。叶盛伦见状，立刻冲上前去，一把接住了差点滑倒的她。

“真是胡闹！我抱你进去吧！”

他显得有些生气，像是在责怪她不爱护自己。

花浅夏一直看着他们的身影消失在屋内，才打算抬步跟着离开，就听皇甫杉在她身后轻轻地说：“花花，你今天真是让我刮目相看。但你别忘了，你还有我，不要什么事都自己扛。”

听到他这一番话，她轻轻地笑了。

偌大的别墅里，只剩水云菲和安文泽。

本来四个人一起多好，有花浅夏陪着她，她和安文泽的相处就会自然一些。可是现在，花浅夏被迫搬出去了，皇甫杉这个护花使者也一起走了。如今就剩下了她和安文泽，总感觉怪怪的。

“泽，你要不要发条短信或打个电话，让杉回来住呀？这么大的房子就我们两个人，多冷清呀。”水云菲趴在沙发上，刷着手机里的相亲软件。

“你觉得冷清？”

安文泽坐在另一边的沙发椅上，看着电视里正在播的法律节目。听到她这话，他不由得转头朝她看去。

“对呀，多一个人在，还能多一个人说说话。三个人玩斗地主也行啊。现在我们两个人就只能各玩各的了。”

她说这话的时候，正好打开了那款相亲软件里最新的功能，群聊直播室。顾名思义，就是几个单身男女在同一个聊天室里，在这个聊天室里，大家是可以看到彼此的。

“你在干什么？”安文泽冷不防凑到水云菲身后，突然问。

她被吓了一跳，赶紧将手机视频转向了另一个方向，好像生怕里面的人看到她身后有男人似的。不然这大晚上的，她怎么解释呀。

“泽，你怎么突然吓我，我在玩直播呢！”

她回头解释的时候发现他离自己极近，差一点两个人的唇就碰上了。

“直播？”安文泽微微地皱了皱眉。

“哦，就是上次我介绍给你的那个相亲软件啊。你注册了吗？现在新出了一个群聊直播功能，只要进入房间的男女都可以直接看到对方呢。”

水云菲还在解释，聊天室的界面就冒出了很多条其他人发的弹幕。

——小水，你的摄像头是不是歪了？

——为什么我看到小水的画面里显示的是一台电视机。

——小水，我还没看清楚你长什么样子，不要害羞嘛！

——我刚才怎么好像看到有一个男的在她后面？是我眼花了吗？

如此云云。

于是，水云菲不得不坐直了身子，背倚着沙发调整了方向，好让手机的摄像头不会再拍到安文泽。

这回，她的视频画面里出现了自己的面孔。现在的她已经没有了婴儿肥，整个脸显得有些尖。也许是来到澳洲的这几年改变了饮食习惯，她变得比原来更瘦了，双眼也比原来更有灵气，像浸泡在水中的葡萄似的，又圆又水。褪去了学生时代的稚气，已经开始步入社会的她，脸上自然也多了一些成熟的韵味。但又因为五官的关系，乍一看，她的年龄显得很小。

她很喜欢现在的自己，然后，她也发了一条弹幕。

——我回来啦！刚刚出了点小状况，现在已经调整好啦！

安文泽斜靠在她身旁，虽然她没有将摄像头对着他，但他还是能看到她发出的弹幕。

——小水身边是不是有帅哥啊？我刚才好像看到了一个男生的身影？

——不会吧，有帅哥？我要看看！

——都这么晚了，身边还有人的话很可疑哦！

大家开始拿水云菲说事，水云菲一脸委屈，只好又发了一条弹幕。

——你们刚才肯定是眼花了！就我一个人呀！

她还想继续发弹幕证明自己是一个人的时候，手机忽然被旁边的人拿走了。她一惊，视频里已经出现了安文泽的脸！

“天，你还给我呀！这可是直播！唔……”

她焦急地想要把手机抢回来，可是她还没够着手机，后脑勺就被人按住了。

温热的唇覆在了她的唇上，随之而来的是一种清新又甘甜的气息。她的心几乎提到了嗓子眼，随后又融化在他传递过来的热度里。

他居然在吻她？还是主动吻的？

她的大脑有片刻空白……

安文泽终于把她的手机还给了她，但刚才他们接吻的画面却被小房间里的人看得一清二楚。

“啊！”

水云菲捂着脸，几乎是逃命似的飞奔上楼，“砰”的一声关上了自己的房门，然后扑上床大口大口地喘气。

唇上还残留着酥麻的触感，她居然被安文泽吻了？

这一切，就像做梦一样。

第九章 姐妹的行动

清晨，花浅夏是被窗外的鸟儿叫醒的，明媚的阳光洒在蔚蓝的天空下。

今天是星期四，她给母亲和继父买的是今天零点过后的夜班机，从新加坡飞过来，明天一早就能到悉尼了。

忽然有人敲门，是昨天那个管家，他道：“花小姐，您起床了吗？少爷他们都在外面等您了。”

“好的，起来了。”

花浅夏赶紧掀被下床，匆匆从行李箱翻出了衣物。昨天晚上她还没来得及一件件整理，现在就有一些手忙脚乱了。

五分钟后，她一边扎着马尾一边打开了房间的门。

“花小姐，一起到餐厅去吃饭吧？在我们南宫家，大家每天早上都是七点钟准时在餐厅集合的呢。”

那管家一见到她就面带微笑地解释，并带领着她朝餐厅的方向走去。

可花浅夏听到他的话却愣住了，每天早上……七点钟？

周末也是这样吗？

一踏入餐厅，所有人纷纷朝她看了过来。

南宫钰坐在长餐桌的最前端，坐在他两侧的分别是奕广寒和皇甫杉。南宫茜也在，正好坐在南宫钰的正对面，长餐桌的另一头。叶盛伦坐在她旁边，最后还剩下一个位置，就是奕广寒旁边的空位，那应该就是她的位置吧？

南宫钰看到她后，倒是没说什么，反而是叶盛伦在一旁小声地解释道："南宫家有家规，除休息日外，每天上午都是七点吃早餐，晚上十点有门禁。若是有特殊情况，也要跟管家说明一下。"

花浅夏坐下后，叶盛伦继续道："还有，若是有长辈在，女士不能穿无袖或不过膝的裙子，男士不能穿背心，衬衫必须扣到领口下的那粒扣子。穿西装必须要打领带，穿西裤必须要配白色或黑色的袜子……"

他一边说，花浅夏就一边摸着自己裸露的手臂。她看今天天气不错，感觉会热，所以就选择了一件无袖的套头衫。她来不及去挑适合的裤子，看到牛仔裙就直接套上去了。那裙子，也正好到膝盖上面。

她下意识地朝桌下看去，果然奕广寒和叶盛伦都穿着白色的短袜，而皇甫杉那边被桌子挡住了，她看不到。还有衬衫的扣子问题，她记得皇甫杉是最喜欢故意松开最上面的两颗扣子的。于是，她又抬眼朝皇甫杉看了过去，见他今天居然……没有穿衬衫？

有如此多的规定，怪不得她每次在外面看到南宫家的人的时候，他们总喜欢穿着清一色的中山装，可见这个家族是多么严格和守旧。

但即便是这样，她也没有回房换衣服的打算。南宫钰也没有特地管束她，只是不屑地看了她一眼。

南宫家的早餐和大多数家庭的早餐一样，有粥，有汤，也有面包和牛奶。每个人面前的餐点，都是管家分配好的。

花浅夏拿起勺子准备喝那喷香的玉米浓汤，就听耳边又传来了管家急切的声音："花小姐，要等地位最高的人动餐了，您才可以动。"

地位最高的？

花浅夏看了一圈，只见南宫钰动起了餐具，开始喝汤。

果然，在他的这个动作结束后，大家才不紧不慢地吃了起来。这时，南宫茜转头脆生生地问了叶盛伦一声："可以吃了吗？"

叶盛伦点点头，然后拿起一杯牛奶递到了她手里："可以开始了。"

花浅夏忽然觉得有点食之无味。她若真成了南宫家的媳妇，每天都要遵守这些条条框框，那跟犯人有什么区别？

她又下意识地朝皇甫杉看去，见他倒是没有多大反应，似乎是已经习惯了南宫家的这些死板的规矩，吃起东西来还是那么有模有样。

她正看得专注，皇甫杉突然朝她看了过来。那眼神，怎么感觉有点眉目传情的味道。

不过，这顿早餐吃得可真是安静，从头到尾几乎就没什么人讲话。

直到用餐快结束的时候，南宫钰才有意问了花浅夏一句："不知道浅夏有没有来得及准备周六晚宴上穿的礼服？我这里有一张名店坊的金卡，你拿去用，让小奕陪你去逛逛买衣服吧，就算是我给你的一点见面礼。”

南宫钰这番话似有讨好她的嫌疑。昨天临睡之前，她就已经收到了继父郝明宇发来的信息，说那八千万已经到账了。所以，南宫钰并不用担心她会在生日宴结束的第二天，逼着奕广寒去警局自首。

她还没开口，就听南宫茜嚷道：“钰叔叔，钰叔叔，我也要买衣服！我也要！花姐姐，我要和你一起去！杉哥哥，你也陪我们一起去逛逛吧！”

最近南宫茜总有点故意找碴的嫌疑，南宫钰隐隐有些头疼。这孩子若是一起去的话，公共场合人太多太复杂，万一她不小心被人碰到了或磕到了，受了什么伤，回头他还得挨南宫家长辈们的话。既然这样，那还是别出去的好。

“算了算了，你们都别去了。”南宫钰最后只能对一旁的管家道，“麻烦你联系几个服装设计师，让他们多拿点当季最好的晚礼服过来，男女款的。”

“是。”管家点头应下。

吃完早餐后，南宫茜有些兴奋地抓住皇甫杉问：“杉哥哥，我今天在餐桌上的表现好吗？我成功阻止了他们外出哦！”

皇甫杉摸着她的脑袋笑了笑，道：“嗯，你表现得很好，你真聪明！”

对于这个游戏，南宫茜似乎有点玩上瘾了。而且，她觉得人多很热闹，终于不用像在美国时那样，成天就对着天空，对着花，对着冷冰冰的四面墙，一个人听着音乐默默发呆了。就连叶盛伦也觉得她最近变得活泼了，也比以前更爱笑了。

礼服的挑选很快就完成了，花浅夏选的是一件复古的旗袍，而南宫茜喜欢的则是一件金栗色的曳地百褶裙。她将裙子穿上后，又搭配了一双同色的小高跟鞋，瞬间就多了些女人味。唯一遗憾的是，她无法看清楚镜中的自己有多么美。

“大家要不要到那边拍一张照？难得都在，就当纪念一下。”南宫钰开口提议，还指了指花园秋千架后面的一扇玫瑰拱门。

“我要和花姐姐站在一起！”

南宫茜又提出了自己的要求，不待人同意，就挤在了花浅夏和奕广寒之间，硬生生地将两人挤开了。

南宫钰又开始皱眉，埋怨道：“小茜，你可以站在你花姐姐的另一边，干吗非要站在中间呢？”

但是南宫茜很任性，她摇头道：“不，我就要站在中间！”

南宫钰朝皇甫杉看了一眼，说：“杉，你去拉一下她。”

皇甫杉却回道：“连叔叔都管不了她，我更是管不了了。阿伦，你来管吧，她可是你的病人。”他聪明地把这个任务推给了叶盛伦。

叶盛伦扯了扯嘴角，也没能成功地将南宫茜拉开，反而被她拽着一起站在了中间的位置上。

皇甫杉也走了过去，落落大方地站在花浅夏旁边，还伸手搭上了她的肩膀，看着镜头微微笑着。

南宫钰没辙了，只能让摄影师赶紧拍照。

只听“咔嚓”一声，摄影师轻轻地按下了相机的快门。

美国，洛杉矶。

尹珂无聊地坐在病床上，她被转移到这个隔离病房已经三天了。每天医生和护士都穿得像个太空人似的，面罩后的脸也严肃得没有一丝表情。

她觉得再这样下去，自己怕是要憋死了，于是，刷手机就成了她每天唯一的消遣。

她开始关注起明星的动态来，上次她的子铭哥来看她的时候，就和她说了很多娱乐圈的八卦。比如哪个女明星被狗仔爆料耍大牌，哪个男明星经常和一群狐朋狗友去夜店喝酒，等等。尹珂觉得，子铭哥真的给她带来了很多欢乐。她好想念他。

在南宫家没有把她送来这家医院之前，尹珂只是一个生活在唐人街、靠经营小超市为生的普通女孩。因父母早逝，她只能一个人在那儿生活，她和奕子铭就是在小超市里认识的。那时候，他还是从中国过来的练习生。

所谓练习生，一般是娱乐公司通过选秀比赛挑选出来的适合培养成偶像的人。在出道前，他们必须经历一种从学徒开始的、几近残酷又枯燥的特长培养和技能训练。

奕子铭的母亲是一个来自中国的歌手，尹珂见过一次，很美，也很风尘。

尹珂和奕子铭做了一段时间邻居。奕子铭是练习生，所以经常早出晚归，只偶尔会去尹珂的小超市里买东西。

尹珂总觉得自己很脱离社会，因为她几乎不会上网，也没有注册过脸书或者其他通信工具。用奕子铭的话来说，她就是一个“原始人”。

“你做练习生，是为了将来做艺人吗？那你打算在哪里发展？”她曾问他。

“谁知道呢，不过我签约的公司在美国，应该会先在美国发展吧。”他这么回答她。

“做艺人以后肯定很赚钱吧，还招人吗？我这小超市恐怕有些难以维持我今后的生活开支。”她打趣地问。

“发展得好就赚钱，发展不好的，还不如留在这里做超市老板。你以后生活开支紧张的话，我养你啊！”她以为他是在开玩笑，可他其实是认真的。

两人的关系发展得自然又稳定，但有一天，不幸的事却落在了她头上。她患病了，白血病。

她不想成为他的累赘，她让他放手，可他却没有放。之后，南宫家的人就找上了他。

她听他说，他是南宫家的私生子。所以，她以后治病的钱就不用担心了，她还可以转去条件较好的私人医院，不用再在公立医院排长队等待，但他必须要帮他们做一些事情。也是在那之后，他就从她的生活中消失了。只是每过一阵子，他就会到医院来看看她。

尹珂回忆到这儿，手机里忽然出现了一条花边新闻，是关于娱乐圈艺人的八卦。之前，奕子铭是很反对她去看网络上八卦新闻的，因为那些报道很多是夸大、虚构、不真实的。他怕那些不实消息影响了她的情绪，对她的病不好。她一直很听话，只是最近实在是太无聊了，所以又忍不住去翻阅了一下。

而此刻的这条花边新闻，竟然意外地和她的子铭哥有关。只是，这消息应该是发了有一段时间了，日期是上个月的。可让她感到意外的是，消息的内容是他和一个女孩子的绯闻，甚至附上了一组拍得很不清晰的照片，有两人搂抱的、耳语的，还有让她感到刺眼的亲吻照。

那是真的吻吗？

那一瞬，她只感觉自己的胸口隐隐作痛。

记得他在离开前还对她承诺过，无论在什么情况下，他都不会和别的女人亲近。但是，他好像食言了。

她忍不住用手机给他发了一条信息，问他：子铭哥，你现在还是一个人吗？

她等了许久，也没等到对方的回复。她还特地看了一下时间，现在洛杉矶的时间是晚上十点钟，他如果还在悉尼的话，应该是下午的五点。难道他在忙吗？

她又等了一会儿，忍不住又去翻了那些娱乐报道，并且还在搜索栏里输入了关键词，她的子铭哥的艺名：奕广寒。

这一下，一堆乱七八糟的报道铺天盖地地朝她砸了过来，有好的，也有不好的。她无法分辨那些报道哪些是真哪些是假，只是越看，情绪就越激动。

值夜的护士每个小时都会巡房，尹珂所在的特殊病房装有专门的监护仪，24 小时随时监测她的生命体征。大约在深夜的十一点左右，有护士发现了监护仪上的异常。

“不好，她的血氧怎么这么低？快叫医生！快！”

悉尼。

南宫家今天的晚餐很丰富，有咖喱鱼头、黑果鸡、花篮饼、辣椒螃蟹、叻沙面线等，都是地道的新加坡娘惹菜。他们已经很久没有吃过这些菜了，不由得有些怀念。

花浅夏用手抓了个蟹腿，吃的时候，还不小心发出了“嘎啦嘎啦”的声音。

餐桌上的人都朝她望了过来。她咬了咬唇，不知道自己哪里做错了。

“花小姐。”这时，一旁的管家走了过来，在她身旁小声地道，“您吃螃蟹的时候，可以用旁边这两个工具。”

管家一边说，一边用手指着放在她盘子旁边的一个小瓷罐，又继续道：“这剪子是用来剪蟹腿的，吃的时候可以先吃蟹盖的部分，用这个小勺子可以把中间的蟹胃舀出来，再慢慢将蟹黄吮干净，然后……”

花浅夏还是第一次听说螃蟹有这么个吃法，而且管家讲了多久，一桌人就看了她多久，气氛一时很尴尬。她觉得自己若在南宫家多住几日，肯定会疯掉。

就在这时，坐在她身旁的奕广寒忽然拿过她手中的螃蟹，道："不会吃没事，我可以帮你剥开蟹肉。”

这似乎是奕广寒第一次在饭桌上主动向花浅夏献殷勤，而花浅夏也在无意中看见南宫钰对着这个儿子露出一抹赞赏的笑。看来他们还是没有放弃把她收入南宫家做媳妇的打算，只可惜，他们的算盘还是打晚了。

皇甫杉在桌子底下踢了南宫茜一脚，南宫茜立马转头对奕广寒道："寒哥哥，我也要吃螃蟹，你帮我剥吧！”

奕广寒："……”

“对了，寒。”这时，很少在餐桌上说话的南宫钰突然道，“郭星说你的手机忘在他车上了，但他晚上没空过来，明天再给你。”

“哦。”奕广寒随口应了一声，并没有把这件事放在心上。

晚餐过后，花浅夏给水云菲打电话，顺便提到了今天餐桌上的事。可是，水云菲的关注点却在另一件事上。

“所以，你居然吃螃蟹了？”水云菲有些夸张地吼道。

“就吃了一点，剩下的都给小茜吃了。”剥个蟹壳那么麻烦，谁愿意吃。

“不管怎样，你下次一定要记住了，只要是寒性的食物，你这个孕妇能不吃就不要吃。吃水果也是有讲究的，我回头发一份食谱给你，你要看啊！”

水云菲最近突然迷上了中医，就趁着业余时间自学了一些知识，最简单的就是分辨各种食物的性和味，所以自然是学以致用。

“好的，知道啦，水医生！”

挂了电话后，花浅夏就收到水云菲发来的长图，上面罗列着好几种孕妇不能吃的东西，还有需要注意的事项。

她看着看着，不知不觉就睡着了。自从怀孕以后，她似乎比以前更嗜睡了。朦胧中，她感觉有一只手正从她的脸颊上轻轻拂过，温热的气息缭绕在唇边，害得她心里泛起了一阵阵异样的酥麻。

她猛地睁开眼，看到的是一张熟悉的脸。下一秒，她的唇就被人肆虐了。

“唔……”

她下意识要挣扎，但那人却将她的手高举到枕上，并用臂力去压制她。

“杉，你停一停！”

她突然害怕了，她当然知道他想要干什么，可现在她根本就不适合做这些，而且他们还是在别人家里。

皇甫杉果然停下了动作，抬眼看她，有些失落地问：“怎么了？”

“杉，这里可是南宫家！你是怎么半夜跑来我房间的？我记得我锁了门的。”她尽量压低声音讲。

皇甫杉听后得意地笑了笑，指了指房间里唯一的窗户，回她：“门锁了，但窗还开着。而且这是一楼，我当然进得来。”

原来，这家伙还会翻窗？

“杉，你这样做就不怕被南宫家的人发现了？”她责怪他的莽撞。

“没事，南宫家的人时间观念非常强，南宫钰更是到了十一点准时入睡。”

皇甫杉说着就将她搂入怀中，又捋了捋她额前的碎发。她脸上有一丝疲惫，他忍不住有些心疼。

这夜，皇甫杉在她房内待到凌晨四点才离开。离开前，他又在她唇上偷亲了一会儿，才满意地起身离去。

这天一大早，花浅夏的父母郝明宇和花梓桐终于踏上了悉尼这块肥沃的土地。

见到自己的母亲后，花浅夏的眼眶瞬间就红了。

“妈，你瘦了。”

“小夏，你也是。”

母女俩相互问候了两句，花浅夏这才转身去拥抱继父，这个刚经历挫折又终于挺过来的男人。

“郝叔叔，您辛苦了！”

“浅夏，我该要谢谢你才是。那八千万可是助我渡过了一个巨大的难关，但是我能不能问一下，你是哪儿来的这么多钱？是杉给的？”

除了皇甫杉，郝明宇就想不到还有谁能帮他们了。可如果是这样的话，就等于那八千万也是皇甫家的钱。即便皇甫杉和老爷子不同心，可他用孙子的钱来填爷爷的坑，怎么想都觉得怪怪的。

好在花浅夏听后摇了摇头，回道：“郝叔叔，那笔钱您放心用，和皇甫家一点关系都没有，是我的钱。至于怎么来的，您放心，这些都是我应得的。”

她当然不能说这笔钱的来源，而她在长辈面前的形象向来非常好，花梓桐和郝明宇也就不再细问了。

三人终于拿齐了托运的行李，刚要坐上出租车，就听见有人在后面叫她。

“浅夏，他们就是你的父母吗？既然这么巧遇到了，不如中午就一起在外面吃个饭吧？”

花浅夏闻声回头看过去，见是南宫钰和叶盛伦，他们也是来机场接人。在他们身后，站着一些和他们一样穿着中山装的男人。

在悉尼市中心的一个豪华餐厅的包厢里，偌大的旋转餐桌上，南宫家权位高重的人都到齐了。

“那是小茜的爸爸，南宫羽，也是如今的当家人南宫龙的儿子；而我的父亲南宫钰，是已逝的大老爷南宫毅的儿子。”奕广寒也到了，他压低声音在她耳边一一介绍道。

看来，奕广寒这次的生日宴很受南宫家的长辈们重视。或许，这是他们第一次让他以南宫家后人的身份出现在世人面前吧，所以必须给足他面子。

和在南宫家的别墅里吃饭一样，人虽然多，但气氛却十分凝重，随时都有一种要窒息的感觉，这让花浅夏很不适应。

别说她不适应，就连她的母亲花梓桐都不适应。花梓桐是有身孕的人，而且已经显怀了。

好在这家餐厅的上菜速度很快，他们刚坐下一会儿，饭菜就上齐了。

这是一家价格昂贵的中式餐厅，连厨子都是从中国来的，所有食材都要从中国空运过来。

花梓桐虽然不知道南宫家的人吃饭的习惯，但是也很谨慎，懂得等年长的南宫龙动了筷子之后才开吃。郝明宇爱妻有道，自然也是等妻子动筷了才行动。这就避免了一场尴尬。

有饭菜，自然就少不了酒。在他们品着鲜汤的时候，已经有服务生走到每一个人身后，给他们面前的酒杯斟上了红酒。

“郝先生，我们来干一杯吧。听说你也是做生意的，如果以后有需要合作的地方，也可以互相招呼一声。”

南宫龙看起来并没有想象中那样不苟言笑，但他还不知道郝家的生意在不久前已经垮了。

郝明宇听后也没有多说什么，同样很客气地站起来，双手举杯与南宫龙轻轻一碰。

一直混迹于生意场的南宫羽却十分了解相关行业的最新信息，他主动跟郝明宇提出建议：“对了，郝先生，我听说您在新加坡是做酒店生意的，而且还是连锁酒店。但现在酒店这一块没那么好做了，很多连锁店都面临亏损和被收购，不知道郝先生有没有考虑过改行？我们不做酒店业，可以做点别的。如果您有兴趣，私下里我可以给您名片。并且您也不需要担心资金的问题，我用我们南宫家的信誉做担保，可以无条件借您一笔启动资金，金额多少由您来定。您看，是否可以考虑一下？”

花浅夏也是后来才知道，原来南宫羽便是准备接手南宫家事业的总负责人，他和皇甫杉一样，从小就被当作继承人来培养的。可南宫钰却不同，他不爱混商场，整天就喜欢搞一些乐器，或者去听听音乐会、看看画展，等等。也因为这样，他才有时间陪着叶盛伦和南宫茜到悉尼来。

在南宫羽说出那一番建议后，花浅夏终于明白了这一顿饭的目的。南宫钰已经很清楚，从她这边下手说服她入南宫家是不可能了。所以，他们计划“曲线救国”，打算从她的家人下手。

想到这儿，花浅夏在心中不屑地冷笑。

在南宫羽提出建议后，众人纷纷朝郝明宇看了过去。郝明宇倒也很会演，还故作思考了一阵，可最后还是对南宫羽缓缓地摇摇头，并抱歉地笑道：“感谢南宫家抛出的这根橄榄枝，但鄙人现在身体不好，早就想休养了。估计要休息个一年，再考虑要不要重新下海经商的事。”

“那也行。”虽然有点失望，但南宫羽也不勉强，还是递上了一张自己的名片，又道，“如果您想好了，随时欢迎您来找我，我也十分期待您的加入！”

这顿饭的目的就这样泡汤了。吃完饭后，花浅夏原本想将母亲送到安文泽那边的别墅，却不想南宫钰又过来主动套近乎。

他道：“不如让二位也到咱南宫家去住吧？毕竟是新房，需要多点人气，以后才会太平。而且那边的房间也多，二位可以任意选择自己喜欢的套房。”

这一次，郝明宇倒是没有拒绝，因为他们听说花浅夏现在也住在那里。

这一晚，花浅夏是抱着自己的母亲睡的。她看着母亲微微凸起的肚子，忍不住想象自己以后的模样。

花梓桐看到她总盯着自己，不由得摸了摸她的头发，问：“你怎么会到南宫家来住？还有那孩子，叫奕广寒吧？他是谁？我看他怎么有点像……”

“妈，他确实有些像纪羽寒，但他并不是纪羽寒。我住在这儿，是因为南宫茜……”

花浅夏不想让自己的母亲担心，还好南宫茜也在，于是她就将南宫茜的事和母亲说了。花梓桐听后轻叹了一声：“那女孩好可怜，如果是我，我都不知道自己会不会像她这么乐观。”

另一边，刚从医院回来的水云菲窝在沙发上睡着了。安文泽打完电话，转头看了一眼缩成一团的水云菲，刚要起身将她抱回房间，手机铃声又响了起来。他看了一眼来电显示，很快就将电话接起。

“喂，木香？好，你把航班信息发给我，明天我就去接你。”

木香是谁？是女人？

这时，本来睡得迷糊的水云菲忽然醒了。

“嗯，你不用订酒店，住我这儿就好了。房间挺多的，而且也方便。”安文泽还在讲。

居然还有人要到他们这儿来住吗？水云菲猛地睁眼，从沙发上坐了起来。

安文泽本还在说着，看到她忽然醒了，不由得愣愣地看着她。

可水云菲并没有看他，而是转身往楼梯口的方向走去，像是要回房间。她表面看上去依旧很平静，但其实她心里十分不舒服。

安文泽怎么会不经她同意就随便让别人住进来？可仔细一想，虽然他们两人亲吻过，但并没有真正确定关系，所以，即便他要请别人来，她也没权利提出任何异议。

一想到这儿，她心里又难过了。

周六一大早，南宫家就热闹起来。

装满玫瑰花的皮卡早早就停在了大门前，那些都是要在今天的生日宴上做装饰的。大厅入口还铺上了一条火红的地毯，数十根高度相同的短罗马柱分别竖立在红毯的两端，罗马柱上插满了娇艳欲滴又含苞待放的玫瑰，搞得这场宴会都不像是生日宴，反而更像一场婚宴。

身为主角的奕广寒因为本身就是一名艺人，一大早他就被郭星接去参加记者会了。今天他穿的是一身纯白色的西装，显得非常帅气，他一现身，马上就惹得粉丝们高声尖叫。南宫家在悉尼的这栋别墅也早就被记者们曝光了，以至于他们现在出入都变得格外小心翼翼。

达令港天桥下的码头上，天还没亮，皇甫杉就已经坐在这儿了。

海水透明得可以看到里面的水母和鱼，停泊在海上的船只和游轮仿佛悬空了一般，静静地漂浮着。

他有点醉，心情看上去不是太好，手机也调成静音了，唯有他随身携带的一台电脑是开着的。而此刻，电脑上有一个已经接通的视频，和他通话的是一名年轻的华裔男子。

“一切都准备好了吗？”皇甫杉问。

“准备好了。”那男子答。

皇甫杉看了看电脑上的时间，现在能做的，就只有等待了。

美国，南宫集团位于纽约的总部。

有人举报集团旗下的一家子公司存在与税收有关的违法行为，当局立刻出动警力，封查了该公司的办公大楼。

与此同时，还有人举报南宫集团旗下的另一家公司存在卖假货的嫌疑，供货的厂商和相关人员也即刻被查，形势严峻。

最严重的是总部大楼下的千人投诉事件，许多购买者因为对售后服务不满，便在楼下拉横幅抗议示威。

这三件事几乎都在下班时间发生，所有高管都乱了阵脚。而作为董事会成员的南宫家的人，却没有一个在美国。于是，南宫羽和南宫龙的手机几乎快被各种越洋电话打爆了。

此时，距离奕广寒生日宴开始的时间越来越近了。这场生日宴会从上午九点开始，一直持续到晚上九点，共十二个小时。且每个时间段都会有各种表演和其他明星助阵，场面十分壮观。

南宫龙坐在位置上紧紧地皱着眉，南宫羽则在一旁不停地来回踱步，电话依然是一个接一个地打进来。

“去订机票！越快越好！订到了马上走！你也和我一起回

去！”最终，南宫龙还是做了决定。

后来，不知是哪家的记者收到了消息，在奕广寒的记者会快结束的时候，突然问起了此刻在美国发生的那三件事——

“听说你们南宫家有两个季度的报税出现错漏，是否真有此事？”

“你们南宫家的电子商务平台向来以卖正品著称，可有人说自己买到了假货，与客服沟通数次无果后，你们的人还上门打了客户。请问对这件事，你怎么看？”

“南宫集团的售后问题这些年一直被消费者投诉，可是客服的态度却毫无改变。请问你们集团难道就没有服务规范吗？”

越来越多的记者开始提问，而奕广寒不知该如何回答。好在这时候保安过来了，很快就将记者们与奕广寒隔了开来。

保姆车上，郭星看着身后一群拿着相机在拍他们的人摇了摇头，叹道：“这是造了什么孽啊，真是流年不利啊！”

奕广寒也不解，他根本就不知道美国那边南宫家究竟发生了什么事。直到他接到了南宫钰的电话，南宫钰告诉他，他的爷爷和叔叔已经返回美国了。

“小郭，为什么我总感觉今天发生的事并不是巧合呢？好像有人故意在今天制造事端。”挂了电话后，奕广寒将南宫钰的话告诉了郭星，最后还感慨了一句。

郭星安慰他：“别这么想，咱们南宫家在美国可是知名企业，难免会有死对头虎视眈眈，这些事在今天发生也不过是碰巧。而且，发生那些事情也不是一天两天了。商场上的竞争，目前和我们没有关系。你还是好好过生日，今天不是会来很多明星吗？如果见到能搞好关系的，一定不要错过机会啊。”

南宫家的别墅里，花浅夏已经换好了礼服，可水云菲还没有到，于是她忍不住发信息问。

花浅夏：你没忘今天是什么日子吧？

水云菲：没忘啊，但我现在要和泽去机场接一个人，然后就顺道过去。

花浅夏：接谁？

水云菲：一个女人！

花浅夏隔着手机屏幕都能感觉到浓浓的酸味，看来八成是去接情敌了。水云菲在发完那条消息后，就把手机收了起来，噘着嘴，一直看着车窗外。

机场很快就到了，水云菲还没来得及解开安全带，就看到一个身材高挑的妙龄女子，正挥着手朝他们这边走来。

“泽！泽！我在这儿呢！”

那女子的眼睛真是厉害，隔着车窗就能清楚地看到他。

“抱歉，我来晚了。”

安文泽说着就开门下车，十分自然地接过她手中的行李。

“不是你来晚了，是飞机早到了。按照预定时间，应该还要过三十分钟才降落呢。”

韩木香很豪放地将手搭在他肩上。她有一头干练的短发，发尾处还微微烫了个梨花卷，显得有些俏皮和可爱。

水云菲有些失神地看着这个和安文泽关系很好的女人，心里就像打翻了一罐陈年老醋，酸得失去了味觉。她是第一次见到有女人能和安文泽这样大大咧咧、称兄道弟般相处。

“这位是我以前的邻居，韩木香。”一上车，安文泽就向水云菲这样介绍，然后他对韩木香道，“木香，这位就是我的室友，同时也是我高中同学，水云菲。”

室友，高中同学。这就是安文泽对她的定义，水云菲心里又是一凉。

韩木香微笑着朝她伸出手，同时和气地向她问好。出于礼貌，水云菲也牵起笑脸回应了她。

“木香，待会儿一起去参加一个生日宴吧，杉也在那里。”安文泽提议。

“行啊，正巧我也带了件礼服，不过，可能要找地方换一下。”

“可以的。”

安文泽答应着，很快就将车头调整了方向，往南宫家的别墅驶了去。

原来，这个女人和皇甫杉也认识。水云菲在心里默默地想。

他们到的时候，生日宴已经开始两个多小时了，正好赶上了午餐的供应时间。

前来参加宴会的明星果然很多，而且大家还可以带朋友来，好在南宫家的别墅面积够大，否则都没办法装下那么多人。

水云菲找了半天都没看到花浅夏，打电话也不接，真是心焦。

就在这时，一群衣着光鲜的美丽模特从花园的入门处走了进来，其中一个模特不久前还拿了国际大奖，知名度很高，长得也很漂亮。她们似乎正在议论和奕广寒有关的事情。

“他年纪是轻了一点，但五官不错，最主要的还是家世好。”

“我看他为人还不错，刚才我和他多说了几句，他还会脸红呢。”

“我就喜欢这样的小鲜肉。姐妹们，要不要帮我制造点机会啊？”

水云菲正听得出神，肩膀突然被人拍了一下。她猛地回头，发现拍她的人正是她找了半天都没找到的花浅夏。

“你怎么在这里？”花浅夏问她。

水云菲说道："我还想问你呢，我刚给你打了好几通电话，你都没听到吗？"

水云菲拿出自己的手机在她面前晃了晃。花浅夏下意识地摸了下裙子，因为她穿的是晚礼服，所以手机只能放在随身携带的小手袋里。手袋关上后就像一个密封的容器，再加上周围的音乐声和人声完全把铃声掩盖了，也无怪乎她会听不见铃声。

"行了，抓紧时间。小水，今天的事就靠你了！加油！"

这时，会场的音乐又换了首曲子，越来越多的人开始在舞池里起舞。每个人都在寻找舞伴，而作为奕广寒舞伴的花浅夏，此时也不得不和水云菲暂时告别。

水云菲见好友往舞池方向去了，便握紧了手机，锁定目标后也紧随而去。

生日宴上美女如云，一时竟分不清谁才是最漂亮的。每个人都像是在比美，无论男女，全都争相开放。

水云菲找到了刚才公开说对奕广寒有兴趣的那个模特，然后悄悄地跟她身后，第一次充当了一个业余的"狗仔"。

对明星来说，制造一个新闻就像家常便饭一样，就看这新闻值不值得去制造了。

水云菲默默地祈祷着，希望今夜的自己是幸运的。

另一边，皇甫杉已经从达令港回来了。此刻，他正和安文泽、韩木香聚在一起。

"木香，那件事现在调查得怎么样了？"皇甫杉一边喝着红酒一边问。

"有一点麻烦，我让人帮忙盯着了，过一段时间我再过去试试。"韩木香的人脉是很多人可望而不可即的。

"越是这样，就越觉得她有问题……"插嘴的人是安文泽。

“陌生人估计她不会信任，等这边的事处理完了，我得亲自去一趟……”皇甫杉说着又端起酒杯，浅浅地抿了一口。

现场乐队在演奏着舞曲音乐。花浅夏作为宴会主角的舞伴，陪着奕广寒跳了第一支舞。皇甫杉幽怨地看着他们，只能在角落里独自喝酒。

这时，韩木香主动伸出手邀请安文泽：“老邻居，赏面跳支舞？”

安文泽抬眼朝不远处的另一个身影看去，似乎有点犹豫，但最终还是接受了韩木香的邀请。

皇甫杉不喜欢跳舞，至少不喜欢和不喜欢的人跳舞。所以，即便有女人主动过来邀请，他也拒绝了，一直很安静地坐在自己的位置上。

一曲完毕，花浅夏对奕广寒说有些累了。奕广寒本想扶她去休息区休息，可转眼就有女明星过来邀他跳舞。

花浅夏注意到那个主动邀请奕广寒的女明星，在看着奕广寒的时候眼神有点异样，而且，两人看上去应该挺熟的。

“那女的叫 Aila（艾拉），混血儿。”水云菲找了一个机会接近花浅夏，低声在她耳边说道。

“你觉得有戏吗？”花浅夏问。

“应该有。”水云菲凭直觉判断。

跳舞的环节持续了近一个小时，之后会场就进入了一批驻唱的实力派歌手，很快便将现场的气氛更推向了高潮。

花浅夏注意到那个模特依然在奕广寒身边打转。她朝水云菲递去了一个眼神，水云菲会意，走了过去，潜伏在暗处伺机行动。

为了突出台上歌手的演唱效果，台下的灯光自然变暗了。奕广寒忽然被那个模特拉到了一个人少的角落。水云菲看准了时机，一个闪身跟了过去。奕广寒和那混血儿模特来到屋内走廊的一端，两人不知道说了什么，忽然，那混血儿直接朝奕广寒吻了上去。

“你在这儿干什么？”

水云菲正拍得起劲，忽然听见身后有人叫她。她被吓了一跳，一回头发现竟然是安文泽。

更不巧的是，奕广寒和那混血儿模特似乎也听到了这边的动静。那混血儿模特最先反应过来，朝着这边问了一声：“是谁？”

水云菲猛地一惊，被那模特看到就算了，可奕广寒是认得她和安文泽的，如果他看到了她，他们的计划很可能会受影响。

想到这儿，她猛地将安文泽推到墙上，然后踮起脚，直接吻上他温热的唇。

“哟，又是一对小情侣。你看啊阿寒，他们都能这样，我们怎么就不能了？”

那混血模特的声音又传了过来。在光线昏暗的走廊上，无论是谁都很难看清对方。再加上他们的脸都被挡着，很难从背影判断出他们是谁，除非对方记得住他们身上的衣服。

水云菲不是没想到这点，所以她一边吻一边慢慢地后退，试图退到靠近转角的地方，然后找机会逃开。但令她没想到的是，她的唇刚离开了一点点，一只大手就朝她的后脑勺压了过来。她猝不及防，唇又被安文泽覆住。

这一次，是他吻了她。

“唔唔……”

她有些惊慌地揽上他的颈脖，他身上淡淡的酒香让她沉醉，让她一点一点地陷入他编织的温柔网。

吻够了，安文泽才稍微放开了她，却贴着她的唇低声问：“水水，你喜欢我吗？”

水云菲的脸烫到快烧起来，她还没有做好接受他告白的准备，便下意识用力将他推开，然后掩着面，转身仓皇地跑了。

为什么会这样？上次主动吻了她一次就够了，刚刚又吻了一次！

她再不往那方面想，那就是她故意装迟钝了。

可是，安文泽怎么可能会喜欢她？

那感觉就像是突然从天上掉下了馅饼，砸得她有些措手不及。

晚上八点，天空中突然响起了烟花绽放的巨响，一声接一声，好像打雷一般，原本漆黑的夜空被一簇接一簇的焰火点亮了。

参加宴会的人都被美丽的烟花吸引了，纷纷走了出去。花浅夏也随着人群走到草坪上，仰头欣赏那浪漫的一刻。

“等我铲平了前方的阻碍，我要给你补办一场世纪婚礼，让整座城、让全世界的人都知道我们结婚了。”

耳边忽然传来一道熟悉的声音。花浅夏轻轻地转过头，看到皇甫杉不知何时已站在身旁。

“你相信我吗？这一天，迟早会到来的。”

他微弯着眼，站在夜色中对她许下承诺。

她笑了笑，回应他道：“我相信。”

奕广寒的生日宴就这样结束了，宾客陆续散去，依然留在南宫家的人也都各自回房。

这晚花浅夏没有等来水云菲的消息，也不知道那丫头办得怎么样了。可她实在太累了，一躺上床，就进入了梦乡。

第十章 反祖训联盟

第二天，花浅夏是被一阵急促的脚步声吵醒的。她睁开眼，看到时间还没到六点。可是，外面的动静却越来越大。

她一边揉眼一边掀被下床，打开房门时，看到了同样被吵醒的南宫茜、叶盛伦、母亲，还有皇甫杉。

这时，从某间卧房里传出“砰”的一声巨响，紧接着又传来瓷器破碎的声音，然后就是南宫钰的怒吼，声音大得几乎把屋顶给震碎了。

“你说，你到底有没有把我的话放在心上？你别告诉我，是那个模特勾引你的！奕广寒，我真的对你……太失望了！”

南宫钰说着，又狠狠地朝地上砸了个东西。

花浅夏从房间里走了出来，并顺着声音来到了奕广寒的房中，此刻他正面色苍白地跪在地上。

在他面前散落着许多碎片，全都是南宫钰砸出来的。不仅装饰用的花瓶、瓷器被砸了，就连台灯都没能幸免。

究竟发生什么事了？为什么南宫钰会那么生气？

“小茜，你回去继续睡吧，这事和你没有关系。”叶盛伦似乎知道了事情原委，拉着南宫茜离开了。

花梓桐和郝明宇则相互看了一眼，最后选择保持沉默。花浅夏看了看皇甫杉，皇甫杉刚好也在看她。

忽然，她像是想到了什么，转身匆匆走回房内，拿起落在床上的手机，点开新闻，寻找着最新发布的娱乐资讯。

很快，她就看到了。

在热搜第一的头版头条上，飘着红彤彤的一行大字——名模Aila与南宫太子爷曝出恋情？

“喂，小水，你成功了？我看到新闻了，真没想到你动作那么快！”

花浅夏也不管水云菲这时候是否醒了，直接就将电话拨了过去。

水云菲的反应似乎有些迟钝，好一会儿，她慵懒的声音才传来：“什么新闻？我昨天晚上……没拍到多少照片，然后就……总之，我并没有把手机里的照片发给媒体……”

水云菲说话的时候有些支支吾吾，但意思花浅夏却是听明白了的。看来那新闻下的照片并不是她们发的，那是另有其人？

“怎么了，是发生什么事了吗？”水云菲似乎终于醒了，疑惑地问了一声。

“你看手机吧。”花浅夏没多说，很快就挂了电话。

南宫家还是一片混乱，而且这场战火似乎没有停下来的意思。奕广寒被罚在房间里继续跪着，经纪人不知道打来了多少次电话，都被南宫钰掐断了。

南宫家的别墅外也乱，蹲点的记者到现在还没走，但他们等到的却是南宫钰叫来的保安大队，那些保安很快就将别墅保护了起来。

早餐过后，花浅夏窜到了皇甫杉的房内问："杉，是你吗？那些照片是你让人拍的？"

"当然不是，我可没心情去做这些。"确实不是他。

"那怎么会……"

花浅夏疑惑，难不成还真是有人在暗中帮她，但她不知道？

看到她执着于这个问题，皇甫杉轻轻弹了弹她的脑袋，道："你傻啊，奕广寒本来就是艺人，他的新闻就算你不去挖，也有别人去挖。而那模特现在也炙手可热，她会成为话题人物并不奇怪。奕广寒这是蹭了她的热度，又或者说，她是故意蹭奕广寒的热度也是有可能的。"

经皇甫杉这么一说，花浅夏也渐渐想通了。看来这次真的是老天都在帮她。她就是想看他身败名裂，就是想看他被舆论送上风口浪尖，就是想看他在南宫家所有人的期待中做出忤逆的事情。可惜她的力量终究有限，虽然这个绯闻不足以让他名誉受损，但当她看到南宫钰眼中的愤怒和失望时，她心里的怨气还是消散了一些。

"花花，你这是在报复吗？"看着她的反应，皇甫杉忍不住问。

花浅夏苦涩地笑了笑，回道："算是吧。我也不知道我为什么想要这样做，明明送他去坐牢才是最正确的选择，但……"

"但你还是介意他和纪羽寒是兄弟这件事，所以你放过了他，是吗？”

是啊，她明明可以一纸诉状将奕广寒告上法庭，可不知道为什么，她就是狠不下这个心。她甚至还曾怀疑，他或许并没有侵犯自己，只是为了配合南宫家的人，才自导自演了一场戏。然而事实真的是这样吗？她很想问他，但她一直没找到机会。

现在，听皇甫杉这么说，她倒是为自己的心软找着了理由。

在美国洛杉矶某家医院的隔离病房内，医生和护士们看着已经变成一条直线的心电图，纷纷摇头叹气。

南宫钰接到医院打来的电话后脸色更差了，挂了电话后，他沉思了许久，最后让管家去告诉奕广寒，他不用跪了。

接着，奕广寒又被南宫钰叫到了书房。

“从今天开始，你不许再和尹珂联系！”南宫钰严厉地道。

此刻老管家也在书房内，他一直觉得，他家先生对这个新少爷的要求比那个还没来得及进家门就死去的寒少爷苛刻很多。犹记得那位寒少爷出意外后，他家先生闷了近一个月，期间没说过一句话。之后先生就像变了个人，脾气时而暴躁，时而阴郁，再不复以前寡淡得与世无争的模样。

“为什么？之前不是一直允许我每周能和她联系一次吗？难道是因为昨晚的事，所以你们才这样惩罚我？”

要他下跪他跪了，就是罚他一天不许吃饭，他也能做到。但是，要他断了和尹珂的联系，他做不到！

南宫钰并没有理会他，直接挥手让老管家将他带下去了，并且还给郭星打了电话，让郭星给奕广寒买一部新的手机，连号码也一起换了。

从书房出来后，奕广寒便回到自己的房间沉默了很久。今天的他穿了一身不起眼的灰色衬衫，那颜色就和他此刻的心情一样，一片晦暗。

过了一会儿，他像是做出了一个重大的决定，打开门便往花浅夏卧房的方向快步走去。

此时花浅夏正在房间里收拾行李。她来南宫家住只是因为需要那八千万而已，如今奕广寒的生日宴已经结束，她也算是完成了两人的约定，所以就决定离开了。

但她没想到，奕广寒会在这时出现在她房门外，并且还要求和她单独谈话。

“浅夏，从今天开始，我们正式合作吧。”

“什么？”花浅夏觉得很意外。

“我会想办法让南宫钰在一个月内离开这里，并保证他以后不会再拆散你和皇甫杉。我就希望你能答应我一个请求，每天……不，至少每周一次，借你的手机给我用一下，可以吗？我保证不会偷看你的任何信息，但你却可以在旁边看我和谁聊天。但我必须用你的手机，因为我的手机已经被他们监控了。”

他看着她的眼神好像带着乞求。花浅夏在心中猜测他的真实用意，若说这是南宫家新制订的“拆鸳鸯”计划，也不像。

“那你先回答我一个问题。”思索了一会儿，她忽然道。

奕广寒皱着眉看了看她，像是猜到了她心中所想，没待她提问，就直接回答道：“我没有对你做过那种事，当初在床上就是摆拍了一下。虽然我确实动过你的衣服，可都是在黑暗中闭着眼做的。我什么也没摸，什么也没碰。你信也好不信也罢，但我说的都是事实。”

听到这话，一直困扰着花浅夏的疑问终于散开了。

她还是皇甫杉一个人的！

同时她也庆幸，她并没有因为冲动而做出什么不可挽回的事情来。

“我相信你，小奕。”她笑了，如是道。

花梓桐和郝明宇很快就提出了要回国。

“妈，你们就不能多待几天吗？我都还没来得及陪你们在悉尼好好逛逛……”花浅夏一听说他们要走，忙开口劝阻他们。

“小夏，你妈妈说不喜欢这里，而且她后天还要去产检，所以不得不早点回去。”

郝明宇无奈地看了花浅夏一眼，他原本也想在这里多待几天，但今天才想起来产检的事。

花浅夏知道自己实在留不住他们了，只好问：“那机票订了吗？”

郝明宇点点头，回道：“订了，是杉帮我们订的。”

“小夏……”花梓桐东西收拾了一半，又转过身拉住她的手，道，“你要和杉多沟通沟通，别什么事都自己一个人扛。不要忘了，你们已经是夫妻了……”最后一句，花梓桐说得很小声。

花浅夏送父母上了皇甫杉的车。奕广寒开着昨天新得的一辆桃红色宝马，那是南宫家送他的生日礼物。

“那我就不送二位了，慢走。等夫人身体好了，也可以到美国去转一转。我们南宫家在美国有很多房子，二位可以随便选择喜欢的入住。”到现在南宫钰还一直对郝明宇抛诱饵，但郝明宇还是一点兴趣都没有。

花浅夏原本是要坐上皇甫杉的车的，她刚准备上车，奕广寒就在她旁边干咳了两声，还按了按喇叭。

她差点忘了两人刚刚达成的合作协议，于是转身就往他那辆桃红色的车走。皇甫杉看到后脸又臭了，但他居然没有发火。

“一会儿送走你父母后，我们还要去一个地方。”她刚上车，奕广寒就对她道。

“去哪儿？”

奕广寒笑着摇摇头：“其实我也不知道，跟着皇甫杉就对了。”

跟着皇甫杉？这跟皇甫杉有什么关系？花浅夏忽然有一种被人蒙在鼓里的感觉。

另一边，一大早，水云菲就被安文泽拉起来了，下楼时她却看见那个叫韩木香的女人在餐桌上摆弄着早餐，好像她才是这屋子的主人一样。

韩木香也发现了她，笑着和她打了声招呼：“早上好！”

“早……”水云菲很不习惯这屋子里多了一个她不熟悉的女人。

然后，韩木香就给烤好的面包涂上牛油和果酱，再添上一片蔬菜叶和培根肉，整整齐齐地摆放在安文泽面前的食篮里。而安文泽则在一旁替她分好食材，两个人配合得很默契，无论从哪个角度看，他们都像是相处了多年的老夫老妻。

水云菲忽然觉得有些心酸，闷闷地拉开座椅在餐桌旁坐了下来。

“先去喝杯水，对你的胃很有好处。”安文泽突然提醒了一句。

“哦……”水云菲又站了起来，走到厨房去给自己倒了一杯水。

“泽，你还是那么注重养胃。这些年你的胃都没再闹毛病了吧？”韩木香笑着关切地问了一句。

“好几年都没闹过了，就小时候不太注意而已。”安文泽随和地回答道。

听到他们的话，水云菲这才知道原来安文泽的胃不是很好。可是，她记得他曾经替她喝过酒……看来，她对他的了解实在是太少了。

想到这儿，水云菲握着水杯呆呆地站着。

韩木香还煮了粥，她进厨房取粥的时候见水云菲站着发呆，便好心地多问了一句："小水，你早上一般喜欢吃什么？我明天早上给你做。"

"我……"

水云菲从没想过自己喜欢吃什么，反正有吃的就行。以前和花浅夏两个人住的时候，都是花浅夏煮好了给她吃，她从来不挑剔。

"她什么都吃，你就按照你的想法来就行了。"

替她回答的人是安文泽，他走过来，将她手里的水杯拿过去，就在她唇瓣刚触过的杯壁，仰头将剩下的半杯水喝了。

水云菲愣住了，他刚刚那算是间接接吻吗？

韩木香似乎也注意到了他们的小动作，将粥端到桌上后，又转头催促了他们一句："快来吃吧，一会儿不是还要和杉在机场会合吗？"

飞回新加坡的飞机起飞时间正好是在中午十二点，花浅夏依依不舍地送别了家人，离开时还偷偷看了看母亲那微微隆起的小腹。她很想告诉母亲自己也有身孕了，但最后还是忍了下来，不愿让他们在这时候担心她。

直到目送父母过了安检，花浅夏才转过身，却看到迎面向他们走来的安文泽。水云菲跟在他身后，还有另一个女人，似乎在昨晚的生日宴上见到过，只是不知道她是什么来头。

机场贵宾楼的 VIP 休息室里。

韩木香先做了自我介绍，然后开口："既然大家都到齐了，那我们就进入正题吧。奕子铭，现在，我可以这样叫你了吧？"

听到这个名字，众人一怔，只有奕广寒凄凄地笑了，道："看来，我在你们面前是完全没有秘密了啊。"

韩木香摇了摇头，直视着他道："不，你还是有秘密没有被我们查到。在你正式加入我们之前，你能不能跟我们说一下，你和南宫家究竟有什么关系？还有，你和纪羽寒又是在什么时候见过的？"

最后那句话，让花浅夏双眼猛然一亮。

"小奕，你真的见过寒吗？你们认识？"她急切地握住了他的肩膀，眼中满满的都是期许和恳求。

她已经很久没有听到关于纪羽寒的消息了，身边的人也尽量不提他，怕她伤心，她也刻意回避了和他有关的事情。可是现在，有人给了她新的希望。

皇甫杉一直紧握着她的手，他似乎早就料到，当听到韩木香提出这些问题时，她一定会出现这样的反应。

"我是见过纪羽寒，他……其实也是我的哥哥。我和他的见面也是一个巧合……"

奕广寒犹豫了一会儿，最终还是向他们交代了当年的事。

他的母亲在生下他之前，是一个在夜店驻唱的普通歌手。六岁时，他经常问母亲："妈，为什么别人家的孩子都有爸爸，而我却没有呢？"

每当这个时候，他的母亲就会对他说："因为你是妈妈在路边捡的啊。"

那时候的他信以为真了，直到他成年后，母亲临死前才说出了他的身世。

“孩子，你的爸爸是南宫家的人，叫南宫钰。那年，我见他一个人来我们酒吧喝闷酒，也许是一见钟情吧，于是我就陪他多聊了两句。后来他便经常来酒吧。在我们认识一周之后，他就向我求婚了。只可惜，我们才结婚一个月，他就和家人移民到美国了。他并没有打算将我带走，只留下了一份离婚协议和一笔钱。我是在与他分开之后，才知道自己怀了你的。那笔钱在你出生后不久就用光了。”

生下他后，他的母亲便离开了原本打工的城市，回到那连手机信号都没有的小山村里，辛苦地将他抚养大。

有一年，明星下乡扶贫，村里来了一车衣着光鲜的人，他们开了好几辆看起来很豪华的车。也是那一次，他遇见了纪羽寒，那个长得和他有七八分相似的男孩子。

纪羽寒说：“如果我演戏需要替身的话，一定会让公司的人过来找你。你瞧瞧，我们从身高到身材，都太像了。你妈妈怎么了？是生病了吗？为什么不带她去看病？这里没有医院？”

“看病要去镇上，要翻过好几座大山。这里交通很不方便，怕是刚翻过去，我妈妈就撑不住了。而且，看病要花很多钱吧？”

“需要多少钱？我可以出。”纪羽寒想都没想，直接问。

也是从那时起，两个人成了无话不谈的朋友。“花浅夏”这个名字就是奕广寒在那时从纪羽寒的口中听来的，而奕广寒的命运也是从那时开始改变。

在纪羽寒的强烈要求下，奕广寒竟也和索菲亚公司签了约，并且以练习生的身份到美国接受培训。

这时，花浅夏突然插了一句：“我记得这事，寒有一次确实是去了一个连手机信号都没有的山旮旯。那时候我还经常问乔姐，有没有和寒取得联系，乔姐就开玩笑说他人间蒸发了。”

听到奕广寒提起纪羽寒的事，花浅夏很感慨。皇甫杉揽上她的肩，像是在安慰她，所以她的情绪才没有崩溃。

“那大白呢？大白的画又是怎么回事？”最令花浅夏不解的就是这件事，“那些画也是纪羽寒和你在山旮旯的时候画的？”

听她这样问，奕广寒看了皇甫杉一眼。皇甫杉眉头一皱，轻轻地对他摇了摇头。奕广寒瞬间就明白了，有人喜欢做好事不留名。

“我成为练习生后，经常看到他在纸上乱画。他其实没什么画画天赋，那些画因为太丑，浪费了他好多画纸，我无聊就捡了几张留作纪念。”

泪还是控制不住地从花浅夏的眼眶里掉了下来，皇甫杉不得不坐得离她近一些，伸手替她拭去眼泪。

大家都沉默了。又过了一会儿，韩木香再次打破了沉寂，问：“那后来，南宫家的人又是如何找到你的？”

奕广寒继续说道：“南宫家的人找上我是在我和索菲亚签约后不久，但真正扯上关系，却是纪羽寒发生意外后一个月的事情了……”

在和索菲亚签约前，奕广寒的名字叫奕子铭，签约后才改叫“奕广寒”。当时他以练习生的身份第一次出国，就这么巧，在飞往美国的飞机上遇到了南宫家的人。

南宫钰见到他的第一眼就震惊了，甚至主动上前问他：“你叫什么名字？你今年多大？你妈妈叫什么？她是做什么的？”

最后，南宫钰还留下了一张名片。

“孩子，你想在美国生活吗？如果你想，我可以帮你。但有一点你要答应我，陪我去趟医院，我们都抽血检查一下。”

后来纪羽寒出事，南宫钰就带他去见了南宫家的当家人——南宫龙。

“这就是我跟您提到的那个孩子。您看，他长得确实像吧？已经验过血了，他确实是我的儿子。”

当时，奕广寒听到南宫钰的话后感到很震惊。原来他就是母亲在临死前说过的父亲——南宫钰。而奕广寒在第一次看到南宫钰名片的时候，还单纯地以为只是同名而已。

也是在那个时候，他才知道，原来纪羽寒就是他同父异母的哥哥。

南宫龙打量了奕广寒一阵，才道：“他就是你和那歌女的孩子？这么看，果然和寒长得很像。”

“他也是寒，他的名字叫奕广寒。奕，是他母亲的姓。”南宫钰在一旁解释。

“奕广寒，寒这个名字好。那以后，他就叫南宫寒吧。”

南宫寒，就是奕广寒在南宫家的名字。

南宫龙老来得孙，即便奕广寒的生母身份低微，但至少他身上流着南宫家的血。于是，南宫龙决定将他的名字提上户口，让他真正成为一个南宫家的人。

“爸，在上户口前，我有一个想法，是关于……”

后面的话，南宫钰并没有让他听见。直到后来他才知道，他们想让他做纪羽寒的替身，纪羽寒才是南宫钰最心爱又最惋惜的儿子。为了控制他，他们还找到了他的软肋——尹珂。

为了筹钱给尹珂治病，他必须答应他们娶另一个女人为妻。尹珂治愈以后，奕广寒离不离婚，就不是他们关心的了，他们的目的只是让他去拆散别人而已。

“原本他们答应我每周都可以跟尹珂联系一次，但是现在，他们却连这一周一次的机会都给我断了！”

一提到这事，奕广寒心里就像被人用刀捅了似的，一阵一阵发疼。

这时，皇甫杉也开口问：“好了，既然大家都清楚了奕广寒的身份和立场，那么现在最重要的问题来了。接下来我们该怎么做，才能让南宫家和皇甫家彻底放弃那些荒谬的‘祖训’呢？我和浅夏早就是法律承认的夫妻了，但我很清楚南宫家的人，如果他们没有彻底放弃的话，我和浅夏以后的日子就不会好过。就像我的母亲与泽的父母一样，我不希望上一辈的悲剧在我们身上重演。所以，奕广寒，你告诉我们，南宫家接下来的计划是什么？”

“他们现在的计划……”奕广寒看了花浅夏一眼，似乎有点难以启齿，可还是小声地回答道，“南宫钰要我……要我努力让浅夏姐怀上孩子，然后再让我们奉子成婚……”

听到这儿，所有人都抽了一口凉气，皇甫杉更是咬牙切齿，而花浅夏则依然很平静，只听她冷静地对众人道：“要说孩子，我现在就有。”

现在？

皇甫杉猛地站了起来：“你说什么？”

他以为是自己耳朵出了问题。

安文泽也很震惊，他忽然想起最近水云菲总是在厨房里捣弄各种营养丰富的菜，还买了很多苹果、核桃、鸡蛋、牛奶等她从来不吃的东西，原来都是给某个孕妇吃的啊。

皇甫杉眼中闪烁着期待的光芒，那种惊喜甚至感染了花浅夏，让她差点又忍不住落泪。

“花花，你刚刚说什么？我好像没听清楚，你再说一遍？”

皇甫杉激动得像个孩子，花浅夏的脸也有些红。

“就、就是……”

“就是什么？”皇甫杉觉得自己快要失去耐性了，一双眼望着她，眼里满是焦急。

“我怀孕了，怀了我们的宝宝……”她说完，就害羞地低下了头，甚至都不敢直视他的眼睛。

“啊！”

皇甫杉再也控制不住，一把抱住她，将头埋进了她的颈窝，深深地嗅着她的发香。

他有孩子了，有孩子了！他要做父亲了！

他情不自禁地捧起她的脸，低头动情地吻了下去。

其余四人看到这一幕，纷纷自觉地把脸扭到了一边。

“行了，恩爱还是等以后再秀吧，现在该我问你们问题了。”就在皇甫杉和花浅夏情到浓时，奕广寒忽然问道，“他们的计划我已经告诉你们了，那你们的计划呢？我现在一点也不想留在南宫家，就算做回原来的穷小子也无所谓，至少我是自由的。而且，我最近才知道，我的母亲其实并没有把离婚时拿到的钱花完，她把剩下的存在银行了。我去查过一次，那些钱已足够我和尹珂过活。”

这就是奕广寒决定“叛变”的根本原因。他无法忍受在和尹珂没有任何联系的情况下，依然全心全意地当南宫家的一颗棋子。而且，他隐隐有一种不祥的感觉，好像尹珂出事了，而他们却瞒着他。

越这么想，他就越害怕。

“我倒是有一个方法，但是，就要委屈一下杉了。”

这次，回答问题的人换成了安文泽。

众人从机场出来的时候，时间刚好过去了两个小时。

花浅夏还是上了奕广寒的车，两人沿着原路返回南宫家。皇甫杉则开车去了别处，安文泽倒是有闲情雅致，载着水云菲和韩木香两人到悉尼的几个著名景点兜了一转。

“手机给我用一下。”

一回到南宫家，奕广寒就迫不及待地向花浅夏伸出了手。因为要继续合作，所以花浅夏只能继续住在南宫家。

奕广寒接过她递来的手机，坐到沙发上，先登录自己的脸书账号。过了一会儿，他就收到了一条好像是两天前发来的文字信息：子铭哥，你现在还是一个人吗？

他很快就回复了过去：当然是啊，怎么了？你的移植手术做得怎么样了，现在出舱了吗？排斥反应大不大？

他一连发了好几个问题，但等了一会儿，却没见对方回复。

美国，纽约。

四周很静，静得可以听见墙上的时钟嘀嘀嗒嗒地响个不停。房间里，一阵阵清脆的铃声突然响起，是手机信息声。向来睡眠很浅的何雅秋不一会儿就被那铃声吵醒了。她有些迷糊地将手伸了过去，摸到了那个声音的发源处，然后将它拿了过来。

可这好像不是自己的手机。她愣了愣，终于想起了一件事——她现在已经不在洛杉矶的医院里了，她在纽约，在医院股东之一的南宫家。她如今握着的这部手机，是尹珂生前用的。

她是尹珂的主管护士，也算是除了医生外，最了解尹珂病情的人。

她想起了自己现在的任务。那天南宫家的人将她带到这里，以十万美金的酬劳让她去做一件很简单的事，就是替尹珂回复这手机收到的所有信息，并且要把这些信息全部转发到南宫家的大当家南宫龙那里。

当她看到脸书上突然出现的一行行字的时候，却不知道该怎么回复。

“可以了吗？你用了好久了！”花浅夏等得有些不耐烦了。

奕广寒依然没等到回复，很失望地将聊天记录清空了，这才将手机还了回去。

花园里，叶盛伦又陪着南宫茜在荡秋千。今天的阳光十分明媚，清爽的微风吹起女孩散下的微卷长发，她闭着眼，似乎正在享受这一刻的恬静时光。

“茜，博士让你明天回研究所接受治疗。”叶盛伦放下电话，蹲在她面前轻声说。

“啊……这么快？”南宫茜显得有些失落，她向来最讨厌治疗。

“嗯，你出来也有好几天了，就算你现在恢复得不错，该做的治疗也还是要做的。”

这些天，叶盛伦一直在观察她的眼睛。有时候他觉得她好像能看见了，因为她盯着他看时，那目光好像会与他的视线相触。但每当他向她伸出五指，在她面前晃动的时候，她却拼命地摇头，说她看不清。他还是怀疑，于是便主动和斯蒂芬博士说明了情况。

“让她来做个脑电图和物视镜检查吧，通过仪器分析一下她瞳孔的情况。如果她看得见，就算她说没看见，她的脑电波也会接收到视物的信号，也会产生相应的波动。”斯蒂芬博士这样对他说道。

可如果她真能看见了，她为什么要瞒着他呢？

叶盛伦一直想不明白。

南宫茜继续在秋千上荡了一会儿，忽然想起了一件事来："叶医生，我的生日是不是快到了？"

"嗯，过两天就到了。小茜又长了一岁，这一次，你想要什么生日礼物？"叶盛伦问的时候，不由得将秋千的速度放慢了一些。

南宫茜的眼睛转了转，反问道："真的什么礼物都可以吗？"

"嗯，只要是你想要的。"

他宠溺地捋了捋她耳边的碎发。她的生日，他可是一直陪着她过了十八年。她一出生，他就见着她了，他是真正看着她长大的。

南宫茜听到了他的承诺，不由得开心地笑了起来，然后在自己的身上摸了摸，摸到了她随身携带的那个木雕。

"那我就要……叶医生按照自己的模样，刻一个新的木雕给我。"

什么？

叶盛伦感到十分意外，皱着眉看了看她手中的木雕。那上面的样子本来就是他的，可她现在又提出再送她一个自己模样的木雕。

"这个……"他显得有些为难。

南宫茜听出来了，问："不行吗？"

他皱了皱眉，当然不行，可他该如何拒绝呢？

"那要不我换一个吧，但这一次，叶医生一定要答应哦，否则，你说话就不算话了。"

叶盛伦自然是同意的，因为南宫茜说的第一个愿望实在是让他太尴尬了。

“好，你再说一个。我可以在两个里选一个可行的。”

南宫茜得到了他的回应，似乎还不满足，硬是伸出手要和他拉起了钩钩。

“不行，要先立誓！”

叶盛伦无奈地笑了笑，道：“服了你了。”随后他竟真的伸出了手指。

两人的小拇指勾在了一起，最后大拇指再按在了一起，就当是盖指印了。

“好了，现在你可以和我说你的第二个愿望了吗？”叶盛伦笑着问。

南宫茜点了点头，回他：“当然啦！我的第二个愿望，就是想要叶医生亲我一下！”

“轰”的一声，叶盛伦只觉得头顶有闷雷轰然炸响，一时间，他的面色红白交错。红是因为她提出的这个要求，让他心跳加速；白是因为他觉得若是这样下去，最终受伤的恐怕是他们两个人。他不能做违背南宫家的事，但他也无法拒绝她提出的任何要求。

就在他犹豫的时候，一声严厉的声音突然在他们身旁响了起来：“小茜，你刚刚说的话是什么意思？你让叶医生亲你？你疯了吗？”

两人的面色“唰”的一下变得惨白。叶盛伦更是僵着脖子，朝声音发出的方向看了一眼。

南宫钰不知什么时候到他们身旁来的，刚刚他们的谈话，他都听到了。

“先生……”

叶盛伦知道这一次他是犯下大错了。南宫茜也紧张起来，手中抓着的木雕冷不防就掉落在地上。

南宫钰眼尖地发现了，微眯着眼看了看那木雕，然后弯腰捡起，在看清了上面刻着的面庞时，几乎气得脸都绿了。

“叶盛伦，你跟我过来一下！去书房！”

他差点就将那木雕生生掰断，说完就转身，匆匆地走了。

“不好，我要去找杉哥哥和花姐姐他们！”

等南宫钰和叶盛伦一走远，南宫茜就焦急地从秋千上跳了下来。

书房里，南宫钰将那木雕狠狠地掷在地上：“这是谁刻的？”

叶盛伦没有说话，他看了看木雕上那已经被磨得有些褪色的五官，不难想象，南宫茜对着那面孔反复抚摸了多少次。

“阿伦，来悉尼前，老爷有没有找你谈过话？你知道你现在做的都是什么事吗？”

叶盛伦还是沉默，他知道，此刻他再怎么解释也无济于事。

果然，还没等到他的回答，南宫钰就做出了宣判：“阿伦，从现在起，你不再是我们南宫家的人了！你，可以离开了！”

出了南宫钰的书房，叶盛伦就看见南宫茜拉着花浅夏在哭，好在南宫茜还是看到他了。

慌了神的她早就卸下了伪装，朝叶盛伦奔了过去：“叶医生，你没事吧？钰叔叔他有责骂你吗？”

花浅夏看着两人，刚才南宫茜来找她的时候，她就已经发现那女孩身上与平常不同的地方。

叶盛伦皱着眉，微微弯下腰，目光深深地注视着她的双眼。

“茜，你能看见了？”叶盛伦很是诧异地问。

“嗯……”这一次，南宫茜认真地点了点头，突然抱住了他的脖子，道，“我能看见了，叶医生，是小茜不好，小茜一直在骗你！”

叶盛伦压抑着内心的激动，轻轻地环抱住她的身子：“能看见了就好！”

他是真的替她高兴，即便他早就产生了怀疑，但真的听到她说出来，他还是忍不住想要亲吻她的眼睛。

原来，她早就发现那木雕上刻着的人是他了。

这时，花浅夏看到南宫钰从书房走了出来。

“叶医生，钰叔叔没有为难你吧？我看他的脸色很不好，怎么你这么快就出来了？”南宫茜松开了叶盛伦的脖子，仰头看着他关心地问。

叶盛伦捏了捏她的脸，回道：“没事，但是那木雕被他没收了。”

“噢……”她嘟着嘴，“没收就没收吧，只要钰叔叔不责罚你就好。”

叶盛伦忽然沉默了，定定地看着她，似乎有些不舍。

“茜。”过了一会儿，他又开口对她说道，“我临时被派出去办一件重要的事，要马上走。”

“什么？马上走？”南宫茜愣了一下，有些紧张地握住了他的衣角，问，“去哪里？什么时候回来？”

“你钰叔叔让我保密，至于什么时候回来……我现在也不好回答你，因为我也不知道，就……尽快吧。”

叶盛伦自然不敢说实话。

“尽快是多快？我生日前能回来吗？”他还欠着她的生日礼物呢。

这个问题，叶盛伦实在无法回答。

“喀喀……”就在这时，他们身后传来了南宫钰的轻咳声。

南宫茜立即松开了抓着叶盛伦衣服的手，然后抬眸朝南宫钰看去：“钰叔叔……”

在看到她的反应后，南宫钰倒是有些惊喜地笑了，问她：“小茜，你的眼睛能看到了？”

没想南宫茜却不答：“钰叔叔，您要派叶医生去哪儿？”

南宫钰伸手在她头上摸了摸，答道：“叶医生要回美国一趟，他必须赶回去处理一些很重要的事情。”

“啊！回美国？那不是赶不回来参加我的生日宴了吗？”南宫茜很失望，嘴巴噘得老高了。

“茜！”这时，叶盛伦不得不再次插话，“你长大了，要知道，我不可能陪你过每一次生日。每个人都有自己的路要走……”

叶盛伦回到房间，就立即动手收拾东西，却听到有人叫他：“叶医生。”

他回头瞧了一眼，有些意外：“浅夏？”

他的动作缓了一下，但并没有因此而停下来。

“我能和您谈谈吗？”花浅夏是一路跟着他走回房的。

叶盛伦的眉头微微一皱，这回总算是停下了手中的动作。

“谈什么？”

她一脸严肃，不答反问：“其实你是被南宫钰逼走的，对吧？”

他一怔，眉头皱得更紧了。

“你不要和小茜说，这会害了她。至少，不能现在说……”他怕南宫茜一伤心就闹情绪，从而影响了她的病情。

“那要等到什么时候？你不回来，她迟早都会知道。”

“先生总会和她解释的。”

“你难道还看不出来，小茜已经爱上你了吗？”

花浅夏的话让叶盛伦的脸色瞬间大变。

“叶医生，你就是要走，也要等到她生日过后再走吧。我就不相信，一会儿你离开南宫家后就真的会去机场。如果你暂时没有地方去的话，我可以给你一个地址。”

叶盛伦听了，心里一动。

第十一章 他们的谎言

奕广寒又借了花浅夏的手机，锲而不舍地给远在美国洛杉矶的尹珂发去信息。这一次，那边终于有了回应。

奕广寒：珂，我想你了。你还好吗？

“尹珂”：子铭哥，我很好。你呢？对不起，上次我有点排异反应，所以医生和护士都不让我玩手机呢，就让我一直躺着。

她不但回答了他这次的问题，还解释了上次许久没回复的原因。看到这儿，奕广寒悬着的一颗心总算放了下来。

就在奕广寒又要给尹珂发信息的时候，管家突然敲了敲他的门：“少爷，可以出来吃饭了。”

他吓了一跳，忙把花浅夏的手机藏了起来，以免被精明的管家发现了。

这晚，南宫家比平时要晚些吃饭。少了叶盛伦，长长的餐桌就显得空了一些。自从叶盛伦走了，南宫茜就一直抿着嘴，看着桌上的饭菜，毫无胃口。

“小茜，明天让你杉哥哥带你去一趟研究所，做完治疗后，如果博士说你可以回来，你就再回来吧。”南宫钰在用餐前交代了一句。

南宫茜闷闷地“哦”了一声，也懒得抬眼。

“还有一件事，趁着现在大家都在场，我就和你们都说一下。”南宫钰的神情忽然变得很严肃，目光更是在皇甫杉和花浅夏身上来回扫视，“杉，再过两天就是小茜的生日，而她的视力已经恢复得差不多了，我二叔听说了这个消息，便决定在她生日过后，让你和她一起回美国登记结婚。”

南宫钰自然不知道皇甫杉已经和花浅夏偷偷登记的事，他们的如意算盘早就落空了，但并不排除在知道后他们还会从中作梗，让皇甫杉和花浅夏离婚。这一直是花浅夏最担心的事情，特别是在她继父的生意失败后，她很怕南宫家会效仿皇甫老爷子的做法，对她母亲花梓桐下手。

为了达到“祖训”的目的，这两家人的当家人还有什么事做不出来呢？

“爸，你们急什么呢，这件事你们问过小茜的意思了没有，也不看看人家愿不愿意。”奕广寒首先表示反对。

南宫钰听后瞪了他一眼，似在责怪他不应该多嘴。

“钰叔叔，我不想和杉哥哥结婚！”

南宫茜听后也开始抗议，以前她不明白什么是爱情就算了，现在她懂了，也很清楚自己想要的是什么，自然不愿意任人摆布。

“不许胡闹！小时候你不成天嚷着要嫁给杉哥哥吗？”

“你也知道那是小时候？我现在长大了，为什么自己的婚姻不能自己做主？”

南宫茜有些激动，而南宫钰是最害怕她激动的，特别是她的视力刚恢复，他很担心她的眼疾会因为情绪失控而复发。

好在这个时候，老管家把最后一道菜端了上来，这个话题得以暂时结束。

“筒骨猪尾汤，今天这个汤厨子可是炖了好久。”老管家说着就打开了盖子。

很快，一股浓浓的香味便飘了出来，刺激着餐桌上的人的味蕾。花浅夏却在这时突然觉得反胃，忙捂住口鼻，将头撇向一旁干呕起来。

最近，她的害喜反应似乎越来越明显了。

南宫钰立刻就产生了怀疑，他脸色凝重地问：“浅夏，你不会是怀孕了吧？”

晚饭过后，南宫钰让花浅夏拿验孕棒做了个尿检测试，明显的两条红线给了他一个肯定的答案。她真的怀孕了。

“浅夏，你跟我到书房来。”南宫钰面色沉重地从位置上站起来，转身朝着自己书房走去。

花浅夏顺从地跟在他身后，临走前看了皇甫杉一眼。

他们的计划，马上就要开始了。

花浅夏刚将书房的门关上，南宫钰便有些迫不及待地问：“是谁的孩子？”

“我若说是您儿子的，您信吗？”她紧紧地盯着他，答道。

南宫钰面上似有一些动容，回道：“不全信，但也不是没有可能。”

两人沉默了一会儿，然后，南宫钰打了一个电话，让老管家去请一位私人医生。

“做亲子鉴定要孕几周才可以？”那医生一来，南宫钰立即开门见山地问。

“如果是抽孕妇的静脉血来鉴定的话，孕八周后就可以做。如果是用传统的采集胎儿绒毛和羊水的方法，采集绒毛是孕八周到十三周之间，采集羊水则是在十四周以后。”

那医生是管家从社区里请来的，如果叶盛伦还在的话，他们就不用跑到外面去请医生了。

南宫钰听了后又看了花浅夏一眼，随后道：“浅夏，你怀孕几周了？”

花浅夏没有回答他的问题，而是敷衍地应了一句：“这不关你的事。”

南宫钰急了，忙道：“怎么会不关我的事？如果这孩子是寒的，你就必须和他结婚！我一开始就说过了，那件事，我们南宫家会负责的！”

花浅夏冷笑道：“我和杉那么多年的感情摆在那里，奕广寒又不是纪羽寒，我为什么要留着不是皇甫家的血脉？”

听到她的话，南宫钰的脸立马就黑了，接着向她抛出诱饵：“浅夏，如果孩子真是我们南宫家的，我不但会帮你家人渡过难关，还会把南宫家旗下的公司全权交给你继父打理。如果他不愿意，我们也可以直接资助他重新创业。而且，你们要多少聘金可以随便开，南宫家还是出得起的。”

也许钱不足以打动她，但是要说到家人的话，南宫钰以为她一定会妥协。

花浅夏听后淡淡地笑了，如果不是因为要设局，她自然是不会被这些诱惑给迷住的。

“好，这可是您说的，我们一言为定。”

而在大厅内，皇甫杉也拿出手机拨打了一个越洋电话。

“喂，爷爷，您马上就要有孙子了，浅夏怀孕了，是我的孩子！”

第二天，周一。

花浅夏一早就去学校拿毕业证。从今天开始，她就正式告别四年的大学生活了，至少是在悉尼的。

七点整，南宫家的餐桌旁坐满了人，却唯独少了一个皇甫杉，这反而让南宫钰松了口气。

就在昨天，在花浅夏怀孕的事被众人知晓后，皇甫杉和奕广寒“打”了一架，差点就报警了。而当天晚上，皇甫杉也和花浅夏“吵”了一架，最后不知又发生了什么，只见皇甫杉拿了自己的行李就匆匆离开了南宫家。

“浅夏，听说你毕业后打算去中国读研，可如今你怀了孕，读研的事……”南宫钰昨晚估计也没怎么睡，眼圈下有几许淡淡的青丝。

“读研的事，我和那边的教授说过了，暂缓。我可以明年再考一次。”

关于学业，花浅夏倒是不怎么担心。

南宫钰点点头，又转过头去对奕广寒道：“寒，我替你向学校请了假，今天你就负责陪小茜去趟研究所吧。”

南宫茜突然喊道：“我要叶医生！”

“不许胡闹！叶医生回美国办事了，你就是让他来，他也来不了，这会儿说不定还在飞机上！”

南宫钰随着花浅夏一起去医院，B 超的结果显示她怀孕快七周了。

“下周就可以过来抽血了，如果想要提高准确率，也可以到等到孕十周的时候来做个绒毛检测。”医生说完后，花浅夏抢先一步道：“我十四周以后再来直接抽羊水。”

南宫钰听后看了她一眼，她解释道：“我这是对自己负责，也是对你们南宫家负责。所有检查结果并不是百分百准确，如果抽血检查有问题，最终还是要抽羊水。既然这样，那为什么不干脆直接抽羊水？而且，那时候胎儿应该也比较稳定了，前三个月都是怀孕的风险期，我不想因为任何事去冒这个险。”

她这是在尽量拖延时间，南宫钰当然能猜得到，可她这么说也不无道理。只是，要等到十四周后才能知道答案，对南宫钰来说简直是一种折磨。

“孩子是我的，身体也是我的，不管您答不答应，我都决定这么做。”花浅夏见他还在犹豫，干脆把语气加重了一些。

果然，南宫钰见她态度强硬，终究还是同意了她的决定。

斯蒂芬视觉研究中心。此时，奕广寒和皇甫杉正坐在检查室外面的长椅上，静静地等着南宫茜出来。

他们俩昨天晚上打架自然是在演戏，而今早皇甫杉也是和奕广寒兵分两路来到研究所会合。

“我为之前的事向你道歉，还好我没有真正对你动手，要不然，恐怕你现在还躺在医院里起不来呢。”

皇甫杉指的是奕广寒瞒着南宫钰，假装和花浅夏发生关系的事。要不是现在他们联盟了，他也不会相信原来奕广寒是真的没有碰过自己的女人。

“呵，我心里除了尹珂，没有别人，就像你眼中除了浅夏姐，谁也看不上一样。”奕广寒淡淡地笑了笑。

皇甫杉与他击了个掌，算是言和了。

忽然，一阵急促的手机铃声响了起来，皇甫杉拿出手机一看，来电人是安文泽。

“怎么了？嗯，我在研究所这里……什么？这是真的？”说着，皇甫杉的脸色“唰”地变了。

奕广寒在一旁看着，不知道为什么，心里忽然一紧。他总是隐隐感觉电话那头的人说的事情和他有关。

皇甫杉将手机放下的时候，面色依然很难看。而奕广寒则定定地看着他，就像在等待他的转述。

这时，检查室的门忽然被人从里面推开了，在护士的搀扶下，南宫茜一步一步慢慢地朝他们走了过来。她身后跟着一个戴着口罩的金发博士。

“她的情况还不错，视力恢复得很好。只要继续保持情绪稳定，基本就能恢复正常的生活了。”斯蒂芬博士如是说道。

南宫茜欣喜地道：“杉哥哥，这还是我第一次听到斯蒂芬博士夸我呢！我的眼睛能看见了，这对我来说就是最好的生日礼物！”

皇甫杉也很高兴，他微微弯下身子，伸手在她的头上轻弹了一下，道：“是啊，我差点就忘了，明天就是你的生日了。说吧，这次你想要杉哥哥送你什么礼物？”

“杉哥哥，如果你能把叶医生送来就好了，他不在，我好不习惯。”

才分开不到一天而已，南宫茜就吵着想见叶盛伦了。少女的愿望总是这么纯粹，她就是想见到自己喜欢的人、在乎的人。

皇甫杉听后笑了，道：“好，我如你所愿。你要相信，你的杉哥哥是万能的。”

南宫茜感到十分惊喜，双眼瞬间迸发出了光彩：“杉哥哥，你没骗我？”

一旁的奕广寒也有点狐疑，在他看来，叶盛伦这个人就是南宫家的忠实的仆人，难不成他们还能把他给收了？

而皇甫杉接下来的回答就给了所有人肯定的答案：“嗯，没骗你。不过，你明天必须找借口出来才行。”

“出来？去哪里？”

皇甫杉忽然凑到她耳边，小声说着连奕广寒都听不见的话。

在城市的另一边，安文泽挂了电话后，韩木香便问：“杉怎么说？”

“杉说，暂时还要对他保密。”

这个结果和安文泽原先想的一样，但韩木香却极不赞成他们的决定，反问道：“为什么要保密？若是让他知道尹珂已经死了，他一定会恨透了南宫家，直接和南宫家断绝关系，这样大家都解脱了。”

“可是你有为南宫茜考虑过吗？她的视力刚恢复，不能受刺激。虽然这件事和她没有直接关系，可是，当我们把尹珂的死讯公开，把事情闹大了，你确定战火不会烧到南宫茜身上？现在最稳妥的办法，是先把她和叶盛伦的事解决了。待叶盛伦带南宫茜离开之后，我们就可以直接和南宫家摊牌了。”

听了安文泽的话，韩木香终于沉默了下来。

花浅夏回到南宫家，南宫钰就吩咐管家：“从今天起，你让厨房盯紧每日的饮食，给花小姐的分量必须要足，营养要均衡。还有，让厨子了解一下孕妇的饮食禁忌，什么能吃，什么不能吃，哪些该多吃，哪些该少吃，都要注意。”

“是。”

忠心的管家是南宫钰最信任的人，这个管家比叶盛伦待在南宫家的时间还要长，所以如果他有什么意见或建议，都会毫无忌讳地直接对南宫钰说。比如此刻，他就给南宫钰提了个醒：“先生，那我们要不要另外再请一位私人医生？平时如果有人受伤或生了小病，有个医生在家里可以随时询问，也挺好的。特别是现在，除了小姐需要医生在一旁督促外，花小姐也需要一位能陪伴左右的健康顾问。”

听了管家的建议，南宫钰斟酌着道：“对于请私人医生一事，我会再好好考虑一下。不如你先聘用本土的医生，如果有人愿意二十四小时都待在这儿的话，可以跟我商量一下费用。”

管家听后点了点头，然后就去做自己的事了。

这时，去研究所做例行治疗和检查的南宫茜回来了。她一个人坐在花园里的秋千上晃着，那落寞的背影看得花浅夏有些心疼。以前无论什么时候，叶盛伦都会在她身旁陪伴着。

南宫家寻找新的私人医生的事，很快就在行业圈里传开了。管家的办事效率果然很高，从下午开始，就有许多本土医生过来应聘，其中包括正在临床实习的医学生。

花浅夏也将这个消息透露给了水云菲，同时，她也在暗处观察着每一个来应聘的人。南宫钰开出的工资应该不低，这一点花浅夏并不怀疑。但她看到大多数人是高兴而来，失望而走的，估摸着可能是因为不愿意一直住在这儿吧。毕竟，大部分澳洲人都很重视自己的私人时间，但凡周末一定要陪着家人或朋友，加班什么的，实在是不理想。

临近下午四点的时候，水云菲来了，她自然是过来应聘的。

今天的她故意戴了一副没有度数的粗框眼镜，还将及肩的长发盘在脑后，再套上发网，一副稳重成熟的样子。她穿一件暗灰色调的方领衬衫，再配上一条包臀的西装窄裙，这么一看，竟比实际年龄要大不少。

南宫钰自然没有认出她来，而且他们本来就不熟。所以，如果花浅夏不说，没人会知道她和水云菲其实是认识的。

“你姓水？”南宫钰看了看她递来的学生证。

“对，大家都叫我小水。”水云菲点了点头。

“小水医生是学的什么专业？”

“我们是全科医学，我主攻妇科和儿科。”

看起来似乎十分对口，南宫钰上下打量了她一会儿。

“你的专业没有问题，但你愿意搬到这儿来住吗？我的要求是私人陪护制，丫头去哪里你就要去哪里，还要偶尔关注一下其他人的健康。”

在之前来应聘的人中，不知道多少人因为这句话而放弃了这份工作。南宫钰对水云菲并没有抱太大希望，因为她太年轻，年轻人往往玩心大，所以绝对不会愿意一天二十四小时都待在这个地方，没有一点自由的时间。

可是，水云菲的回答却让他很意外。

“我当然愿意搬到这儿来啊。我在外面租房子住可贵了，不瞒您说，在来这儿之前，我差点就去别家做家佣了。那家和您一样，也是要求我住下，但是工作可没有这里轻松。”

南宫钰听到这儿，终于满意地点了点头，道：“行，你被聘用了，最好今天就搬过来吧。”

当天晚上，水云菲就回别墅去收拾行李。听安文泽说，过了明天，韩木香就要离开这儿了。

这个消息对她来说算是一件高兴的事，至少以后不会再有别的女人和安文泽朝夕相处，不会害得她患得患失了。

“今晚别走，明早我送你过去。”

安文泽过来止住了她手里的动作，并低下头，迅速吻住了她的唇。

水云菲总是挡不住他突如其来的攻势，不知从什么时候起，她已经从主动变成了被动，完全被安文泽牵着鼻子走。但她很高兴，也心甘情愿……

第二天清晨，当水云菲醒来的时候，安文泽已经把一切都收拾好了。

“现在是五点半，赶快起来穿衣服，然后下楼吃早餐。如果来不及的话就拿到车上再吃，送你去南宫家之前，我们要先去机场接一个人。”安文泽边说边拉起了她，还顺手将她要穿的衣服放在枕边。

“嗯？接人？谁啊？”水云菲揉了揉眼，问。

“你说还能是谁？当然是皇甫家的大当家，老爷子啊！”

“什么？皇甫老爷子？”

水云菲差点从床上直接跳起来。因为花浅夏的事，她对老爷子的印象一直不好，却没想，今天自己还要亲自去接他。

南宫家，花浅夏一夜未睡，只为了制造送给南宫茜的生日礼物。

“啊！花姐姐，你会变魔法吗？这是……这是……”

南宫茜一醒来就发现自己的枕边多了件东西，是一个和自己长得一模一样的木雕。直到天快亮的时候，花浅夏才把它刻好，如今正疲惫地靠在床边小憩。

听到动静，她睁开眼，看着南宫茜，笑着回道：“嗯，想着一大早给你惊喜呢。”

“啊，太赞了！真的和我很像！”

南宫茜喜欢得不得了，又将之前那个木雕拿出来比较。那木雕是她好不容易求南宫钰还给她的，虽然很旧了，但上面的五官还是清晰可辨。

一个是叶医生的，一个是她的，两个木雕放在一块，还真是合适。

“赶紧起来吧，快七点了，再晚一会儿，你钰叔叔又会生气了。”花浅夏一边打呵欠一边看表，然后拿起自己要更换的衣服就往洗漱间走。

今天的餐桌上摆着一个漂亮的生日蛋糕，双层的，每一层表面都淋了一层奶油和果酱，上层一面还立着一个如公主般美丽的翻糖少女。

“生日快乐，我们的小公主！”南宫钰对着南宫茜慈祥地笑了笑。

在南宫家，也就南宫茜拥有这样的待遇了，几乎每个人都把她当宝贝。

“谢谢钰叔叔！”

自从叶盛伦离开之后，南宫茜总是提不起精神，但是今天她似乎又恢复了往日的活泼。

南宫钰看到她这样似乎也颇为意外，他还以为她会一直记恨他。看来，这丫头的还是年纪太小，用情也不深。所以，只要再对她好一点，她应该很快就会忘了那个试图“拐走”她的人吧。

“这个是给你的礼物，不知道要送什么，干脆就把它给你算了。你以后拿着它，想买什么就买什么，不用担心额度的问题。”南宫钰说着，递给了南宫茜一张信用卡。

“谢谢！”南宫茜欣喜地收下了。

早餐吃了一半，南宫钰才发现餐桌上少了个人，于是将目光转向了老管家：“对了，那位新来的小水医生呢？怎么没见她过来吃早餐？”

他本来还打算在早餐前向大家介绍新成员的。作为主角的新任私人医生，到现在居然还没上岗吗？

老管家听闻，忙走过来回复：“昨天晚上小水医生回去后，因为临时有事，便跟我说今天再过来。而且她之前还在医院实习，还要去办理一下离职手续。”

南宫钰听后点点头，道：“也是，等小水医生来了后，你负责和她说一下家规。”

“好的。”

交代完毕，大家继续低头吃早餐。花浅夏边吃边偷偷看表，昨晚她也以为水云菲会来，可惜等了半天也没有等到，最后还是安文泽发信息给她，告诉她晚上不用等了。

那两人现在应该正在热恋期吧。想到这儿，花浅夏居然有些羡慕。什么时候，她才能和皇甫杉过上二人世界呢？

七点半，大家陆陆续续吃完了早餐，并逐一离开了。奕广寒今天要去学校，可他还没出门，门铃突然就被人按响了。

这么早会是谁？大家都觉得可能是新来的私人医生。可当来人出现在众人面前的时候，南宫钰的脸色瞬间就变了。

怎么会是皇甫老爷子？

“怎么，你们那是什么表情，是不待见我吗？”老爷子一走进来就问。

皇甫杉则是跟在他身后进来的，随之进来的是安文泽。接着，水云菲假装很巧地也到了。

这样看，大家好像是不约而同地来到南宫家，每个人手里都拿着自己的行李。看这架势，南宫家应该又要热闹好一阵了。

作为如今的一家之主，南宫钰见到比自己年长的老者时，自然是要尊重的。更何况，这位老者还不是一般的人。

“老爷子，您来怎么也不提前通知一声，我的人都没来得及准备，有失远迎了！”作为晚辈，南宫钰说话十分客气。

但皇甫老爷子根本就没把他放在眼里，只微眯着眼在四周扫了一圈，最终将目光落在了花浅夏的小腹上。

“抱歉，我本来是不打算来的，但我现在迫不及待地想要见见我孙媳妇。”

孙媳妇?

南宫钰一听，目光猛地朝花浅夏看了过去，随即拉长了脸，一双眼紧紧地盯着她的小腹。

“老爷子，恐怕您是误会了吧，浅夏是谁的媳妇还不确定呢。”南宫钰忍不住反驳道，且马上就明白了老爷子到访的真正目的。

老爷子也不是什么省油的灯，一把就将手中的行李放下了。

“呵呵，阿钰啊，你在为自己的儿子挑选媳妇时，能不能先去查一查，你看上的人究竟是不是未婚?咱们新加坡可是实行一夫一妻制的，你如果硬是要将我的孙媳妇抢过去，得先去问问新加坡法律同不同意。”

闻言，南宫钰猛地转头大声质问花浅夏：“浅夏，你和皇甫杉已经登记结婚了？”

书房。

此刻，奕广寒又被南宫钰责罚了。南宫钰的怒火比上一次更甚，他不但摔了房内所有珍贵的瓷器，就连书架上的书都被他抽出来，一本接一本地扔到奕广寒身上。

“你真是个废物！废物！”

南宫钰嘶吼着，怎么也没想到他们会比别人晚了一步。

原来皇甫杉和花浅夏已经登记结婚了，他竟一直被蒙在鼓里。并且，他们从头到尾都在看他一个人唱独角戏，在看他是笑话。

“你早就知道了是不是？奕广寒！”

南宫钰又扔过来一本厚重的字典，还好只是砸在了奕广寒的跟前，这要是砸到他的头，肯定会鼓起一个大包。

“不，我应该叫你奕子铭才是，你是不想让尹珂治病了吗？你是什么时候和他们串通起来的？”

如果不是因为南宫钰提到了尹珂，奕广寒真的想将一切都说了。他要告诉这个骄傲自负的男人，他根本没碰过花浅夏，所以花浅夏肚子里的孩子不可能是他的。真不知道这男人听到后会有什么反应。但是，为了尹珂，他还是忍住了。

“我没有！爸，您要相信我，我真没有背叛您！我也是今天才知道他们已经登记的事！爸，我是您的儿子，难道您不相信我吗？”

奕广寒差点就指天发誓了。他语气强硬，双目通红，就连面部都是僵的，怎么看都不像是在说谎。

南宫钰终于稍微冷静了一些。

“行，我……勉强再相信你一次。那她肚子里的孩子，你有多少把握是你的？”

南宫钰疯狂摔东西的行为总算是停止了，可他心里却越来越没有底。

奕广寒闭着眼，他想着尹珂，担心她的病治到一半就停了，又担心南宫家一直故意拖延他和她见面的时间。不让他们见面就算了，若是连病也不医治了……

他深吸了一口气，违心地继续撒谎："如果我估算得没错的话，那天很可能是她的排卵日，中奖的机会……应该很大。"

听到这儿，南宫钰的怒火才真正熄了。

与此同时，老爷子决定在南宫家住下来。他给出的理由非常简单，这里人多、热闹，他什么都不怕，就怕寂寞。至于住宿费嘛，他给就是了，而且皇甫家和南宫家本来就是"一家亲"的关系，皇甫杉在美国读书的时候，不也经常借住在南宫家吗？所以，他如今住在这也是合理的。

不过，老爷子一来就喧宾夺主了，也实在是让老管家有些吃不消，他甚至把其他人的房间都按照老爷子的意思重新分配了一遍。

"浅夏和小水医生一个房间。杉，你就睡在浅夏的隔壁。小茜，你还住在原来的房间就好。那什么奕广寒，让他滚远点睡，不要老是觊觎我家孙媳妇。泽，你要不要也一起搬过来算了？反正这里房间多，不多住些人，空着难道不是浪费吗？"

从书房里走出来的南宫钰，听到这话后脸色很难看。但他根本就没有插嘴的余地，只能默默地看着老爷子肆意地指挥着众人。

待重新分配了房间后，老爷子主动上前握住花浅夏的手腕，道："浅夏、杉，你们跟我出去一趟。哦，小水医生也一起来吧。泽，你也一起。"

南宫钰终于忍不住开口："老爷子，浅夏现在应该多休息。"

"这还用你说？"老爷子听后有些生气，"我又不是让她出去爬山。我带我孙媳妇出去转一转，你有意见？"

南宫钰差点气死，再也不顾长幼尊卑，高喊了一句："老爷子，您难道忘了，我们两家是签过‘祖训’的吗？”

“我当然没忘记，可是我现在有曾孙了，谁都没我的曾孙重要！”

这才是老爷子接受花浅夏的真正原因，虽然花浅夏听着心里并不是很舒服，可接受了总比不接受的好。至于其他的，慢慢来吧。花浅夏心里默默地念着。

南宫钰这下没话说了，他低估了一位半只脚已经踏入坟墓的花甲老人，而这样的老人对新生命的渴望又是多么强烈。比起那个搞了半辈子都没一撇的祖训，还是现有的曾孙对老爷子的诱惑更大一些。

水云菲在听到老爷子表态后，忍不住在花浅夏耳边小声地嘀咕：“天啊，浅夏，早知道怀上孩子就能让这糟老头改变主意，你就应该早点怀上啊！”

南宫钰不再和老爷子争执，最后还是不服气地道了句：“是不是你们皇甫家的孙还不一定呢，别高兴得太早！”

“哼！怎么可能不是？你这个寒又不是原来那个寒，和纪羽寒比，现在的这个还少了些斤两！”老爷子同样嘴上不饶人。

“到底是不是，您可以自己去问她！”

南宫钰看来是铁了心要和老爷子杠上了，而他这一番话果然让老爷子沉默了。

“小水医生。”过了一会儿，老爷子转头问水云菲，“孕妇什么时候做DNA亲子鉴定最合适？我问的是最安全又最准确的时间。”

“那个……现在的亲子鉴定都很准确。”水云菲没有说得太详细，视线也不住地往好友身上瞟。

“爷爷，我已经答应了南宫先生，等过了十四周再去做鉴定。”花浅夏终于主动开口。

她刚说完，皇甫杉就接过话：“做什么鉴定，那孩子本来就是我的。任何穿刺都有风险，我可不愿意让我的老婆和孩子冒这个险！”典型的护妻行为。

老爷子听后很是得意，脸色立即转阴为晴。南宫钰的脸色则要多难看有多难看，他干脆转身回了书房，不打算管了。

然而，令他万万没想到的是，老爷子居然会反客为主地把南宫家搞得一团乱。

“把这盆花给我换掉，以后这屋子里不许摆放带有香味的花，像百合、丁香、夜来香，这些都不许出现在这里。但是可以放一些无香味的，像绿萝就不错，而且还能净化空气。”

还没出门，老爷子就先领进来一群人，马不停蹄地开始在大厅和走廊上摆弄起来。

“那花园里的那些玫瑰……”老管家觉得自己的任务突然变得好艰巨，主人和客人两边都不能得罪，两头为难。

“花园？”

经老管家这么一提醒，老爷子总算是注意到了花园里那片开得正艳的玫瑰花。只要有风，一阵阵浓郁又醉人的香气便扑面而来。

“铲掉！全部铲掉！花什么的就先不种了，换成矮树就好了啊！”

“什么？全部……铲掉？”老管家有些焦心地抹了把汗，“但那是小姐喜欢的花啊……”

“喜欢也不行，听我的，赶紧铲掉！”

老爷子没等老管家动手，自己就先抡起锄头去花园了。老管家吓得忙不迭地赶上去，又招呼工人们立即开工。

屋内，南宫茜一听说花园里的玫瑰被铲了，果然难过得快哭了。

“真的吗？那个爷爷真的把花园里的玫瑰都铲掉了？”

“只是暂时的，因为你花姐姐不能闻那些有香味的东西。”水云菲蹲在她身旁安慰道，“难道你不担心花姐姐肚子里的孩子会生病吗？”

南宫茜自然是担心的。

“乖，等你以后有了宝宝就知道了。等宝宝生出来，我们再种许许多多漂亮的玫瑰。”水云菲还从不曾这么耐心地哄过人。

“若是这样，我宁愿不要宝宝。”南宫茜嘟着嘴，恨恨地看着花园里正忙碌的人，但还是妥协了。

“小水，准备好了吗，我们要出去咯！”花浅夏经过南宫茜房间的时候，朝着窗子的方向喊了一声。

“好，来了！”

水云菲赶紧站了起来，刚想走，手腕就被南宫茜拉住了：“小水医生，你们要去哪里，我可以一起去吗？”

水云菲想了想，点头道：“好，那一起吧。”

但南宫茜还没走出房门，就被另一个声音给吼住了：“你要去哪里？”

南宫钰再次从书房走出来，就看到了眼前的一幕。这丫头现在是胳膊往外拐，该站在哪边都不清楚吗？

而南宫茜本来很兴奋的心情，在听到他的叫喊声后瞬间就消沉了下来。

“我……我要和他们……”

“不许去！你忘了你自己还是个病人吗？”南宫钰严厉地说道。

南宫茜刚要退回房间，就听水云菲反驳道："先生，这一点我就不赞成您了。小茜虽然患疾，但她现在能走，能说话，也看得见，不应该过分约束她的生活。治病，三分靠药，七分靠心，如果您过度限制她，反倒对她的恢复没有任何帮助。既然我会跟着她一块出去，那先生就应该相信我。"

水云菲这番话真是把南宫钰堵得哑口无言。见他沉默，南宫茜本来丧气的脸上又恢复了笑容。

"那我可以去了是吗？啊，太棒了！小水医生，我开始喜欢你了！"南宫茜露出了天真的笑容。

看到她的笑容，南宫钰的心似乎也动摇了。

眼看着侄女跟着水云菲走了，南宫钰转身走向花园，却看到令他血压飙升的一幕。

"这又是怎么回事？你们把我的玫瑰怎么了？"

南宫钰几近绝望地叫道。

花浅夏万万没有想到，老爷子居然带他们来到了悉尼最著名的购物中心——维多利亚女王大厦。这里汇集了全世界最优秀的品牌，除了服饰，自然也不乏珠宝和艺术品以及其他生活用品。

来悉尼这么久，花浅夏不记得自己是第几次来这里，但却是第一次和长辈到这儿来。

水云菲拉着南宫茜问："小茜，今天是你的生日哦，你想好要什么礼物了吗？你说，一会儿姐姐帮你买！"

她的话被一旁的老爷子听到了："原来今天还是小茜你的生日？瞧我这老糊涂居然都忘了。小吴！"

和老爷子一起来澳洲的还有他的私人秘书小吴。为了节约购物时间，老爷子便将一个重任交代给他："你查一下，这里哪里有卖童装的地方。”

在老一辈人的心里，晚辈就一直是小孩子。老爷子的话引来了南宫茜的抗议：“皇甫爷爷，小茜已经不是孩童了，早就不穿童装啦。我今天只想要一件礼物，那就是叶……”

她还没来得及说完，就被一只大手捂住了嘴。

花浅夏使劲给南宫茜使眼色，暗示她千万不要把“叶盛伦”三个字说出来。

“你说想要什么礼物？”老爷子催问。

“爷爷，她说她想要的是叶……叶……”

花浅夏一时情急，想破了脑袋却想出了一个连她自己都很难见着的东西：“夜明珠！”

“夜明珠？”

不仅是老爷子，其他人听了也都吃了一惊。

水云菲差点笑了出来，她当然知道花浅夏试图掩盖什么，皇甫杉和安文泽也忍俊不禁。

南宫茜扯下了花浅夏捂着自己嘴巴的手，刚要问“夜明珠是什么”，花浅夏又接着解释：“这有什么奇怪的？我小时候看到路边摊的小商贩卖那些会发光的珠子，都好便宜，把它们串成链子可漂亮了！”

她原本只是打算随便找点理由敷衍过去，没想还真引起了南宫茜的兴趣。

“花姐姐，那一会儿你看到了，记得提醒我，我要买个两百颗，串成项链、手链、脚链……”

秘书小吴听后有些头疼地扶额，好端端的一个南宫家小姐，居然会喜欢路边摊卖的那些便宜又骗人的小玩意，他想到的可是真正的宝石呢。

很快，秘书小吴就将购物的攻略给做好了，于是就带着众人往各商铺走去。

导购说：“这款孕妇装是这里卖得最好的，上有明星推荐，下有百姓口碑，大品牌还是值得信赖。”

老爷子说：“买！”

导购又说：“孕妇也要注意保养皮肤，这是专门给孕妇用的护肤品，包括洗面奶、润肤露、面霜……”

老爷子说：“买！”

导购还说：“这是专门为孕妇配制的奶粉，里面含有丰富的氨基酸、叶酸等营养物质，对胎儿的发育也是极好的呢！”

老爷子依旧说：“买！买！买买买！”

花浅夏头一回知道老爷子有如此强悍的战斗力，他根本不问她要不要，东西实不实用，或是她有没有，直接就让秘书小吴去付钱了。

“惊讶了吧？爷爷一旦买起东西来，比你们女人还要凶猛。不过我也好久没看到爷爷有这么大的干劲了。”皇甫杉一边揽着她，一边在她耳边轻声地解释。

花浅夏转头朝身后那一车接一车的物品看去，不得不佩服地说了一句：“这根本不是在购物，这完全是在批发吧？”

这还不够，老爷子不仅为花浅夏购置了一大堆用品，还真给南宫茜买了一颗夜明珠，小小的一颗，串在项链上十分漂亮。

过了差不多两个小时，众人才从购物中心里走出来，紧跟在他们身后的，是一批替他们拉货的人。

“小吴，你把地址都给他们了吗？确定他们不会送到别的地方？”上车前，老爷子还特别关心地多问了一句。

“放心吧老爷，地址不会错。”

“那就好。”

此时花浅夏手里也拎着一个袋子，那是皇甫杉趁着老爷子不注意的时候，偷偷去店里给她买的。花浅夏打开袋子发现是睡衣，整张脸瞬间就红了。

“等生了孩子后再穿，我看着不错，就先买了。”他在她耳边轻声地道。

本来她根本没看清那睡衣长什么样，但听他这么一说，就预感到应该不是什么正常的睡衣了，脸也就更红了。

“对了，杉。”这时，她像是突然想起了什么，忙拉着他问，“晚上你打算怎么接小茜出去？”

皇甫杉听后一笑，回道：“放心吧，我已经嘱咐小茜了。她其实很聪明，只要你们配合她就行了。”

“配合？怎么配合？”她依旧不解。

“是这样……”他说着就将头凑了过去，压低声音在她耳边缓缓地道。

当一行人回到南宫家的时候，南宫钰的头痛症又犯了。

老爷子买了太多的东西，工人将东西送来时，就好像在搬仓库一样。但他又能怎么办呢？老爷子的辈分和权力都远在他之上，就连南宫龙在电话里都再三强调要他学会忍让。因此，他除了选择回房，打算眼不见为净以外，真的一点办法也没有。

这晚，安文泽没留下来吃饭就直接回去了。此刻，南宫家的餐桌上，除了丰盛美味的菜肴，就是一堆来不及拆开的礼物，有南宫钰送的金镯子，有水云菲送的水晶手链，还有皇甫杉送的终极大礼——一个暗藏深意的神秘眼神。

南宫茜立即就明白了，她突然放下碗筷，“痛苦”地捂住了肚子。

“呜呜……小水医生，我的肚子好疼！”她假装哭道。

“怎么回事？”水云菲饭吃了一半就赶紧停了下来。

众人一听说她肚子疼，也立刻紧张地朝她看了过去。

“小水医生，你快带小茜进房间检查一下，可不能出了什么状况！”南宫钰皱了皱眉，“实在不行，就送她到研究所斯蒂芬博士那儿去。”

“好的！”水云菲答应着，拉开椅子匆匆站起，她刚想伸手去扶南宫茜，就听南宫茜“哎呀”一声，看上去似乎更痛了。

“我看还是直接把她送到研究所去吧。”皇甫杉提议，“我去开车。”

情急之下，南宫钰也没有多想，赶紧让皇甫杉去开车，他自己也急得站了起来，试图跟着一起出门。

就在这时，本来好好的花浅夏也忽然捂住了自己的肚子，并艰难地道：“我好像也有点不舒服……”

她这么一说，立即就引起了南宫钰和老爷子的注意。

“你肚子也不舒服？”南宫钰问。

“今天有吃什么不该吃的东西吗？”老爷子问。

“是不是太累了？”南宫钰又问。

“你要不要去医院看看？”老爷子也紧接着问。

两人你一句我一句，都担心起她来。怎么今晚两个重要人物都出了问题呢？

花浅夏忍了一会儿，深吸了一口气，小声地回道：“应该没事，我觉得就是妊娠反应。最近偶尔都会小小地发作一下，特别是在吃了东西以后，肚子总隐隐不舒服，我回房躺一下就好……”

说完，花浅夏就从位置上站了起来。管家见状，忙上前去搀扶，而老爷子却担心得食不下咽。

“寒，你去陪陪她。”南宫钰对还坐在一旁的奕广寒道。

奕广寒刚要起身，没想却被老爷子喝止：“你不能去，那是我的孙媳妇，请离她远一点！”

这霸道的性子真是和皇甫杉一模一样。

奕广寒的脚步顿了一下，回头看向南宫钰。

南宫钰气急，但又不愿意让老爷子行霸道主义，只好打消了跟车去看看南宫茜的念头，让奕广寒代替他去，而他自己则继续和老爷子僵持着，大眼瞪小眼地坚守着阵营。

终于如愿从家里出来的南宫茜，一上车，“病情”就缓解了，她急不可待地问：“杉哥哥，一会儿我真的能见到叶医生吗？”

皇甫杉一边开车一边点头，回答她：“当然了，杉哥哥什么时候欺骗过你？”

“真的吗？太好了！对了，我刚才的表现怎么样？自然吗？”南宫茜开心过后，又在寻求别人的夸赞。

“太自然了，我差点都被你骗了呢。”

最先夸奖她的是坐在她身旁的水云菲，水云菲一边搂着她的肩，一边轻轻地抚摸着她的头。

“小水医生，你是不是也认识叶医生？你和杉哥哥、花姐姐一样，也是站在我这边的，对吗？”

南宫茜觉得这个新来的私人医生好像和他们很熟似的，还一而再再而三地帮自己。

“当然是站在你这边啊。”水云菲当即表明了自己的立场。

很快，皇甫杉的车子就在他买的那栋别墅门前停了下来。南宫茜一下车，目光就被这栋别墅迷人的装饰吸引了。

它的每一面墙都挂上了耀眼又闪烁的七彩串灯，就连别墅外的树木、草地、泳池也挂满了七彩串灯，到处星光闪闪的，仿佛一片被银河包围的奇幻空间。

南宫茜在夜晚的视力比白天稍差一些，白天她可以看清两米以内的物体，到了晚上只能看到灯光在眼前闪烁，却看不清人的脸。

“小水医生！”

她站在车门边，没敢到处走动，只慢慢地用手摸着车身，打算从车的后方走向那看上去像门的地方。她还想让水云菲过来扶她一下，毕竟这里对她来说是一个陌生的环境。

她不知道他们为什么带她来这里，是因为她的叶医生现在就住在这儿吗？但他不是去美国了吗？

她心里很好奇。

就在南宫茜准备往另一边车门的方向走去时，突然被人抱了起来。

“啊！”

她一开始还有些惊慌，但随即就闻到了熟悉的气息。有温暖的怀抱，有从颈间散发出来的淡淡清香，还有从他发梢上飘来的洗发水的味道，都是那么好闻，那么让她感到心安。

“叶医生？”她仰起头，看到的他却是一片朦胧。

“生日快乐，小茜！”他听到她的叫唤后就低下头，微笑着祝贺她。

她听到了他的声音，果然是叶医生！

“啊！叶医生，真的是你！太好了！杉哥哥没有骗我，你真的还在悉尼！”

许是因为太过激动，她兴奋地揽上了他的脖子，整个身子挨了过去。少女的芳香就这样扑面而来，说他没有冲动是假的，但他还是努力克制住了。

他抱着她从车门边往别墅里走去，走到门口，他才将她放了下来，让她双脚稳稳地踩在地上。

南宫茜本来夜视力就不好，现在又站在光线很暗的地方，心里更慌乱了。

“叶医生，为什么这么黑？是不是我的眼睛又看不见了？”她担心自己的视力又下降了。

“没，是别墅里没开灯，你看那儿……”叶盛伦抬起她的一只手，给她指了一个准确的方向。

就在此刻，紧闭的房门忽然开了，一辆放着蛋糕的手推车被人从别墅里推了出来，蛋糕上还插满了闪着火花的音乐蜡烛。

南宫茜在夜间虽然看不清人的脸，但烛光她还是能看见的。

紧接着，一首经典的《祝你生日快乐》便在别墅内响了起来，不知是谁先开的口，南宫茜发现在自己的视野中，在那片暖黄的区域内，慢慢出现了越来越多的人头。虽然她看不清楚他们的五官，但是根据轮廓很容易判断出他们谁是谁。有小水医生，有她的杉哥哥，还有很少见到的泽哥哥，还有一个她从来没有见过的短发女人。

“小茜，快来许愿！对着蜡烛许愿是最灵的！”叶盛伦说着，将她拉到了蛋糕面前。

蛋糕做得十分精致，是个小三层的造型，从最下面一层往上看，外涂的奶油依次是大红、粉红、白色三种颜色，最上面放着一个十分可爱的翻糖女孩，外形和南宫茜有几分神似，比今早在南宫家里的那个翻糖女孩还要美丽。

“那我就许……”

她的话只说了一半，后面的就都在心底默念了。

她希望，她的病以后不会复发，她的视力能越来越好，希望叶医生永远不要离开她。

"许完了吗？吹蜡烛吧！"叶盛伦又在她耳边道。

南宫茜深深地吸了一口气，鼓起腮帮，"呼"的一声，将那些蜡烛逐一吹灭。可是，最后还是剩了一根。

"呀，叶医生，你帮我吹一下吧，我都快没力气了，它怎么还不灭？"南宫茜看着好像有些着急，使劲扯了扯叶盛伦的手。

叶盛伦有些无奈地弯下腰，对着那根蜡烛轻轻地吹了一下。

南宫茜也作势要吹，就在叶盛伦将那根蜡烛吹灭之际，她的头一转，送上了自己的唇。叶盛伦怔住了。

众人看得十分起劲，皇甫杉更是在一旁偷着乐，还拿出手机悄悄地拍了一张他们亲嘴的照片，然后给花浅夏发了过去。

此时，留在南宫家的花浅夏依然假装虚弱地躺在床上。老爷子和南宫钰几乎是轮流进来嘘寒问暖，生怕她出事又来不及叫人。

手机忽然响了，她拿起一看，竟是皇甫杉发来的"现场照"。

"哈哈……"

她忍不住也乐了，还兴奋得在床上翻滚，偏不巧，被从门外进来的南宫钰看到了。

"什么事情那么好笑？你的身体恢复了吗？"南宫钰问。

花浅夏一听，立马就将那张照片删除了。

"没什么，就是在网上看到一个冷笑话，我笑点低，就忍不住笑了。"她随便找了个借口。

南宫钰将信将疑地看了看她，也没继续问，确定她真没什么事后，就又转身离开了。

快乐的时光总是过得飞快，水云菲看了看表，已经晚上八点半了。

南宫家十点有门禁，若是赶不回去，必须提前给老管家打电话。

“小茜，我们要走了哦。”虽然不忍心打扰小别重逢的他们，但她还是不得不开口提醒。

南宫茜一直缠着叶盛伦问东问西，特别是关于他回美国的原因，可叶盛伦好像总是特意避开这个话题似的。直到听到水云菲的催促，她才想起还有一个很重要的东西没有拿出来。

“叶医生，我有个礼物要送你！”她急忙从包里翻出一个长形的小盒子递给他。

“是什么？”叶盛伦一边问，一边打开盒子，见里面是一个刻着人脸的木雕。而那张脸，却是南宫茜自己的。

“喜欢吗？我把我自己送给你啦！”

不知她是否知道这句话的另一层含义，但在叶盛伦听来，就已经是一种很明显的暗示。

他的内心再次起了波澜，他将盒子放在一边，捧起她的脸，低头吻了下去，然后不断加深。

虽然他们的身份相差悬殊，他们的年龄也整整相差了十岁，但是他们的心却是极贴近的。这一刻，他不想再欺骗自己了。

而对于南宫茜来说，这样的深吻才是真正的吻。

她原以为两片唇贴在一起就是吻了，所以每一次她都只是将唇瓣贴了上去。她不会动，也不知道下一步应该怎么做。

但是现在，她明白了。

心在这一刻跳得极快，她感觉自己快要飞起来了。

水云菲怔怔地看着他们，不知道为什么，看到他们吻得如此深情，她的心似乎也被撩拨了，痒痒的，她突然也想去吻一下坐在身旁的那个男人。

但是，她应该以怎样的一个理由去吻他呢？

此时，她和安文泽都坐在餐桌旁的椅子上，两人之间的距离只有一张椅子那么宽。她有意往他那边挪了挪，慢慢地靠近他。

安文泽早就发现了她的小动作，他忍住笑，侧过头去看着她。

水云菲觉得距离应该合适了，随后快速转过头，可没想到安文泽的脸竟近在咫尺。她倒吸了一口气，身子下意识地缩了回去。

安文泽迅速伸出手，按住了她的后脑勺，身子微微往前一探，四片唇瓣便准确无误地贴在了一起，随后就开始相互嬉戏。

看到两场“虐狗大剧”，皇甫杉和韩木香十分尴尬，干脆转身往外走，好给两对情侣留下相对私密的空间。

终于回到了南宫家，一进门，他们就看到了一直在大厅里等着的南宫钰。

此时，距离门禁时间已经过去快一个小时了。

第十二章 想要的自由

“你们怎么回事，为什么打你们的电话没有一个人接？我差点就一家医院一家医院地去搜索了。还有你，小水医生，你怎么出门连手机都不带？你要时刻记住，手机是万万不能离身的。你现在是我聘请的私人医生，若是你表现不好的话，我随时都可以解雇你！”

看来南宫钰是被逼急了，他等了大半天也没收到南宫茜的消息，就连奕广寒的手机也关了机，他解释说是没电了。这让南宫钰忍不住怀疑，他是不是早就站到了自己的对立面？

水云菲低下头，唯唯诺诺地道：“对不起，先生，我下次再也不敢了。”

南宫钰气也气了，他最担心的还是南宫茜的情况，见水云菲真有悔改之意，也就不再追究她的“失误”，只开口问：“博士那边怎么说？小茜没事吧？”

水云菲还没开口，南宫茜就已经替她回答了：“钰叔叔，我没事。博士说是我经期到了，所以才会出现腹痛现象。她给我敷了热水袋，并告诉我近期不要吃冰冷、油腻、刺激的食物就好。”

南宫钰听后将信将疑，眯眼又问：“真的是这样？”

“是的，确实是这样。”水云菲回道，“我刚开始照顾小茜，还不太熟悉她的情况，所以这次确实是有些大惊小怪了，下次就不会这么鲁莽了。”

南宫钰再次用探究的目光扫视了一圈众人，然后淡淡地说了一句“下不为例”，就从沙发上站了起来，一边打着呵欠一边往自己的卧室走去。

花浅夏是被皇甫杉吵醒的，她困倦地揉了揉眼睛，见他上了床后，就搂着她静静地躺在一边。

“你怎么进来的？”她慵懒地问。

“小水放我进来的，老爷子不是让她和你睡一间房吗？今晚她去和小茜睡了。”

他说着，更紧地搂住了她，可他似乎也很累了，没过多久就睡了过去。

花浅夏看着他安静的睡颜，轻轻俯身在他轻颤的睫毛上落下一吻。

第二天清晨，七点。

餐桌上，因为多了一位长辈，气氛又显得和平日有些不同。

老爷子稳稳地坐在主位上，大家也都很自觉地等他动了筷子之后才跟着开动。

南宫钰只能憋屈地坐在老爷子对面的副主位上，好在从就餐到结束，老爷子都没有对他提出什么过分的要求。他还以为，今天应该不会再发生不可控制的事情了。然而，他刚放下碗，大厅里就传来了一阵乱哄哄的声响。

“这些瓷器全部放进杂物房，不要摆了，免得哪天被人一不小心碰到摔下来，摔碎了不要紧，砸伤了孕妇就不好了！”那是最先吃完早餐的老爷子的声音。

“可是，这些都是我们先生最爱的花瓶啊！”老管家似乎有些不太情愿。

“废话少说，我让你拿走你就拿走！小吴，要不你去！”老爷子的耐性从来就不好。

“是……”秘书小吴很是无奈，但他没有说“不”的权利。

“还有这个桌角，必须拿东西套住才行，太尖了。这个高度，孕妇若是走过来,很容易撞到肚子的。”老爷子继续挑家具的毛病。

“但这本来就是四四方方的桌子，拿东西包起来，是不是……太难看了？”老管家要哭了。

老爷子：“那这样吧，小吴，你马上去选购一张圆桌，记得，必须是圆桌！”

秘书小吴：“是……”

老爷子：“这地砖是什么材质？”

老管家：“大理石……”

老爷子：“不行，大理石容易打滑，得铺上地毯。”

秘书小吴：“是……”

老管家本还想说些什么，但看到老爷子扫过来的一记眼神，立马就被吓得不敢出声了。

如果不是因为听到了刚才他们的对话，南宫钰还以为自己的房子要被老爷子给拆了。一瞬间，他心里的怒火又长了几分，但又不能对着老爷子发脾气，于是只能借口出门走走，当是散心。

花浅夏也被老爷子的大动干戈吓到了，在大厅里待了一会儿就想回房补觉。可她还没走进房间，就看到一群工人打扮的人从她房间里走了出来。南宫茜紧跟在他们身后，一看到她，就立马朝她奔了过来。

“花姐姐，你快来看看你的床，看看他们都对你的床做了什么。”

顺着南宫茜手指的方向看去，花浅夏震惊地发现自己平时睡的大床的四周架起了高高的木制床栏，像是怕她会从床上摔下来似的。

这操作，简直满分……

南宫钰是在晚餐的时候回来的，他一进门，就发现眼前的一切都变了。

餐厅里本来大气又典雅的西式长餐桌，被换成了颇具中国古风味的圆形红木大转桌。壁柜上，所有的瓷器都不见了，取而代之的是布偶或其他藤制、纸制、木制的装饰。地上都铺着厚厚的地毯，就连原本挂在墙上的巨型油画，也都变成了软绵绵的绢丝画。有那么一瞬，南宫钰怀疑自己是不是进错了门。

餐厅里，众人都在自己的座位上等待着他入座。今天的菜也都以清淡、少油为主，那些重口味或者寒性较大的菜品，是不可能再被端上这桌子了。

当南宫钰终于坐到自己的位置上时，脸色已难看至极。最让他感到郁闷的是，这一切改变，他还不能表示反对。

“小水医生，今天你带小茜去研究所做治疗了吗？”

如今，南宫钰唯一能做主的，就是和南宫茜有关的事情了。可水云菲被他这么一问，竟有些为难地看了看他，又看了看老爷子。

“喀喀。”老爷子主动开口，“以后小水医生每天都得陪着浅夏，她是浅夏的私人医生，必须二十四小时跟在浅夏身旁。所以，她的工钱，我也出了一份。”

南宫钰听了之后心里更堵了。虽然他之前找水云菲暂为私人医生，也考虑到花浅夏怀孕的问题，但是，要这个私人医生二十四小时跟在花浅夏身边，却把同样需要照顾的南宫茜忽略了，那可不行。

“那今天没有人陪小茜去做治疗吗？”

他的语气慢慢变得不好了，而他的这个问题居然没有人回答，除了水云菲。

“先生，我和博士约好了，以后小茜的治疗时间都会改在晚上，那个时间段我可以跟着她。而且，治疗结束后，小茜就可以直接回来休息了，这样药物的吸收效果也比较好。”

水云菲的这番话总算让南宫钰躁动的情绪平息了一些。

“那就快点吃，一会儿赶紧出门吧。”南宫钰说着还看了看表，既然以后要改到晚上出门，那就不能让他们太晚出门，以免很晚才能回来。

水云菲看到南宫钰就这样妥协了，很是得意地朝着花浅夏笑了笑。

饭后，皇甫杉主动做司机将南宫茜和水云菲送到研究所。到了那儿后，他们见到了另一辆车，安文泽的车。

“杉哥哥，叶医生也来了吗？”南宫茜一下车就问。

“来了，我们上去吧，他们应该比我们先到。”皇甫杉一边回答一边按下了电梯的按钮。

当他们三个人到达治疗室门口的时候，叶盛伦和安文泽果然已经在那里等候了。

情窦初开的南宫茜在看到心上人后，心情很激动，她几步上前用手扳过叶盛伦的脸，主动将自己的唇献了上去。

叶盛伦没想到她居然会这么做，但这一回，他并没有将她推开。

水云菲在旁边看得一脸羞涩，又偷偷地用手机将这一幕给拍了下来。

皇甫杉趁机来到安文泽身边，低声问："木香回去了？"

"嗯，下午的飞机，我刚送走她，就直接开过来了。"安文泽回答时还看了水云菲一眼，见她又在偷拍人家，又忍不住想笑。

"浅夏说奕广寒每次借她的手机，都是在和一个女孩子聊天。可尹珂明明已经去世了，不知道是谁用了她的账号。你问问木香，能不能查到那个使用者是谁。"皇甫杉道。

"好的，我一会儿就给她发信息，但她现在估计还在飞机上，下了飞机才能看到。"

"行，这没关系。"

差不多过了一个小时，南宫西才从治疗室里走出来。

"这孩子恢复得很不错，估计是心情好吧，所以各项指标都比原来好多了。"斯蒂芬博士夸赞道。

"只要叶医生能一直陪在我身边，我的病一定会好得很快的，我还想做叶医生的妻子呢！唔……"

南宫茜的话还没说完，就被叶盛伦抱住了。比起之前关系没确定时的躲闪和隐藏，现在的叶盛伦已经有十足的勇气去面对自己内心了。

水云菲看见后忍不住捂住了脸。天呀，她还是喜欢正经一点的叶医生，现在的叶医生是不是有点过于热情了？

皇甫杉干咳了两声，便往电梯走去，他实在不想待在这儿继续被他们“虐待”。

从那天开始，几乎每天晚上，南宫茜都会准时和叶盛伦在研究所里见面。

这天又是周六，南宫茜刚想去敲南宫钰书房的门，就听到里面传来交谈的声音。

“老爷子，您到底是怎么想的？我们小茜从小就把自己当成杉的未婚妻，现在杉却和别人结婚了，您让我们小茜怎么办？”说话的人是南宫钰。

“我这么做也只是让浅夏开心一点，让她好好安胎，不要动了胎气罢了。”老爷子的声音传了出来。

“我看不是这样，他们俩都已经结婚了，哪里还有我们小茜插足的余地？要不然,您把安文泽配给她。安文泽不是您外甥吗？您让他跟母亲姓‘皇甫’，他本来就是你们皇甫家的人。”

南宫茜再也听不下去了，直接推门闯了进去。

“钰叔叔，皇甫爷爷，小茜有自己喜欢的人，为什么你们就不能让小茜自己做主,一定要帮我安排婚姻呢？这都什么年代了，我需要的是婚姻自由、恋爱自由！”

南宫茜感觉自己从来没有这么生气过，以前他们说让她嫁给皇甫杉的时候，她没有反对，那是因为她还不懂什么是爱情。可是现在她明白了，她很明确地知道自己想要的是什么，然而，他们却想着把她嫁给另一个人。

而且，为什么一定要是皇甫家的人？

南宫钰和老爷子似乎都没想到他们的话会被她听到，震惊之余，更觉惶恐。她的情绪好像过于激动了，这对她的病情很不好。

“我南宫茜今天明确地告诉你们，我喜欢的人是叶医生！我要嫁的人，也是叶医生！除了叶医生，你们休想让我嫁给其他人！”说完，她也不等他们回答，直接转头跑了出去。

“叶医生？”南宫茜跑出去后，老爷子转头问南宫钰，“她说的叶医生，是不久前被你辞掉的那个叶医生吗？叶盛伦？”

对于这个人，老爷子还是有印象的。

南宫钰紧紧地皱了皱眉，点头承认：“对，就是他。我早该料到那家伙会成为小茜的心结，只是没想到小茜居然陷得那么深。”

“那他现在在哪里？”

“现在？”

南宫钰沉思了一会儿，好像他还没从美国那边收到叶盛伦已经回去的消息。难道，他还在悉尼？

“杉，这样真的没有问题吗？”花浅夏有些担心地问。

南宫茜刚刚在书房里和南宫钰摊了牌，皇甫杉就将她的行李和证件都丢到了车里。他们现在这样做，就等于正式开始向“祖训”宣战了。

“已经到这一步了，我们只能放手一搏！”皇甫杉一脸认真地回道。

他刚说完，南宫茜娇小的身影就朝他们奔了过来。她一边跑一边回头，跑到皇甫杉面前后还匆匆地说了一句：“他们没发现！”

皇甫杉一把揽过她的肩膀，将她送进了车里。在关上车门前，他还不忘对里面的人交代了一句：“阿伦，小茜就交给你了，你一定要好好地照顾她，加油！”

叶盛伦很是感激地朝他微微一笑，然后将身边的人儿搂入怀中：“谢谢你，杉。也祝你和浅夏白头偕老，幸福美满。”

没有太多的告别和不舍，他们如今要争取的就是时间，越早离开，他们就越安全。

此时，水云菲正躺在南宫茜的大床上，为了看起来更真实，她还吃了一颗安眠药。

花浅夏很快回了自己的房间，躺在床上闭目养神，好像一切都不曾发生，安安静静的，仿佛依然是寻常周末的早晨。

皇甫杉约了奕广寒到别墅外的篮球场切磋球技，两人都换上了篮球服，顶着烈日，额上的汗珠仿佛在告诉别人，他们已经在那儿运动了很久。

此刻南宫钰和老爷子仍然在书房，但两人的谈话早已结束，他们等待的，是电话那头告诉他们的结果。

“什么，没有阿伦的入境记录？都一个星期了，他不会真的还在悉尼吧？可为什么这么久了，也没有一个人来问我呢？”南宫钰有些气恼地质问。

电话那边，已经回到美国的南宫羽反驳道：“机票是死的，人是活的，就算你替他买了回美国的机票又怎样，他身上有证件，就不能去改签吗？”

南宫钰被堵得一句话都说不出来。结束和南宫羽的通话后，南宫钰又拨了一遍叶盛伦的手机号码。

是空号。

这就证明，他已经将那个号码注销了。

他们找不到他。

心事重重的南宫钰出了书房就找到了管家，并吩咐道：“从今天起，不管小姐去哪儿，都必须跟我汇报，我同意了她才能出门，知道吗？”

管家听后点了点头，又像想起了什么似的，突然问：“那每天晚上小姐去做治疗也要汇报吗？”

“要！”南宫钰想也不想就答道，“以后，她去做治疗，我必须跟着去！”

这时，他们已走到了南宫茜的房间，谁知原本应该在床上躺着的人，此时竟变成了新来的私人医生——水云菲。

南宫钰的脸色“唰”地一变，老管家则不停地摇晃着水云菲的肩，一边摇还一边喊：“小水医生，你醒一醒！小水医生……”

可是，无论管家怎么摇，水云菲都没反应，偶尔见她翻了个身，可却没有醒过来。

“先生，我怎么感觉小水医生好像吃了什么助眠的药，所以怎么叫也叫不醒……”管家做出判断。

半小时后，南宫钰气得在大厅里跺脚，并将别墅里所有的人都召集起来，斥责道：“这是怎么回事？你们这么多人在家，连一个女孩都看不住？”

皇甫杉和奕广寒顶着一身的臭汗在大厅里站着，两人打得似乎有些激烈，奕广寒的脸像挂了彩，黑一块白一块的，不知道究竟是在打球还是在打架。

花浅夏也来到了大厅，水云菲则是被人用冰块敷醒的，但因为药效未过，头还是有些晕，感觉很困。

“小水医生，你先说说你究竟是怎么回事。”南宫钰盯着她问。

“我……”水云菲揉了揉眼，“我本来是过去催小茜吃药的，但小茜说她想喝牛奶，所以我就去厨房给她冲了杯奶，然后我见之前给她倒的那杯水还没动，就想着帮她喝了，再然后……我就不记得了。”

“她平常会吃这种药？”南宫钰将在南宫茜房间里找到的一片白色药片拿了出来。

水云菲点点头，回道："这是阿普唑仑，她也是最近才开始吃的，每天晚上吃半片而已。本来这药都是每天做完治疗后，博士才给的，因为今天是周末，所以昨天晚上博士就多给了一天的药量。"

听到这儿，南宫钰便沉默了，而老爷子依然不动声色地在沙发上坐着，并没有发表任何意见。

过了一会儿，南宫钰又转头问其他人："杉、寒，你们在外面打球，难道就没有看到小茜从别墅里出去吗？她的视力不是很好，这样出去肯定会出事的！"

南宫钰现在非常后悔，后悔没有在南宫茜冲出书房的第一时间去拦住她。

奕广寒摇头说没看见，皇甫杉则淡漠地反问了一句："钰叔叔，今天是周末，大家都不用七点起来吃早餐，所以我从起床到现在都没有看到过她。不知道您最后一次见她是在什么时候，什么地方？"

闻言，南宫钰不由得皱起了眉，并朝老爷子看去。

"在书房。不久前她进来打扰了我和你爷爷的谈话。"他很不愿意地道。

"那她进书房是找你有什么事吗？"皇甫杉继续问。

南宫钰听出了他语气中对自己的不满，不由得狐疑地抬眼朝他看了过去，反问道："杉，你是真不知道还是假不知道？在我看来，小茜突然变得叛逆，一定和你有关系！"

"钰叔叔！"皇甫杉也抬高了音量，"在没有证据之前，您可别冤枉人！"

南宫钰的脸色更阴沉了，他大步走到皇甫杉面前，若不是看在老爷子的分上，他肯定会狠狠地揍他一顿。

但是现在……

“先生，要不然……我们报警吧？”

老管家此刻也意识到这件事的严重性了，他更担心的是自家小姐在外面会遇到危险。

可意外地，南宫钰否决了管家的提议，道：“先不用。我猜杉一定知道小茜去了哪儿。还有阿伦，恐怕他现在就和小茜在一起吧？杉，我最后问你一次，小茜和阿伦的事，你敢说你一点都不知道吗？”

这一刻，所有人的目光都聚集在皇甫杉身上，南宫钰更是认定了他就是导致南宫茜失踪的幕后黑手。但皇甫杉没有吭声，像是不想回答，抑或是不屑回答。

就在南宫钰的耐性即将耗尽的时候，一道声音突然在众人中间响起：“我知道。”

众人循声望了过去，发现说话的人是花浅夏。

“小茜手中的那个木雕就是我替她刻的，那是叶医生的脸。我第一次见他们的时候就觉得他们很配了，一时忍不住就给她刻了那个木雕。”

南宫钰脸色大变，猛地冲了过来，抡起拳头就要往她的脸颊上打。皇甫杉却抢先一步拦住了他。

“钰叔叔，你再怎么生气，也不能打她！”皇甫杉的脸色也很难看。

而本来不打算管事的老爷子，看到南宫钰居然要打他的孙媳妇，不由得用手中的拐杖重重地敲了一下地面。

“都给我停下！”他如洪钟一般的声音突然在大厅里响起，然后他转头面对着南宫钰，愤然说道，“当务之急是先找到南宫茜，而不是责怪他人。”

南宫钰被老爷子教训得脸一阵青一阵红，但老爷子说得没错，当务之急是要找到失踪的南宫茜。

“寒，你去给研究所打个电话，问一下斯蒂芬博士那边的情况。老爷子，能借你的秘书小吴用一下吗？我想让他去联系私家侦探。还有，杉，麻烦你把泽叫过来。”

花浅夏没想到南宫钰竟会想起安文泽来，看来他心中依然认定南宫茜失踪的事情和他们有关。但他为什么不直接报警，反而去找私家侦探呢？

就在大家准备按照他说的话去做的时候，负责打扫房间的钟点工从南宫茜的床头柜里找到了一支录音笔，上面还贴着一张字条。

“先生，这好像是小姐亲笔写的，您看……”

管家从钟点工手中接过字条，认出是南宫茜的字迹。她从小视力就不好，所以写的字总是很大，还歪歪扭扭的，如同鬼画符一般。

南宫钰从管家手中扯过了那张字条，见上面只写了两个字：请听。

“快，打开录音笔！”南宫钰立即吩咐道。

此时距离南宫茜“失踪”已经过去五个多小时了，南宫家的人，包括远在美国的南宫龙和南宫羽，也都在关注着南宫茜的行踪。

当老管家找到那支录音笔的开关，按下播放键后，不过一会儿，那熟悉又悦耳的女声便传了出来。

“亲爱的钰叔叔，您好！请原谅我今天冲动的决定。虽说是冲动，但我早就想这么做了。我不知道您什么时候会发现这支录音笔，但在离开前，我已经计划好即将要踏上的这个美好的旅程。

我将要坐上前往埃及的飞机，我希望能趁我眼睛还能看见的时候，多去看一看外面的世界。听说你们已经把叶医生辞退了，可是怕我伤心，你们不让他说出真相。但是，我还是知道了。所以，我拿出了我这些年攒下的积蓄，聘请他作为我的私人向导和医疗顾问。为此，我们还在律师面前签订了劳动合同。所以，他现在正和我在一起。我的离开和任何人都没有关系，若真要说和某个人有关，那就是钰叔叔您，是您逼我离开的。我已经是一个成年人了，我能做出决定，所以，我为什么不能决定我今后的生活和婚姻呢？如果南宫家的女儿必须嫁给皇甫家的儿子，那么，您就当没我这个侄女吧。而我的父亲，他何时尽过一点做父亲的责任？他的眼中只有生意，没有女儿。最让我感到抱歉的就是爷爷了，可我就算爱爷爷，也不愿将自己的未来交到你们手上。我的路，我想自己走！话不多说，也许我现在已经在旅行的途中了。如果您因为我的离开而处罚杉哥哥、花姐姐，或者是处罚其他相关的人的话，那以后我将不再联系你们；如果您继续善待他们，我就答应您，至少每个月都会给您报平安。另外，不要派人来找我，更不能派人跟踪我，否则，我会行使属于我的法律权益，维护我个人的隐私和自由。小茜留。”

录音到这里就结束了，而南宫钰的脸变得比之前更煞白。

南宫茜的事到这儿似乎就告一段落了，被南宫钰派去帮忙寻找的人，也告知他在两小时前，有一个叫南宫茜的女孩和一个叫叶盛伦的男人登上了前往埃及开罗的航班。

安文泽也过来了，秘书小吴所请的私家侦探也以最快的速度给南宫钰发来了一组视频，那是在斯蒂芬研究所里拍下的监控录像。

“小水医生，我想我应该重新认识一下你。你和泽、杉的关系，应该很不一般吧？”

南宫钰将水云菲叫到了书房，此刻他电脑上暂停播放的画面，便是不久前在斯蒂芬研究所里拍摄的视频截图。

“看来以后在聘用人员之前，我必须先请私家侦探把这个人的底子查清楚，要不然被聘用的很可能是一个看似纯良无害的内鬼。”

南宫钰自认为做事向来严谨，可没想到竟在聘用私人医生这件事上犯下了如此严重的错误。

“钰叔叔。”这时，同样被叫到书房的安文泽开口了，“在悉尼，留学生之间相互认识是很正常的，更何况我们都是从同一个国家来的。”

安文泽简单明了地解释了水云菲和他们之间的关系，可南宫钰并不信，他指着视频的某一帧画面，问道：“所以你们只是普通朋友？”

水云菲顺着他手指的方向看去，看见画面是她和安文泽在接吻。

好尴尬，她的脸“唰”地红了。

“我们是恋人。”

安文泽说完，握住了她的手，这让她忽然有一种受宠若惊的感觉，完全忘了此刻他们正在接受一场严格的审问。

水云菲的心跳得更厉害了，她甚至不敢抬头去看书房里的任何一个人。

“好吧，既然这样，小水医生，你现在被解雇了。至于老爷子那边还用不用你，就轮不到我来管了，你的酬薪我会尽快付给你的。”

虽然被解雇了，但水云菲并没有表现出失望和震惊。南宫钰就这样放过她也算心慈手软了，至少他并没有追究他们帮助南宫茜逃跑的事。

从书房出来后，安文泽还紧紧地握着她的手。她从没想过他们之间真的会有结果，但是如今，她忍不住畅想两人的未来了。

只是，有一件事她没敢和安文泽说，其实她……也是一个从小就有婚约的人。

这一夜，皇甫杉在睡觉前又跑到花浅夏的房间里。

“杉，你说爷爷现在是否已经完全接受我了？我突然好想告诉他，我肚子里的孩子真的是你的！”

如今南宫茜的问题解决了，那么剩下的就是奕广寒这边的问题了。到了这一步，还有什么事是不能说的呢？

皇甫杉在她面颊上轻轻地吻了一下，然后道：“我会去和爷爷说明这事，你就放心吧……”

不仅仅是她，就连他都觉得是时候摊牌了。

翌日，花浅夏醒来的时候，天边才微微露出鱼肚白。昨晚皇甫杉是在她睡着后才离开的，而水云菲在她房内的另一张床上睡着。

“浅夏，今天你怎么起得这么早？”

水云菲兴许是有心事，所以在听到花浅夏的动静后，很快就醒了。

花浅夏下床时回头看了她一眼，摇头道：“没什么事，就是突然醒了，我想出去走一走。”

“那我陪你。”

“不用，你再睡会儿，我就去花园逛逛，呼吸一下清晨的空气就回来。你在窗边也能看到我的不是？”

水云菲想了想，便顺手拉开了窗帘。

花浅夏披了件外套，就打开房门走了出去。

时间太早，走廊上的应急照明灯都还亮着，狭长的走道空旷又安静。

为了不影响他人，花浅夏走得很慢。就在她经过某个房间的时候，无意中透过半掩的房门听到了从里面传出来的谈话声。

“爷爷，浅夏肚子里的孩子确实是您的曾孙，她和奕广寒根本就没发生什么。”

原来这是老爷子的卧室，而皇甫杉竟然也这么早就起来了。他现在正和老爷子说的，不就是昨晚她在临睡前和他提到的事情吗？她不由得有些紧张。

“你确定吗？他说没发生就没发生？”老爷子居然还在怀疑，“他们只要曾待在一个房间，就必须查清楚！”

老爷子脸上写着“不信任”，这让皇甫杉很难再和他沟通后面的事情。

门外，花浅夏依然静静地站着。她多希望老爷子能够视她为真正的孙媳妇，而不是只关心她腹中的孩子。

“杉。”老爷子这时又开口了，“我也把丑话说在前面。浅夏腹中的那个孩子，只要是我们皇甫家的，我就认了，但是她……我还是那句话，她配不上‘皇甫夫人’的称谓。你的妻子就算不是南宫茜，也不可能是她。”

老爷子这句话，几乎给花浅夏判了死刑。原来无论他们多么努力，老爷子根本就不打算把她写进他们皇甫家的族谱。

“可是我们已经结婚了！”

皇甫杉的声音听起来有些颤抖，他很生气，同时也很意外，老爷子的话再次浇灭了他的希望。

“结了婚难道就不能离婚吗？你说她没和那寒小子发生什

么，好，我姑且相信。但那姓‘纪’的呢？都死无对证了。她不过就是那种只会四处招蜂引蝶、挑拨兄弟关系的人。这样的人，我是不会容许她进皇甫家大门的。她若真要进，就别怪我事先没提醒过你，我有的是办法对付她。”

听到这儿，花浅夏的脸瞬间变得苍白。

后面的话，她就没有再听了。她也没有继续往花园的方向走，而是返回了自己的卧室，然后锁上门，静静地坐在床上发呆。

“浅夏，你去哪儿了？我在窗外瞅了半天都没看见你，刚想说要去找你呢。”

水云菲看到她回来，总算松了口气，可花浅夏却好像没听见她的话一样，仍低垂着头在床上坐着。

“浅夏，你是不是不舒服？”水云菲忙问。

花浅夏又沉默了一会儿，然后才开口对自己的好友道：“小水，你不是说你家里人在你很小的时候，就给你定下了婚约吗？那现在呢？你有打算和家人摊牌，说你有男朋友了没有？你觉得，他们会同意取消儿时的婚约吗？”

这个问题，把水云菲问得一愣一愣的。

吃早餐的时候，花浅夏似乎刻意在回避皇甫杉的眼神。因为南宫茜的事，南宫钰几乎整夜都没有阖眼。老爷子刚想说今天要搬出去的事，南宫钰却抢先开了口：“寒，你最近的课是不是很少？那我帮你报名一些准爸爸课程，你也学一学如何去做一个称职的爸爸。”

这似乎是南宫钰最后的希望了，虽然这希望也很渺茫。

奕广寒听后冷笑了一声，连老爷子都忍不住笑了。

也许只有南宫钰一人仍被蒙在鼓里，做着那个他妄想拥有的儿孙梦。

让所有人都感到意外的是，花浅夏居然在这时问道："小奕，你要去哪里听准爸爸课程？也帮我报个名，两个人一起去才是最好的。"

她的话音刚落，皇甫杉和老爷子的脸色就变了。

奕广寒更是诧异地看着她，感觉她仿佛变了个人。她这是在和他套近乎吗？他都有些受宠若惊。

早餐过后，老爷子气急败坏地将皇甫杉叫去了自己的卧房。

"你听到她说什么了吗？她根本就是在无视你啊！如果不是看在她怀有身孕的分上，看我不收拾她！"

曾几何时，这卧房竟成了老爷子发泄情绪的地方，而皇甫杉则是一个旁听者。除了涉及花浅夏的事外，他一般不会插嘴。

"爷爷，您想多了。不是说要搬出去吗？我打电话让泽过来接您。"

皇甫杉不想和他争辩什么，说话间已经拿起了自己的手机。可老爷子一见他这样更生气了，举起拐杖就打掉了他的手机。

"啪"的一声，手机摔到了地上。要不是手机质量过硬，恐怕屏幕早就碎裂了。

"爷爷！"皇甫杉也有些怒了。

若不是这时房门突然被敲响，皇甫杉恐怕就要和老爷子"开战"了。

进来的人是南宫钰。

"你来得正好，我有话要和你说！"老爷子怒气冲冲地道。

皇甫杉看到有人来了，就想趁机离开。可是，南宫钰却用身子挡住了他，并对他道："杉，你别走，我要说的话和你也有关系。"

他刚说完，门口又出现了一人，是花浅夏。

皇甫杉看到她后，眉头紧紧地皱着，脚步终是定在了那里。老爷子见状，表情也变得严肃了，等待着南宫钰开口。

“昨天我想了一个晚上，同时也联系了我二叔，告知了他小茜本人的决定。”

看来南宫钰讲的还是关于“祖训”的事。

听到这儿，老爷子便问：“哦？那你二叔是怎么说的？”

南宫钰口中的“二叔”，就是如今南宫家的当家人南宫龙，也就是曾经和老爷子签订“祖训”的大当家南宫毅的亲弟弟。南宫毅去世得早，而他唯一的儿子南宫钰当年还太年轻，南宫家便让南宫龙接管了大权。也因此，直到现在，南宫家只要有重大的决定，都会去过问南宫龙本人，以他的意见为最终的意见。

“事已至此，二叔也没说什么，但他让我提醒您，当初签订‘祖训’的时候，您和我父亲可是按了手印的，还找人公证过，不知您是否还有印象？”

老爷子摸着有些花白的络腮胡，一边回忆一边点了点头。

花浅夏自始至终都只是在一旁听着，没有插嘴，也没有表态。而皇甫杉却一直担忧地看着她，生怕下一句话就会让她受到伤害。

“既然老爷子都还记得，那我就不必再多费唇舌帮您唤回记忆了。当时还签订了一份补充协议，补充协议规定，皇甫家和南宫家谁先违约，谁就要赔偿对方的损失。如今虽然小茜私自离家，但导火索还是由你们皇甫家，也是你们的杉少爷最先违约，所以……”

“所以你们需要我们赔偿你们什么？”老爷子忍不住插话。

“其实也不难，只要您舍得且愿意把浩海集团 50% 的股份转让给我们就可以了，并承诺以后每年的股东大会上，若南宫家无人出席，所有的决策都不能生效。”

“砰”的一声，老爷子再也抑制不住内心的怒火，拐杖狠狠地敲在地上。

“什么？你们是吃了熊心豹子胆了，居然妄想我们分一半股份给你们？做梦去吧！”

眼看着两位长辈就要谈崩了，而作为外人的花浅夏在听到这些话时，心里也猛地一阵颤抖。她甚至不知道自己是什么时候离开的，当她反应过来的时候，她已经回到了自己的房间。

南宫钰让她旁听那些话究竟是什么意思？是要让她知道她给皇甫家带来了多少损失吗？让她内疚、自责，即便嫁进去了，也永远都要受到皇甫家长辈的指责和轻视？

若真是这样，只能说他的心理战打得太好了。

皇甫杉也跟着她进了房间，见她已经在收拾行李，便默默地过去帮她。

“刚才的话你不要介意，你也不要有压力，他们要的不过就是浩海集团的股份而已，皇甫家不止浩海这一家集团公司。”皇甫杉安慰她。

花浅夏没有出声，依旧继续收拾着行李。

“花花……”皇甫杉知道她还是介意，毕竟不管是谁都会介意。

“我没事，你车子准备好了吗？准备好了就赶紧带小水离开吧。”

花浅夏说着就将刚才收拾好的行李箱推给他，她却走到床边，躺下了。

皇甫杉这才发觉不对，看了看手中的行李，又看了看她，不由得问：“花花，为什么只是带小水离开？”

花浅夏没有看他，只是闭着眼道：“我没说要走，我觉得在南宫家住着挺好的。而且，我和奕广寒之间还有约定，他的事一天没解决，我就一天不能离开这里。”

皇甫杉听完都蒙了，但花浅夏心意已决，纵使他反对也无济于事。所以，最后事情又演变为只有水云菲一个人回去了，而皇甫杉、老爷子和花浅夏依然住在南宫家。

水云菲先前就给花浅夏预约了周六的孕期检查，所以周六早上不到七点，花浅夏就出现在了南宫家的大厅里。

“浅夏，你今天要出去吗？”同样早起的南宫钰看见了她，于是便主动问了一句。

自从那次他和老爷子在房间里谈话不愉快后，他已经很少出现在他们面前了。不仅仅是他，老爷子也一样，两个人好像都在刻意避开对方。

“嗯。”花浅夏一边应着，一边抬手看了看表。

这时，皇甫杉从房间里走了出来。他一只手拿着车钥匙，另一只手提了个笔记本包。

“杉也要出去？”南宫钰抬眼问。

“嗯，送她去医院做孕检。”皇甫杉说着便伸手揽上了花浅夏的腰。

南宫钰反应过来后，也想为自己的儿子争取机会，于是，在两人离开前，他将奕广寒直接从床上拽了起来。

“你跟着他们一起去。”他恨铁不成钢地对奕广寒道，心下不禁感叹：这儿子，怎么就不能积极主动些呢？

到达医院的时间还早，花浅夏在去做检查前，奕广寒又过来问她要手机。

这段时间，他似乎经常和脸书上的那个“尹珂”聊天，可奇怪就奇怪在，每当他提出要给她办理转院的时候，“尹珂”总会用各种借口来搪塞。一开始，花浅夏是不知道这事的，直到有一天，她无意中看到了他们的聊天记录。

花浅夏其实很担心他，如果哪天他知道了尹珂已经去世的消息，他会是什么反应？

直到现在，他们都没有想出一个很好的应对方案，来避免他在知道真相后可能会带来的不可控制的后果。

但是，谎言毕竟是谎言，总有一天是会拆穿的，哪怕它的初衷并没有恶意。

奕广寒一拿到手机，就在医院走廊里的长椅上坐了下来。现在是周六早上的八点钟，他估算了一下，洛杉矶那边应该是周五的下午。

皇甫杉在他身旁坐下，侧头时总是有意无意地朝他瞄去，似乎在偷看手机上的内容。

“难道没有人告诉你，这样偷窥别人的隐私是不对的吗？”

除了花浅夏，奕广寒不喜欢别人看他发的信息。

皇甫杉斜他一眼，怼道：“你用的是我老婆的手机，我不盯着你，怎么知道你有没有趁她不在窥探她的隐私？”

奕广寒被堵得无话可说，只能继续和他的“尹珂”聊天。

在快要轮到花浅夏进去检查的时候，水云菲才来。从南宫家搬出去后，她也开始忙了，但并不是忙着找新的实习单位，而是忙着照顾自己的父母。

她的父母从新加坡飞来看她，还带来了一个惊人的消息：她那指腹为婚的未婚夫，要漂洋过海来见她了。

“不好意思，我来晚了。”水云菲先是向皇甫杉道歉。

皇甫杉抬眼看了看她，摇头回道：“没关系，泽呢？”

“他去停车了，一会儿上来。浅夏，给，这是推荐信。”水云菲一边喘着粗气，一边把写好的推荐信朝花浅夏递去。

这是在澳洲做孕期检查必需的资料，除了要事先预约以外，还必须有家庭医生（即全科医生）的推荐信。

花浅夏微笑着伸手接过，便推门进了检查室。

此时，水云菲的父母也刚好来到了这家医院。昨晚吃了饭后，水妈妈就一直闹肚子，甚至出现了上吐下泻的现象。今天早上，水妈妈因为某些事和女儿大吵了一架，就没和她一起出门。

“咦，老公，我怎么看前面走廊上的那个，好像是我们的女儿啊。”

水妈妈指着前方某个诊室的门口，门口旁边的墙上还挂着一幅大大的孕妇的图标。

“什么？你没看错吧？”

水爸爸朝水妈妈所指的方向看去，但他只看到了一个匆匆的背影，视线就被经过的病人挡住了。

“我确定就是我们的女儿！天啊！她没穿工作服，难不成她怀孕了？”

这下，水妈妈不仅肚子疼，还心疼、头疼。

花浅夏从检查室出来，已经是三十分钟后的事了。奕广寒一直低着头，注意力完全集中在手中的手机上。不知道是不是和那个“尹珂”聊得不愉快了，他的脸色显得很不自然。

“小奕，我想和杉出去转一转，不如我们约个时间一起回去吧？两点钟怎么样？”

花浅夏看他那么专注地在聊天，都有些不忍心打扰他。

“可以。但是，你的手机还能借我用一会儿吗？”奕广寒说话时依然低着头。

“行，你拿去用吧，下午见面的时候再还给我。”

花浅夏想也没想就答应了，一旁的皇甫杉却忙不迭地掐她的掌心表示抗议。但没用，他最终还是被她牵着走了。

而水云菲跑来医院就是为了给花浅夏送推荐信的，如今没事可做，就打算和安文泽一起离开，却不想身后竟传来了一阵熟悉的叫吼：“女儿，你居然怀孕了？”

水云菲猛地回头，就看到了自己的母亲。

这下，可真是误会大了！

一起来的人都走了，奕广寒依旧坐在医院走廊里的长椅上。他目光微垂，盯着手机上的聊天界面看了许久，似乎在等对方的回复。

就在刚才，他问尹珂：你真不记得今天是什么日子了吗？

以前，总是尹珂提醒他今天是他们第一次相遇的纪念日。他曾经无数次吐槽过这个日子，居然也能当成纪念日，但尹珂总是表现得很认真。就算是相隔两地存在时差，她也会记得提醒他。

但是现在，她竟没有想起来。

他的尹珂究竟怎么了？他甚至怀疑，是不是她的病情加重导致她丧失了部分记忆？

他忽然很担心她，于是放弃了编辑文字，而是直接按下了语音的发送键。

“珂，我想听听你的声音，你能说话吗？”

他又继续等待，可回复他的仍旧只是文字：我最近嗓子不好，说话不方便。

“那我们视频吧？让我看看你就好。”

奕广寒很快就换了种方法，说完后也没等她同意，就直接按下了视频通话键。

而在手机的另一端，何雅秋惊慌失措之下，竟不小心点了同意键。

然后，他看到她了。

南宫钰在书房里喝着老管家刚刚煮好的咖啡，却不知怎么，手忽然一抖，那冒着热气的液体便溅在了他笔记本的键盘上。

“何管家！何管家！”他一边高声叫着，一边把咖啡放到了一边。

老管家听到喊声后匆匆赶来，一眼就看到他桌上一片狼藉，忙冲上去，擦拭键盘上的液体。

南宫钰总觉得心里很堵，好像有什么大事要发生。随后，他把笔记本交给了老管家处理，刚想走出书房去透一透气，没想到门就被人一脚踢开了。

奕广寒铁青着脸，通红的眼就好像被火灼烧了一般。他一看到南宫钰就直接扑了过去，并拽起南宫钰的衬衫衣领，差点让南宫钰喘不过气来。

“说！你快说！我的尹珂怎么了？她怎么了！”

此刻的他就像一头发怒的雄狮，咆哮着，声音震耳欲聋。

第十三章 说谎的代价

此时，花浅夏和皇甫杉正在一家中餐厅吃午饭。

“杉，爷爷会在这里待多久？”她忽然试探着问。

“估摸着这次会住到你生下孩子吧，他已经让小吴在悉尼选新房了。”皇甫杉对此也很无奈，“爷爷有些思想确实很守旧，人也固执，但要改变他的想法也不是完全不可能，就是需要一些时间。花花，你相信我，我会努力让他承认你的。”

他知道她一直很在意那天的事，也是从那天起，她的态度就让他捉摸不透了。

两人又吃了一会儿饭，这时，皇甫杉的手机忽然响了。

“是吴秘书，奇怪，他怎么会在这时候打来？”

皇甫杉虽然疑惑，但还是按下了接听键。

南宫家。

“啪”的一声，一记响亮的耳光几乎将奕广寒的耳膜打破。

“你说什么？再说一遍？”

南宫钰愤怒地指着前一秒还抓着他说要拼命的人，奕广寒捂住自己被扇红的脸，眼中毫无畏惧。

“我说，我和你，和南宫家，从此再无任何关系，你们谁也别想再控制我！”

奕广寒感觉自己的心已经跟着尹珂死了。原来一直和他聊天的那个人不是她，根本就不是她！他们居然欺骗他！

他们所有人联起手来欺骗他！

“奕广寒，你以为说没关系就没关系了吗？你不要忘了，花浅夏肚子里还有一个……”

南宫钰还没说完，奕广寒就吼道：“呵，你们都合起伙来欺骗我了，难道就不许我也欺骗你们一回吗？花浅夏肚子里的孩子根本就不是我的，我和她什么都没发生！不过是给了你们几张照片而已，没想到你们还真的信了！哈哈哈哈……”

奕广寒说到最后几近疯癫地笑了起来，南宫钰的脸色却是铁青的。

他刚刚说了什么？

没等南宫钰反应过来，奕广寒就松开手，然后掏出钱包，将里面的银行卡、会员卡等所有代表着南宫家尊贵身份和财力的卡片，一一扔了出来。

“这些东西我全都不要了！我再也不会踏进南宫家一步！再见！”

他抛下最后这句狠话，就转身出了门。

这时，皇甫杉和花浅夏正好赶了回来，他们是接到了吴秘书的电话，才知道南宫家发生了大事。奕广寒离开的时候，刚好和他们擦肩而过。

看到他们，奕广寒不由得冷冷地嗤了一声：“恭喜你们，终于能幸福地在一起了。我也谢谢你们，帮他们隐瞒了那么久。”

花浅夏没有回应，只是从他的语气里听出了一些异样，还带着点……危险的感觉？

南宫家因为奕广寒的事变得一片混乱，而这一天，南宫钰气得不知又摔了多少东西。

“看来我现在也不方便在这里打扰了。”这时，一直在旁边闷不作声的老爷子终于开口了，他看了皇甫杉一眼，道，“杉，收拾东西，还有浅夏，跟我们一起回去吧。”

花浅夏看了看南宫钰，又看了看皇甫杉。这一次，她似乎也没有理由再留在这儿了。

“杉，我们是不是做错了？或许，我们根本就不应该对他说谎……”花浅夏觉得很自责。

对奕广寒来说，那个叫尹珂的女孩就是他的天。为了她，他甘愿承受压力和误解，可现在却突然发现，他的天早就塌了。

这是一件多么悲惨的事啊，换成谁都受不了。

从南宫家离开后，花浅夏就一直给水云菲打电话，但总是无人接听，最后更是直接关机了。

“怎么了，小水不接电话吗？”皇甫杉在一旁问。

“嗯，她很少这样，不知道是不是发生了什么事。你给泽打电话的时候，没发现异样吗？”今天发生了太多事，花浅夏忍不住有些担心。

皇甫杉摇了摇头，轻轻地在她的额上亲了一口，回道：“别多想，如果小水出了事，泽肯定会比我们先知道的。”

他刚说完，他们乘坐的车子就在一栋崭新的大别墅前停了下来。

这是老爷子新买下的一座罗马风格的海边别墅，比南宫家的那栋要稍大一些，也拥有一大片私人草地和室外泳池，花园中间还造了别致的小桥流水。

他们坐的是秘书小吴的车，后面还跟着一辆车，车上坐着搬运工人。老爷子站在别墅外观察了一下，似乎很满意新房的环境。

“浅夏。”他忽然对花浅夏道，“你把小水医生也叫到这儿来住吧。她是我聘来专门照顾你的私人医生，我看你们关系也挺好的，有她在你身边，我也放心。”

花浅夏有些欣喜地瞪大了眼，但很快就明白过来他这么做的原因，不就是为了她肚子里的曾孙吗？

“老爷，可以进去了。”

当搬运工人的工作结束之后，秘书小吴便过来向老爷子汇报了一声。

花浅夏被分在一间开窗就能看见大海的卧室。相比市区，这里的空气更清新，海风还带着湿咸的味道。天空中有海鸥展翅翱翔，偶尔有几只落在近海的树梢上，与夕阳相互辉映，呈现出一幅休闲惬意的景象。

皇甫杉的房间就在她隔壁，两个房间的露台是相邻的，如果忽略他们之间那窄窄的空隙，他们此刻正肩并肩一起欣赏着傍晚的美丽景致。

这时，有人敲响了她的房门。

“花小姐，老爷找你。”是秘书小吴的声音。

花浅夏刚走进书房，就看到老爷子正拿着一本《育儿大全》看着。

“小吴，你到外面守着，不要让少爷进来。”老爷子对着秘书吩咐道。

花浅夏有些局促地站在那里，这还是她第一次如此正式地与他见面。如果不是因为偷听了他和皇甫杉的对话，或许，她已经喜爱上这个固执又贴心的老头子了。

“你知道我找你来是做什么吗？”

老爷子放下那本育儿书，把老花镜往鼻梁上推了推，似乎想要看清她的样子。

“我猜，您是要和我谈孩子以及我今后的事。”花浅夏冷静地回道。

老爷子听后笑了笑，道：“看来你还不笨，那我就不拐弯抹角了。浅夏，我要你好好地生下这孩子，将来让他（她）留在皇甫家，我们会好好照顾他（她）的，无论是男孩还是女孩都没关系。但是……”

老爷子总喜欢先撒一把糖，然后给人下一剂苦药，顿了一下后他接着道：“但是，我希望你在生完孩子的一年后，和杉离婚。”

离婚？

花浅夏吸了一口凉气。虽然她早就料到他会这么说，但真正听到，还是感到很震惊。一家人，哪有人劝离不劝和的？除非他从未把自己当作一家人。

老爷子继续道：“离婚后，我不会把你赶出皇甫家，至少在杉再婚之前，你依然可以继续带着孩子住在皇甫家，我也会每个月给你生活费。可他一旦结了婚，你就必须要离开皇甫家，并保证不再打扰他，最好是让他找不到你。只要你答应了，我就可以帮你父亲重建公司，让他像原来一样，甚至过上更富裕的生活。”

老爷子说完，抬眼静静地看着她，似乎在等待她的回复。

水云菲被自己的父母关在了酒店的客房里，任凭她怎么哭闹，他们都不放她出去。

“真是不知羞！没结婚就怀孕了，传出去让别人怎么看我们？”水妈妈对这件事十分在意。

“妈，我都跟你说过多少遍了，不是我怀孕了好不好。”水云菲真是快被自己的父母气死了。

“没怀孕为什么要去孕妇诊室？”水妈妈一口咬定女儿在说谎。

“我是陪着浅夏去的，是浅夏怀孕了！我作为她的私人医生给她送去推荐信，这不是很正常吗？”她已经不知解释了多少遍。

水妈妈沉着脸，气鼓鼓地在床上坐了下来，盯着女儿。

“老婆，别生气了，你让她进去测一测，不就知道她有没有在说谎吗？”

水爸爸算是比较疼女儿的，从头到尾都没有对她发火，为了证明她的清白，还特地去药店买了验孕棒。

水妈妈接过验孕棒看了一眼，但并没有马上递给女儿。

“哼，就算没怀孕，你瞒着我们私下交男朋友就是不对。我不管他是什么身份，总之我们和陆家的亲事是早就订下的。现在人家儿子都快到了，你却……你说我气不气？到时候我们怎么和陆家人交代？”

这才是水妈妈的心结所在，反倒是水爸爸开明些，待妻子的情绪稳定些后，他才问道：“喀喀，女儿，他是做什么的？我刚问他，他说他的父母在他幼年时就去世了，可看他言谈举止，也不像是没有受过家教的样子。”

水云菲听到这儿愣住了，看来安文泽并没有把自己的家世说出来。如果他自己都不愿意说，那她这个“外人”又怎么能说呢？

“他……我……我也不知道……”

见女儿说不知道，水妈妈的脾气又上来了：“什么？你什么都不知道就和人家好上了？你真是……”

水妈妈恨不得拧女儿的耳朵。

“行了！从今天起，你就天天跟我们在一起，你去哪儿，我们都必须跟着。你不许再单独和那个年轻人见面，直到陆家那孩子过来为止！”水妈妈最终发了狠话，还把水云菲的手机没收了。

水云菲吼道：“妈，你们这样太过分了！”

“啪”的一声，一个巴掌朝她扇了过来，她左边脸颊上顿时泛起了五指红印。

“再过分，都没有你过分！”水妈妈恨恨地道。

被关在酒店的水云菲根本没机会了解南宫家如今的状况，她也不知道花浅夏他们已经从南宫家搬了出来。

最后一抹晚霞褪去之后，夜缓缓降临。

奕广寒背着包，一个人漫无目的地走在人来人往的大街上。

他走过了纸醉金迷的红灯区，走过了繁华的商业闹市，最终停在一个光线昏暗的街心公园的休闲长椅边。他无力地坐在长椅上，捂着脸，思索着尹珂的死因。

他恨这一切！

恨这世上所有的人！

恨所有欺骗过他的人！

如今，他没有手机，没有护照，钱包里只剩下一点钱，勉强能撑几天。

就在他迷茫地朝四周看去的时候，他忽然发现了一家网吧。

何雅秋。

那个用尹珂的手机和他聊天的人，或许他可以从她那儿问出点什么。

第二天，水妈妈的气似乎消了一些，水爸爸见状，忙趁机让女儿陪她出去散步。

水云菲闷在被窝里生了父母一夜的气，早就想出去了，于是就厚着脸皮去问母亲，没想母亲居然同意了。

市中心的海德公园是很多人都喜欢的休闲场所，公园里养着很多鸟，那些鸟一点都不怕人，经常向来往的路人讨要食物。

清晨，绿油油的草地散发着沁人心脾的气息，喷水池旁站着两个街头艺人，一个弹着吉他唱着歌，一个在跳舞。

水云菲觉得那歌声有点熟悉，出于好奇，她便朝弹吉他的艺人走近了一点。

“奕广寒？”她惊呼了一声。

歌声戛然而止，奕广寒放下了手中的吉他。

水云菲在看到他的那一瞬就震惊了。在他的脚边，在那敞开的用来装吉他的皮箱里，竟有好几张路人施舍的零钱。

“你……你在这儿做什么？”她有些不敢置信地问，“是学校要求你来这儿义演吗？”

奕广寒看了她一眼，没有回答。

“好吧，那你加油吧。虽然我平时不太喜欢你，但你敢在这儿献唱，也算是勇气可嘉。”

水云菲完全没有往坏的方面想，而且他本来就是一个有名气的新人。所以，在街头卖艺这种事，于他来说应该只是一种历练。她放了一百澳元在他的皮箱里，就转身走了。

奕广寒看着她离去的背影，双眼微微眯了眯。

没多久，他就告别了好心借他吉他的艺人。

皇甫家的别墅里，今天的花浅夏依然没什么精神。

“怎么，你还没有联系到小水吗？”

吃早餐的时候，皇甫杉见她一直拿着手机。

“我是觉得奇怪，就算昨天小水的手机没电关机了，到现在应该也把电充好了。可为什么我打她的电话却一直提示关机呢？她不可能一个晚上都不开机的。”

花浅夏本来还不怎么担心，但是现在来看，水云菲可能真的出事了。

“那你给泽打个电话试试，说不定他们两个在一起。”皇甫杉给她提了个建议。

花浅夏说打就打，安文泽那边很快就接了。

“什么，小水没在你那儿？那她……啊，我明白了。原来是这样，我还以为是发生了什么事。”

她挂了电话后，皇甫杉不由得问道：“什么情况？”

花浅夏将手机放进包里，回道：“小水的父母来了，本来打算让她跟未婚夫一家见面，谁知水妈妈知道了她和泽的事，还大闹了一场，把她的手机都没收了。现在，泽也联系不到她。但是可以确定的是，她是和她父母在一起的。”

“什么？原来她有未婚夫？”

花浅夏斜了他一眼，道：“还不是和你一样，从小就订下的，指腹为婚。现在都是什么年代了，为什么总有些父母如此守旧呢？”

皇甫杉一脸尴尬。

看到他吃瘪，花浅夏本来想笑，忽然又想起老爷子昨天对她说的那番话，于是又沉默了。

水云菲带父母去了很多地方，直到下午三点左右才返回酒店。进入大堂时，她眼角余光似乎看到了一辆熟悉的车。

安文泽一直将车停在路边，在看到水云菲和她父母进了酒店后，他便准备打开车门下车，突然，他发现远处出现了一个可疑的人影。他拧起眉，仔细地盯着那个可疑的人。

奕广寒戴着一顶鸭舌帽，帽檐像是故意压得很低，几乎遮住了他大半张脸。

他从海德公园一路跟到这儿。进入酒店之前，他数了数自己身上剩余的钱，最终扯出一张面值较大的攥在手里，然后大步朝酒店大堂走去。

“先生，您要住房吗？”

奕广寒快速将钱地朝对方递了过去，开口问：“帮我查一下，水云菲住在哪间房。可能不一定是这个名字，也有可能是一对姓水的夫妻，从新加坡来的。”

那服务生一看到有小费，便很热情地点了点头，回道：“您稍等一下，我现在就帮您查……”

水云菲今天帮母亲拍了很多照片，可明明可以在手机上看照片，水妈妈却偏要叫她去把照片洗出来。不过，只要有机会能出去，水云菲都是不会拒绝的。

“记得，吃晚饭前一定要回来。”

水妈妈心情一好就不打算管女儿那么多了。所以，她并没有跟着女儿出去，也没有让自己的丈夫跟着。不过，她依然保管着水云菲的手机。

水云菲出去后，正准备按下电梯按钮，另一部电梯的门突然开了，戴着鸭舌帽的奕广寒从电梯里走了出来。

“小水？”

“怎么是你？”

见到对方，两人都有点诧异。

“你怎么会在这里？”她指着他问。

奕广寒犹豫片刻却没回答，而是抓住了她的手臂，道：“小水，快跟我来！”

“怎么了？你的脸色怎么那么差？是出什么事了吗？”

“是出了点事，你难道不知道吗？”他试探着问。

水云菲瞪大了眼，回道：“我不知道啊，我的手机被我妈收走了，我根本没办法联系你们。”

奕广寒听后心中暗喜，拉着她迅速地从酒店离开了。

这家酒店位于市中心，门口经常停着接客的出租车。奕广寒随便找了一辆，从钱包里掏出仅有的几张百元大钞，足够一天的包车费用了。而且，他只用车，不用司机。

“你的车呢？”水云菲还以为他是开车经过这儿的。

“今天没开车，上车吧，赶时间。”

他说着就坐进了驾驶位，水云菲也没有怀疑，直接打开副驾驶座的门上了车。但她还没坐稳，奕广寒就一脚踩下油门。

安文泽看到他们的车子离开后，也不声不响地跟了上去。

“奕广寒，你这是要带我去哪里？”

车已经在路上行驶了十分钟，水云菲觉得好像越来越偏，不由得怀疑起来。

“马上就要到了。”

奕广寒回答的时候，车驶上了一条傍山公路。

水云菲警惕地看了看四周。他开得极快，好像不要命似的，转弯的时候车就好像要飞起来了，吓得她紧紧地抓着车窗边上的把手。

“奕广寒，你疯了吗！这里是你飙车的地方吗？你快给我减速！”

她终于察觉到他的不对劲了，但他并没有如她所愿，而是继续加速，再加速……

“奕广寒，你马上给我停下来！你究竟怎么了？难道不要命了？”

“呵，对，我就是不要命了！我喜欢的人都死了，我活在这世上还有什么意义？”

他缓缓地转过头看向她，目中的血色仿佛一团燃烧的火焰，似乎要将她烧为灰烬。

“你什么意思？”

“什么意思？水云菲，我奕广寒从来没有故意去伤害人，你们之中总要有一个为尹珂的死付出代价。”

这一刻，奕广寒不再隐瞒他的目的，在他和她的生命结束之前，让她死个明白。

“你说什么？你……知道了？”

水云菲总算知道了他性情大变的原因，其实她也是不久前偶尔听安文泽提起才知道尹珂已经死了，而花浅夏并没有主动对她说起这事。

奕广寒撇嘴，冷冷一笑，道：“怎么，你们是不是都当我是白痴，都以为我很容易受人控制？你们和南宫家的人，都只是把我当棋子而已。尹珂死了，你们没法要挟我了，所以才选择隐瞒对不对？可是，你们知道尹珂是怎么死的吗？她明明成功地做了骨髓移植，可是，你们却让她看到了关于我的不好的消息。要不是你们拍的那些照片被传到了网上，她又怎么会看到？怎么会受刺激？你们难道不知道，对移植术后的病人来说，最重要的就是情绪稳定吗？你不要告诉我，在我生日宴上，偷偷跟在我后面拍照的人不是你！水云菲，我可是认出你了！”

说到最后，他已经双眼通红，面目狰狞。这些都是那个叫何雅秋的华裔护士告诉他的，她将尹珂手机里保存的照片、视频和日记都发给了他……

他仔细回想，原来这一切都始于那一次莫名上了热搜，难道这就是所谓的蝴蝶效应？

水云菲听到这儿，面色也不自觉地变得煞白。

奕广寒已经抱着必死的决心，他早已放弃了自己的所有，失去了爱人的他就是一具没有灵魂的行尸走肉。

——珂，你等等我，我马上就去见你……

他深吸了一口气，目光定定地看着前方。

水云菲第一次感觉到，自己离死神那么近。可她此刻却完全忘记了害怕，心里突然想起了一个人，她恐怕没有机会再见到他了。

她就这样认命了吗？

“奕广寒，你觉得，如果尹珂还活着的话，看到你现在这样，她会高兴吗？”她口才不好，只想利用最后的时间说出最想说的话，“如果我是她，当我知道自己即将死去的时候，我会希望我爱的人能好好地活下去。而且，你想过另一种可能吗？你答应南宫家的要求后，是否毫无保留地将这一切告诉了她？如果她知道因为她你成了南宫家的棋子，若是她真的爱你的话，或许，她也不会让自己成为你的负担。说不定，在医护人员抢救她的那一刻，她就是为了让你重获自由，才放弃了活下去的信念……”

听到这话，奕广寒心中一怔，车速不知不觉就慢了下来。

就在这时，前方突然一个急转弯，对面驶来一辆同样超速了的货车。从货车车尾上突然落下一件货物，不偏不倚正好砸在他们车上。

“小心！”水云菲惊呼一声。

奕广寒忽地松开了油门，踩下刹车的时候还朝后视镜里看了一眼……

水云菲不知道自己睡了多久，隐约中，她感觉有人轻轻地抚摸着自己的脸。

“安先生，感谢你救了我们女儿。这是我们的一点心意，请你收下。”

水爸爸将一张支票递了过去，安文泽瞥了一眼，然后缓缓从床边的凳子上站了起来。

“这钱你们还是收回去吧，我不需要你们的一分钱。”

“安先生，这钱你必须收下，要不然我们会过意不去的。”

水爸爸硬是将支票塞进他口袋里，安文泽推辞不过，只好往门外走去，尽量避免与他们接触。

出了病房，他从口袋里拿出那张支票，从门缝里悄悄地塞了进去。

“泽，小水怎么样了？怎么会发生这种事？”

接到电话的花浅夏红着眼急匆匆地跑过来，皇甫杉则跟在她身后。

“泽，这到底是怎么回事？”

皇甫杉也感到十分意外，没有人想到，水云菲和奕广寒居然到阎王殿去走了一遭。

南宫钰也在接到警方打来的电话后匆忙赶了过来。奕广寒的伤势比水云菲要严重一些。除了头上缠着绷带外，他的胸骨、肋骨、肩胛骨都受到了不同程度的挤压，那断开的肋骨差一点就刺到了他的肺。车子是从驾驶位那边翻过去的，车身变形的地方正好压住了他的脚。

当时，一直跟着他们的安文泽看到车祸发生后，第一时间就设置了路障，这才避免了可能会发生的追尾事故。

当皇甫杉和安文泽一起走进奕广寒的病房时，南宫钰正坐在床边紧握着奕广寒的手。这一刻，他那充满艺术气质的脸上，像是多了一层拨不开的浓重的沧桑。

他似乎是在忏悔，因为这已经是他第二次看到自己的儿子因为车祸而躺在医院的病床上，差一点就和他天人永隔。

“泽，谢谢你，谢谢你救回了我儿子……”

南宫钰发现，自己已经将奕广寒当作亲生儿子了。以前，他总觉得他们之间缺少了一些东西，那不是只要有血缘就能轻易建立起来的父子关系，那是亲情。

如果不是因为差点失去，他都不知道自己该如何珍惜这个上天赐予他的第二个儿子。

安文泽没有多说什么，他对奕广寒其实是有怨气的。他完全不敢想象，若是他没开车跟着他们，他们会怎样？

“我决定了。”南宫钰看着床上的人，忽然道，“等他恢复之后，我就带他回美国。尹珂的事是我欠了他，我会用后半生去补偿他。”

花浅夏还在水云菲身边守着，水妈妈和水爸爸也一直围在床前。

因为有安全气囊的保护，她身上的伤并不算重。只是，她的头磕到了坚硬的车门，送到医院的时候还在淌血。

忽然，床上的人轻轻地动了一下手指。然后，她缓缓地睁开了眼睛，醒了过来。

水云菲朝四周看了一眼，然后皱着眉，低低地问了一声："你们是谁？"

在众人焦急的等待中，医生终于从检查室里出来了。他手里拿着刚给水云菲拍的检查片子，慢慢地给众人解释："由于大脑受到外界的剧烈碰撞，导致她这个地方出现了脑积血，血块压住了她部分的记忆神经，所以她才会出现暂时性失忆。等那些血块消失了，她的记忆应该就会恢复了。"

水妈妈一听，急忙问："那做手术的话，可以把这部分积血清除吗？"

医生摇了摇头，回道："她那么年轻，而且这出血量也不算大，最好是让血块自行消散。而且，做手术会增加颅内感染的概率，颅内感染处理起来可比清理血块麻烦多了。除非她的积血达到了手术指征，否则我们是不建议给病人做手术的。"

水妈妈又问："那需要多久才能恢复？"

"这个说不准，要看病人的情况。有些人一周左右，有些人一个月，有些人半年，甚至更久。不过我会给她开药，药物能促进血块消散。"

"好的，谢谢您了，谢谢医生……"

水妈妈掩着嘴，眼眶红红的，一副随时都会哭出来的样子。

病房里，安文泽轻轻握着水云菲的手，但水云菲却迷茫地看着他，这让安文泽更觉得难过。

"安先生，你能出来一下吗？"水爸爸拍了拍他的肩膀。

两人一起走出了病房，来到医院走廊另一端的露台上。

“我之前已经和你说过了，我女儿是有未婚夫的，而且她的未婚夫马上就要来了。这个婚约是我们很早以前就给他们定下的，所以……”

“叔叔，小水她喜欢的人是我。”安文泽十分坚定地道。

“但是她现在忘记了啊，如果她真那么喜欢你，为什么还会忘记你？”

安文泽闻言，面色一白。

“所以安先生，你能不能给小水一个机会？等下周她和她未婚夫见面后，若她对那个人没有感觉，我就给你一个和他公平竞争的机会。但在她未婚夫到来之前，我求你，请暂时不要出现在小水面前。”

水云菲的伤并不严重，在医院住了两天后，就出院了。

花浅夏很想让水云菲搬到皇甫家的别墅和她一起住，却遭到了水爸爸的拒绝。

“花同学，我知道小水受雇于你，她的职责是照顾你。但是现在，她自己也是一个病人，你忍心让她带病为你工作吗？等她的未婚夫过来之后，我们会重新给她安排未来的生活。”

“可是叔叔，她不是在为我工作，她是我的朋友啊！”

花浅夏没有想到，水云菲的父母也和南宫家、皇甫家的人一样，将儿女的婚姻捆绑在利益和执念上。

“她是我的女儿，我有权决定她今后的生活。如果你还想继续和她做朋友，就不要插手她的事。至少现在，她的家人还在这里。”

水爸爸硬生生地在水云菲和他们之间划清了界限，在她的未婚夫到来之前，他是不会让自己的女儿心中出现动摇的。

奕广寒却没能像水云菲那样很快恢复，但为了让他有更舒适的疗养环境，南宫钰也在今天给他办理了转院手续，将他转到美国一家更大更好的专科医院。

“先生，床位已经安排上了，我们回美国后，就可以直接将少爷送入病房。”老管家在结清了医院的费用之后，回来向南宫钰禀报。

“好，那就收拾一下这里的东西吧。”南宫钰吩咐着，又说，“你准备一下联系私人飞机吧。另外，你抓紧在这两天内把我们在悉尼的房子处理掉。”

奕广寒要和南宫钰一起回美国的消息，花浅夏是在晚饭的时候，才听老爷子在饭桌上提到的。

“杉，他们那套房子你打算入手吗？”看来老爷子是在打那个地盘的主意了。

“没兴趣。”

只要是南宫家留下的东西，皇甫杉都不想碰。他嫌弃。

“泽，你呢？那块地皮怎么说也值不少钱，买下后，可以建个小旅馆什么的。”

最近安文泽比较沉默，因为水云菲的事，他脸上已经好几天都没露出笑容了。

“我也不想要。”

皇甫老爷子紧紧皱着眉，不知道这两个孩子是怎么想的，放着一块肥肉不要，难道必须得他老头子来出手？

“行吧，既然你们两个不要，那我就买下来，当作送给未来曾孙的礼物了。”

“喀喀……”

花浅夏一听，喝汤被呛到了。

未来的曾孙？说的是她腹中的孩子吗？看来老爷子确实很看

重皇甫家的血脉。

这天夜里，临睡前，皇甫杉伏在花浅夏的床边，拿着本育儿经对着她依旧平坦的小腹念着。

“杉，他现在还太小，会不会听不懂？”

“听不懂我就多读几遍，一个故事讲个四五十遍甚至上百遍，他就懂了。”他合起书，在她额头上轻轻一吻，道，“睡吧，晚安。”

他刚要走，她突然抓住了他。

“杉，你能否告诉我，小奕为什么要对小水做那样的事？”

奕广寒被南宫钰接回了悉尼的家中。

花园里的玫瑰虽然被皇甫老爷子换成了矮树，但那架秋千还在，那本是给南宫茜用的。

奕广寒怎么也想不到，一个比自己年纪还要小的女孩，居然比自己还要有勇气，挣脱了枷锁，获得了自由。

“少爷，花园里的太阳大，您要不要进屋里去？”

说话的是南宫钰特地为他请来的一个私护，一个亚籍的男性护工，年龄大约四十岁。

“不用了，我晒晒太阳，不是说多晒太阳对骨折愈合有帮助吗？”

此时奕广寒正躺在推床上，他的双腿刚刚复位，但为了加强保护，医生还是给他上了夹板。而他的肋骨骨折的地方，也用胸带紧紧地缠住了。

“是的，那我去拿副墨镜给您，外面紫外线太强，容易伤到眼睛。”他说着就快步离开了。

晚餐的时候，护工将饭菜全部摆放整齐，刚要动手喂他，就见他摇了摇头："还是我自己来吧。"

但南宫钰不许，他道："你右手骨折了，自己怎么吃？"

奕广寒瞥了他一眼，回道："我可以用左手，就算我左手现在拿不了筷子，我还可以用叉子，或者勺子。我不想再依赖他人。"

他的话让南宫钰心底微微一寒，那护工转头朝南宫钰看了过去，像是在征求他的意见。

南宫钰虽紧紧皱着眉，但还是点了点头，同意了。

他现在就只有这一个儿子了，所以，过去他犯下的错也该趁这个机会好好弥补。

"我们后天就飞美国，送你去洛杉矶的骨科医院调养。尹珂的事，我很抱歉。到洛杉矶后，我们也会让你见到她的。"

什么？

奕广寒一听这话，猛地抬头朝他看去："你说让我见她？"

南宫钰看着他那双期待的眼睛，虽然不忍心打破他的希望，但还是解释了一句："我们把她的遗体冷冻在了医院里，本来是打算等你完成了任务后，再把这件事告诉你的。但是现在，任务中止，以后你就好好地做南宫家的少爷吧。你想怎样，我都会依你的。"

冷冻……

原来他们把她的身体冷冻了。不过，他至少还能看到她。

这一刻，他是有多么希望自己立马就能飞往洛杉矶。

第二天，皇甫杉带花浅夏过来见奕广寒的时候，奕广寒正在花园里看着那架秋千发呆。他多想让尹珂坐在上面，他知道她一定会喜欢。

"小奕。"花浅夏轻声唤他。

奕广寒回过头，看到花浅夏一步步朝自己走来，他的手不知不觉就握紧了。

"你还敢接近我？"他冷冷地道，试图制止她。

花浅夏沉着脸，脚步却没有因此停下。

皇甫杉就站在她身后，一眨不眨地看着他，生怕他突然做出伤害自己女人的事情来。

花浅夏走到与他距离不到五步的地方站定，道："对不起！"

奕广寒不傻，他当然知道她这声"对不起"想要表达的意思。

"你先下去吧，我和他们有话要说。"他转过头，对着身后站着的护工道了一句。那护工点点头，默默地走远了。

"对不起，我不知道那天晚上的事情会……但后来出现在网上的那组照片并不是小水发给媒体的，这一点难道小水没和你说吗？如果你不信，我可以把小水手机上的照片给你看。"

知道真相的花浅夏一夜未眠，她从没有想过，自己当初一时冲动的报复心理，会间接让一个人放弃了求生的欲望。而奕广寒，确实只是她想利用的一枚棋子而已。

"说对不起有用吗？能让死人复活吗？"奕广寒不屑地道。

他的目光寒冷如冰川一般，不管阳光多么猛烈，也无法进入他的心，给他温暖。

"是没有用，但我还是要说。"短暂的沉默后，花浅夏依然冷静地道，"你不应该拉上小水，她是无辜的，主要的策划人是我，你为什么不来找我报仇呢？"

"找你？"奕广寒抬起眼问，"一命抵一命，难道你愿意？"

他看了一眼她的小腹，然后又朝她身后看去。

皇甫杉正冷冷地看着他，如果他当着这家伙的面，让花浅夏流产的话……

花浅夏闻言，脸色立即就变得比纸还要惨白。但过了一会儿，她就想通了，于是又问：“那你觉得我该怎么做，才算是被你报复了呢？”

奕广寒的嘴角勾起骇人的冰冷笑意，他将手伸到秋千架一旁的藤索上，意有所指地对她说：“你敢坐上来吗？如果你从秋千上跌下来还没事的话，那这笔账就一笔勾销了。我也不会再去找你的朋友，或者是你身边的任何人。”

花浅夏看着那依然在晃动的藤制秋千，手心不停地冒冷汗。

她敢赌吗？

若赌赢了，她或许什么事都没有；若赌输了，她很可能会因此失去自己的孩子。

可是，他不也失去了他最爱的人吗？

“好，我坐上去，但只能摇十下，怎么样？”她目光无惧又坚定，真的就直接坐了上去。

“花花！”皇甫杉一听，脸色便一阵煞白，忙上前拉住了她。

“杉，你别管我。”她狠狠地甩开了他的手。

“好，就摇十下。”奕广寒招手示意让不远处的护工过来摇秋千。

奕广寒的双眼依然在笑，皇甫杉则沉着脸，默默地走到秋千的另一边。

“皇甫杉，你给我离开十步远！”奕广寒立即警告道。

皇甫杉刚想开口反驳，就被花浅夏阻止了：“杉，你放心，我有分寸，你让开吧。”

皇甫杉的眉头皱得更紧，但在深吸了一口气后，他还是往后退了几步。

“奕广寒，如果她出了什么事……”他还是要警告一句。

“杉！”花浅夏又吼了他一声，“什么都不要说了，你看着就好，相信我！”

护工在藤索上施加了几分力气，随后秋千就开始慢慢摇晃了起来。

一下、两下……

秋千越荡越高，花浅夏紧紧地抓着两边的藤索，手心的冷汗直冒。

五下、六下……

奕广寒让护工用力将秋千摇高一点。

第九下。

护工的手突然加大了力道，将她荡得更高了些。

还剩最后一下了。

花浅夏闭着眼，更加用力地抓紧了藤索。

皇甫杉在一旁严阵以待，只要奕广寒有一丝不对的神色，他就马上冲上去护住她。

第十下……

就在他们两人都以为奕广寒会有所动作的时候，秋千却突然停了下来。

花浅夏觉得有那么一瞬，自己的心脏差点就要从胸膛蹦出来了。

第十下后，皇甫杉立刻冲了上去，抓紧了她另一边的藤索，抱住她。

“花花，你吓死我了！”

花浅夏大大地松了口气，她赌赢了。

“小奕，既然我已经让你摇了十下，那么，你之前答应我的，就得算数。”

她离开皇甫杉的怀抱，转过头看着他。

奕广寒淡淡地嗤了下鼻，勾起唇冷笑。

“明天我就回美国了，我想要找你们麻烦，也不能跨越重洋奔过来。”说完他让护工推着他往屋内去。

“等等！”这时，一直隐忍着的皇甫杉终于说话了，“如果你以后还是放不下尹珂的事的话，你就来找我报仇吧，我们以男人的方式来解决。”

奕广寒听后一笑，问：“男人的方式是什么方式？打球，还是打架？”

皇甫杉也是一笑，回道：“都可以。”

奕广寒摆摆手，叹道：“以后的事，以后再说吧。”

看着他渐渐远去的背影，花浅夏挽起皇甫杉的手臂，问他：“你说，他能放下吗？”

皇甫杉将她拖至面前，低头在她额上印下一吻，回答她：“既然你都能放下，我想他也一定能放下。就像你刚才赌赢了，那现在，你心里还会感到内疚吗？”

她低下头，微微皱眉：“还是有点，但是至少我没有选择逃避责任。我给了他报复的机会，只是他没有报复我而已。我想，他是想让我内疚一辈子。”

皇甫杉有些疑惑地问：“你凭什么赌他不会害你？你知不知道，刚才如果他真对你动手，我离你那么远，真的没有把握能及时接住你！”

她笑了，说：“我这不是没事吗？而且我猜，他和纪羽寒的关系应该很好。虽然他们相处的时间不多，但是我知道，纪羽寒在他心中还是有分量的。”

“你的意思是，他知道纪羽寒很珍爱你，所以他不会伤害纪羽寒珍爱的人，是吗？”皇甫杉很快就反应过来。

“嗯，这或许就是爱屋及乌吧。”

还爱屋及乌呢！

某人心里又开始泛酸了，即便是一个已经逝世的人，只要听她提起，他总免不了会吃醋。于是，他有些惩罚性地捧起她的脸，狠狠地在她唇上肆虐一番。

第二天，南宫钰带着奕广寒回了美国。南宫家位于达令港的大房子被老爷子买下了。作为送给自己曾孙的礼物，老爷子自然要将那房子重新装修一遍。

花浅夏问皇甫杉，这样是不是太浪费钱了。毕竟他们以后并不会在澳洲定居，有可能会去中国，也可能会回到新加坡。

皇甫杉弹了一下她的脑袋：“都说是送我们孩子的，又不是送给你的。你怎么知道我们的孩子在十年后或二十年后，会不会到悉尼来啊？就算自己不住，也是可以租给别人。这叫海外房产投资，你懂不懂？”

花浅夏似懂非懂地点了点头，又问道：“那为什么南宫家要卖？”

皇甫杉耸了耸肩，答道：“或许那地方对南宫家来说不好吧，他们现在算是惨败而归了。”

“可爷爷那关，我到现在还没有通过，他只是想要我肚里的孩子而已……”花浅夏努了努嘴，终于把心中的那点不满说了出来。

皇甫杉拍了拍她的肩，安慰道：“相信我，总有一天，我会让爷爷接受你的。”

会吗？

花浅夏下意识地抚摸着自己平坦的小腹，想起老爷子单独找她谈过的话，心中还是隐隐担忧着。

第十四章 回暖的关系

这两天，水妈妈一直在琢磨着女儿与未婚夫见面的事。

“老公，你说，等陆家那孩子来了，我们干脆让他们直接订婚怎么样？”

“你是说在悉尼把事情办了？”

水妈妈点点头，回道：“我的想法是，我们可以在这里给他们举办一个小的订婚宴，比如到教堂里让牧师做个见证就好了。”

水爸爸想了想，点头道：“这样……好像也可以。”

两人在一边讨论她的终身大事时，水云菲一直静静地坐在阳台上的懒人椅上，晒着太阳。

花浅夏隔三岔五就会给她发来短信，但直到现在，她的手机还在母亲手里。按母亲的话说，手机的辐射太大，不利于她的恢复，所以就暂时替她保管了。

她倒无所谓，反正现在她已经记不起来那些朋友了，但她却对一个人特别有感觉。

就是那个一直握着她的手，长得特别帅气、说话特别温柔的男人。然而，自从在医院里见过他一次以后，那个男人就再也没有找过她。

她胡思乱想了好一阵，无奈地吹了吹自己额前的几绺发丝。

这两天，安文泽依然和往常一样忙着做课题和写报告，作为交换生的他比原校生还要忙碌。花浅夏看得出他心情不好，所以才不停地给水云菲发信息，但那边要么不回复，要么就直接让她别发了。

花浅夏有些恼怒地将手机扔在床上，她想水云菲的手机定是被水妈妈拿去了。这样下去不行，而且连他们搬到哪里去了，她都不知道。

“杉，我想去找小水的妈妈谈一谈。”花浅夏突然打断了习惯在她睡前给腹中胎儿讲故事的皇甫杉。

皇甫杉放下手中的故事书，捏了捏她的脸，然后道：“连泽都搞不定的人，你去了又有什么用？你就暂且不要多管闲事吧。”

他如此看不起自己，花浅夏气得想踢他一脚：“你走吧，我要睡觉了！”

她说着就用被子蒙住头，转身背对着他，一副不想理他的样子。

皇甫杉掀开被子挤上了床，硬是把她抱在怀里。

“放心吧，我有分寸的。自己兄弟的事情，难道我会放任不管吗？小水的父母其实很好解决，只要让他们知道，泽的背后是我们皇甫家，她那个什么未婚夫算个什么东西？我们现在保持低调，不代表我们会一直低调下去。”

花浅夏一听，双眼果然亮了。

“你的意思是说，泽已经决定将他是皇甫家一员的事说出来了？”

他们当然知道，安文泽之所以和水云菲的父母谈不拢，是因为他隐藏了自己是皇甫家一员的事实。这个家族的姓氏会让他想起自己父母惨痛的经历。但是，他再怎么排斥，也无法否认他身上流着皇甫家的血。

“泽自己是不会主动说出来的，他需要的，只是爷爷在幕后推一把罢了。其实我很希望通过这件事，泽和爷爷的关系能缓和一些。爷爷毕竟老了，即便犯过错，但他始终是我们的爷爷。而且，如今我们也不用再担心会被祖训束缚住，所以，即便泽将姓氏改回‘皇甫’，对他也没有什么影响，反而还有利。”

皇甫杉这么一说，花浅夏便基本明白了。原来，他是想借水云菲一事，顺便把安文泽对皇甫家的那个结给解开。

另一个房间。

安文泽在临睡前接到了一个电话。对方是他去年在美国结交的朋友，正好和他在同一个领域做研究。

“喂，炎？你到悉尼来了？来做什么？嗯……你父母也在？那好吧，我明天去接你，机场见。”

挂了电话后，安文泽又看了看手机通话记录显示的那个人的名字。

陆炎，房地产商的儿子，但他和一般的纨绔子弟不一样，他表面像个浮夸的花花公子，可内心却很沉稳，也很有远见。

那时，陆炎经常对他说：“人嘛，活在这世上就该及时行乐，谁知道能不能看到明天的太阳呢？”

陆炎还会经常和他开玩笑："泽，我觉得你特别符合我爸妈对我的要求。哪天我介绍他们给你认识，说不定他们还会认你做干儿子。"

每当这时，安文泽就会故作认真地回道："好啊，反正我从小就没了父母，正好认了你爸妈。"

没想到，陆炎还真对他父母说了这事。只是后来两人为了各自的学业而忙，到现在也没有下文。

一大早，安文泽就去机场接人。

陆炎是和他的父母一起来的，但是因为出发地不同，所以他父母的飞机比他的提前两个小时到达。他听说安文泽也在这里，这才给安文泽打了电话。

陆炎走到安文泽面前，忍不住吹了一声口哨："哥，我发现你越来越帅了。"

安文泽抬眼看了看他。他穿着普通的米格子衬衫，休闲又修身的窄脚裤让他的腿看起来十分修长。他的眉毛很浓，五官看上去有点混血的味道，乍看上去就是那种玩世不恭的类型，怪不得交过那么多女朋友。

他们两人虽然同岁，但论月份的话，安文泽比陆炎大一个月。所以，陆炎经常会直接叫他"哥"。

安文泽敲了敲他的脑袋，道："上车吧，我先带你去吃早餐。"

陆炎将自己的行李往后车厢上一扔，说："你现在是东道主，这早餐可不能吝啬。为了能多得些自由，我可是骗我爸妈说我晚一天才到。所以，从现在开始，你有二十四小时的时间，请我吃遍悉尼的各大特色餐厅。"

安文泽笑了笑，将钱包里的一张卡朝他丢过去："喏，卡给你，你就随便点，随便刷吧。"

陆炎嫌弃地将卡扔了回去，不屑地说：“你怎么能拿对付女人的方法来敷衍我？你这招是用来泡妞的吧？”

两人有很长一段时间没有联系了，所以对彼此的现状也并不了解。

“说，你是不是交女朋友了？”他边说边摸着下巴。

陆炎认识安文泽的时候，安文泽就是个出了名的单身汉。而且他一直不明白，安文泽是如何做到“万花丛中过，片叶不沾身”的。

但今天，安文泽在面对他这个问题的时候，居然点了点头。

“什么？你真的有女朋友？”陆炎以为是他看错了，还反复问了一句，“真的是女朋友？”

“嗯，是有女朋友。”安文泽斜了他一眼，继续专注地开着车。

陆炎觉得这简直是太阳从西边出来了，他坐直了身子，狠狠地在自己脸上拍了一下，以证明自己不是在做梦。

安文泽看见他这样，忍不住笑了起来。

“别逗了，你还没告诉我，你怎么突然来悉尼了？你今年不是应该到加拿大修学分的吗？”

安文泽很快就转移了话题，似乎不想在“女朋友”这个话题上停留太久。

陆炎从口袋里拿出一支烟，点燃后吸了一口，然后慢慢朝车窗外吐了个烟圈。那样子，好像他多无奈似的。

“我是被父母叫来和他们为我指定的未婚妻见面的。话说我那未婚妻，我就小时候见过一次，但是压根就没什么印象啊。现在，他们不但让我们见面，还让我们见面后就去教堂订婚。怎么样？我订婚的速度快吧？都赶得上火箭了！”

安文泽听后，一个急刹车。

“什么？你说你是来见未婚妻的？你未婚妻叫什么名字？”

陆炎想了想，回道：“哦，姓水，叫什么来着……水云菲？”

“你再说一遍，你的未婚妻叫什么？”安文泽严肃地道。

“水云菲啊。”陆炎一脸诧异地看着他。

这天，水、陆两家的长辈包下了一家酒店的 VIP 包厢，打算给孩子见面的时候用，而且他们一包就包了两天。所以今天，他们是来装饰包厢的。

水妈妈说要布置得浪漫一些，才容易让孩子们产生恋爱的感觉。陆夫人自然接受了她的建议，便去花市批发了一车玫瑰。

这时，水爸爸接了一个电话，然后就变得很兴奋，一旁的水妈妈看了便忍不住问他：“什么事让你这么高兴？”

水爸爸四处看了一会儿，见陆家的人暂时都不在，便凑近妻子道：“刚才秘书说，他们收到了浩海集团的招标邀请，还是对方主动打电话来的，还透露了一个秘密。”

水妈妈虽然不是生意场上的人，但她开了一家私营医院，也多多少少知道要和那些人打交道。浩海集团在业界的地位，她自然清楚。

“什么秘密？”她又问。

水爸爸笑着道：“浩海集团的老董事长、最大股东兼创始人皇甫宏，现在就在悉尼度假！”

“什么？是真的吗？在悉尼？”水妈妈高兴坏了，“那能联系上吗？我们可以请老董事长吃个饭啊！顺便，我们和陆家的婚事也可以请他到场做个证婚人！”

“什么证婚人哦，对方专门向咱秘书打听我们是不是有个女儿叫水云菲！你说，皇甫老爷子这是什么意思？”

水妈妈做梦都没想到，自己的女儿居然会被皇甫家的人惦记上。

“亲爱的，我猜，是不是……你看啊，我们女儿读初院的时候，不是和皇甫家的太子爷同一个班吗？当时有好多人喜欢那孩子，可惜我们家女儿就是没有这个魅力，吸引不了人家。但是现在，会不会因为我们的生意做得越来越好了，他们才会……”

“但是我记得皇甫家和南宫家是有婚约的啊！”水爸爸道。

水妈妈踹了他一脚，不屑地道：“你管他们有没有婚约，如果是老爷子看上了我们女儿，不管怎样，都比嫁去陆家强吧？浩海集团已经上市了那么多年，我们还要和陆家联起手来，才有希望上市呢！”

水爸爸一听，有点动心了：“那要不，我们先偷偷和老爷子见个面，不要让陆家的人知道？”

水妈妈觉得这方法可行，点头道：“必须这样，而且越快越好。要不然，等陆家的儿子一到悉尼，他们可就要去教堂做见证了啊！”

这一天，安文泽带着陆炎四处吃。

陆炎吃得很欢，甚至还很无耻地说要打包回酒店。

“炎，你之前好像一直女朋友不断，现在怎么样了？”安文泽也陪他一块吃，同时不忘打听他的近况。

“哦，原来那个分手了，后来又交了一个。”

“你父母知道吗？”

“我哪里敢让我爸妈知道啊，他们一直叨念着，我是一个有婚约的人。”陆炎边说边笑，忽然凑到安文泽面前，“我今天才知道，原来我未婚妻有这么大的魅力，居然可以收了你，我倒要看看她是何方神圣。”

安文泽回以淡淡一笑，不知这算不算他幸运，原来水云菲的未婚夫，居然是自己的朋友。

“那既然这样，我干脆提前通知我父母，说我到悉尼了，然后顺便把你介绍给他们怎么样？他们还惦记着你这个没见过面的干儿子呢。”说罢，他还真拿起手机，给母亲打电话。

陆夫人正思考着如果把最后几簇玫瑰安放妥当，就听见自己的手机铃声响了起来。

“呀，老公，居然是我们儿子打来的！”

这一夜，陆家夫妇带着儿子出去见人，水爸爸和水妈妈也带着水云菲出去了。

“董事长，您多吃点，这茶是我敬您的，知道您不太适合喝酒，所以就以茶代酒了。”

这时的水爸爸特别会说话，而老爷子则点了点头，一边让秘书替他接过茶，一边也很客气地给水爸爸倒了杯酒。

“其实你女儿和我们皇甫家还是颇有缘分的，如果你俩能答应我们的提亲，那我很乐意给你们投资一笔注册金，祝你们公司早日上市。”

这个诱惑实在太大，水家人怎么也想不到，有一天皇甫家会主动向他们抛出橄榄枝。

“一定一定。那董事长，您看什么时候方便，安排我们小水和您家少爷见个面？”

水爸爸已经迫不及待了，早就忘了他们和陆家的婚约。但他相信，这件事皇甫老爷子肯定能解决的。

“见面？”老爷子呵呵一笑，回道，“后天回国的机票你们买了吗？没买的话，我这边一起帮他们买了，直接回国登记。”

这晚，水爸爸没有睡好，一直想着该怎么和陆家解除婚约。但他想来想去都没有头绪，而且按照原计划，明天陆家的儿子就会到了。

第二天吃早餐时，大家又在酒店的餐厅里碰面了。

“老水啊，今天怎么起这么早？”

“老陆，您也很早啊。怎么，您太太还没起床吗？就您一个人？”

陆先生先和水爸爸互相问候了一阵，这才一起坐了下来。但大家似乎都各怀心事，沉默地吃了一会儿，后来两人竟同时开了口。

“那个……”

“那个……”

“您先说吧。”陆先生主动道。

水爸爸有些为难，不知该从何说起，就只好先说了句：“我们决定明天回国，机票我们已经买好了……”

“哦，这么快呀，我们还想在悉尼玩几天，顺便去看看其他地方。”

“嗯。”水爸爸不由得有些心虚，毕竟，是他们想解除婚约，但他还是不知该怎么开口，“我儿子其实老早就到了，那家伙还唬我们呢。不过我们还有另一个儿子，干儿子，等今天中午的时候，也叫他过来和我们一起吃饭。”

昨晚，陆先生见过安文泽后，马上就倒戈了。原来他们要认的干儿子，居然是当今实力雄厚的浩海集团董事长的外甥，若能攀上这层关系，谁都不想放过。

水云菲是被母亲拍着肩膀叫醒的。

“女儿，今天你随便打扮一下就好了，不用打扮得太漂亮。”

水妈妈说着就替她翻出了一条裙子。

“对了，你爸爸说，这场婚姻他不勉强你。如果你确实不喜欢，我们直接和陆家解除婚约，不管后果是什么，都有爸妈顶着。”

水妈妈露出慈祥的笑脸，她轻轻地拍了拍女儿的脸蛋，又催了她一句，就起身出门了。

水云菲觉得莫名其妙，虽然她还没想起过去的事，但她现在的感觉是，她和她的未婚夫是第一次见面，而且一见面就要登记结婚了，那她还有反对的机会吗？

中午，水、陆两家终于坐在了一起，但陆家人除了带了亲儿子，还带了一个干儿子。这个干儿子水云菲也是见过的，就是那天在医院里握着她手的人。

看到他，她就不由得面红心跳起来。

“我给你们介绍一下，这是我的儿子，陆炎；这位是我的干儿子，安文泽。”陆先生微笑着对水家人说，但他的视线更多的是停留在水爸爸的脸上。

水爸爸看到安文泽的时候，脸色微微起了变化。下一秒，陆家人的决定就更让他们感到意外了。

“我们打算让你们的女儿跟我们的干儿子安文泽订婚…………”

“不行！”还没等陆先生说完，水妈妈就已经拉着女儿站了起来。

“我们女儿暂时不嫁了，我觉得这件事大家都应该好好考虑考虑！”

水妈妈瞅准时机，就想趁此把婚约解除了。

水爸爸也赞同地点头，道：“我觉得也是，老陆啊，既然这样，我们今天就先谈到这儿吧。”

陆家夫妇一看这情况，面色瞬间就变得铁青，但水家人走得太突然，桌上的饭菜他们都没有动。

“老公，他们怎么回事？他们难道不知道安文泽的身份吗？”陆夫人一脸迷茫地问。

陆先生虽然很生气，但还是转头对安文泽抱歉地道：“文泽，这里面肯定有误会。之前你和小水谈恋爱的时候，难道都没和她父母提过你的家世吗？水家的人不可能和皇甫家有仇吧？”

陆炎倒是替安文泽回答了：“一看他们就是不知道啊，她那个爸妈找女婿看的就是势力。他们一定以为泽就是个普通人，要不然怎么会跑得那么快？好像担心我们会亏待他们女儿似的。”

虽然他依然没有在水家人面前表明身份，但看到水爸爸水妈妈还是那么排斥身家背景不详的他，安文泽心里还是有些不舒服的。

陆炎说得对，他们看中的是势力。就算他很有钱，但他们看不到他身后的势力，看不清他身后有什么势力，也不会同意把女儿嫁给他。

事情发生得实在太突然，水云菲还没反应过来，就被父母拉出了包厢。

“你们不是说会尊重我的意见吗？如果我说愿意呢？而且，你们不是还曾当着他的面道谢，谢他救了我吗？如果报恩可以以身相许的话，我……”

反正都要嫁，水云菲并没有想太多，主要是她对安文泽的印象很好。可她的话还没说完，就被水妈妈打断了。

“女儿啊，这都什么年代了，报恩有很多种方法，我们可以给他钱，给他想要的。但是，我们不能把你也交出去啊！其实啊，我和你爸是……”水妈妈话说了一半，就有些为难地看了看丈夫。

如果不是因为皇甫老爷子临时插了一脚，他们也不会那么干脆地拒绝陆家人。

皇甫家的诱惑实在是太大了，更何况，老爷子都把他们的机票买好了，这让他们如何说“不”？一旦说“不”，那么他们这辈子就别想再和皇甫家扯上关系了。

“女儿啊，我们其实是给你安排了一个更好的……”

安文泽回到老爷子的新别墅时，时间才刚过下午一点。

“我有话想和您说。”

这似乎是安文泽第一次主动和老爷子说话。老爷子抬头看了他一眼，然后缓缓地问：“什么事？”

安文泽稍微迟疑了一下，但还是道：“我想娶一个人，一个我喜欢的女人……”

直到晚餐后，花浅夏才从皇甫杉那里听说了安文泽的事，而且皇甫杉一进房就反锁了门。

“今晚就收拾东西，衣服什么的可以不带，但证件必须要带齐。”

她不解地问他：“什么证件？”

他俯在她耳边轻声道：“护照啊。明天，我们跟泽和小水一起回国……”

“一起？”花浅夏惊呼，“你是怎么想的？”

皇甫杉忽然抓住她的手，在她面前半蹲了下来，回道：“花花，我想通了。我们不妨趁着这个机会，和老爷子赌一把。他不是一直不接受你吗？那我们就跟他‘闹’。他一天不接受你是我们皇甫家的媳妇，我们就一天不出现在他面前，直到他愿意承认你为止。你放心，爷爷的性子我清楚，这一天不会太远的。只要我们坚定这个信念，他很快就会同意我们的条件。”

听到这话，花浅夏既震惊又惊喜。他终于带着她勇敢地迈出了这一步。

这晚，水云菲在房间里考虑了很久。水爸爸和水妈妈正收拾着明天回国的行李，他们清晨五点半就要起飞了。

“亲爱的，我们应该和陆家人道个别吧？做不成亲家，但还可以做生意伙伴呀。”水妈妈有些担心地道。

“这还用你说？我上午就和他说过我们明天回国的事了。”

“那就好……”水妈妈总算松了口气，“不过真没想到，他们居然不愿意让亲儿子和我们家女儿订婚。那种认来的干儿子怎么也比不了亲儿子吧？”

晚上八点，水云菲吃完晚餐从餐厅里出来，在经过一个楼梯口的时候，被一只突然伸出来的手吓得差点叫了出来。

“嘘，别动！是我，陆炎，你想去见泽吗？我可以带你去见他！”

这晚，安文泽同样在收拾自己的行李。自从和老爷子交谈过后，他整个人就像获得了新生一般，不但接受了老爷子提出的改姓要求，还终于叫了他一声“外公”。

原来，老爷子早就替他上门跟水家提亲了。那一瞬，他心里说不感动是假的。

沐浴完后，他只简单地披上了一件宽松的睡袍，躺在床上正准备入睡，就听见自己的手机铃声响了起来。

“泽吗？我是炎。你要不要出来看看我带谁来了？”

陆炎只来过一次皇甫家在悉尼海边的别墅，就是他下飞机后不久，吃完早餐后在这里休息了一下。但他还记得路。

安文泽也懒得换衣服，直接穿着睡袍就从屋子里走了出去。

别墅的大铁门外，从出租车上走下来两个人，一男一女，男的肯定是陆炎了，而那女的……

安文泽有些发愣："小水？你……"

水云菲也不知自己是怎么回事，当陆炎说要带她来找人的时候，她想也不想就答应了。而当她见到了这个人，她居然直接就朝他扑了过去。

踮脚、仰头、捧起他的脸，这好像是一系列习惯性的动作。很快，她便吻上了这个人的唇……

安文泽没想到水云菲一出现就会做出这番举动，但很快，他就做出了回应，揽住她的腰让她紧紧地贴着自己。

陆炎在他们身后干咳了两声，似乎是在提醒他们，别忘了这里还有个人。

果然，安文泽在听见他的咳嗽声后，便停下了。他有些惊喜地捧住水云菲的脸，问："小水，你是不是想起来了？"

"嗯？"水云菲迷茫地眨着眼反问，"想起什么？"

安文泽一看水云菲这个反应，就知道她其实还是什么都没想起来。虽然心底有一些失落，但他依然很高兴她能来找自己。

"谢谢你送她过来，今晚就麻烦你和她父母说一下，他们的女儿我先抱走了。"

安文泽感激地对陆炎说了一句，然后真的一把将水云菲抱了起来，准备往别墅里走。

"等一等，你要带我去哪里？"水云菲疑惑地问。

安文泽低下头，笑道："当然是回去睡觉了，明天我们还要赶最早的一班飞机回国。"

水云菲觉得脑子里有点乱，她的父母不是说，明天她要和一个叫“皇甫泽”的人回国登记吗？但出于某些特殊的原因，他们今天没来得及和那个“皇甫泽”见面，就只能等明天在机场见了。

而她是一个失忆的人，和谁结婚她心里都没底，只单纯地认为听父母的话应该不会错。但是现在抱着她的这个人，不是叫安文泽吗？

终于将水云菲抱回了房，安文泽再次低头，看到一脸茫然的她，忍不住问道：“在想什么？”

水云菲眨眨眼，不答反问：“你到底是谁？”

安文泽笑了，低头亲了她一下，这才回道：“你忘了我？那我们就重新认识一下……”

他说完，又继续吻她，从眉心一直吻到唇，温柔得快要滴出水来。

她微微闭着眼，感受着他的触碰，一点都不反感。

这一刻她确定了，她在失忆前一定很爱很爱他。

凌晨三点半，花浅夏被皇甫杉从床上拉了起来。但她并没有完全清醒，本来她就很嗜睡，怀孕以后就更嗜睡了。

皇甫杉无奈地叹了口气，这么重要的时刻，她怎么还能如此安心地睡觉呢？可既然她没醒，那他就只能抱着她走了。

“浅夏怎么了？”已经在车上等待的安文泽，看到皇甫杉抱着花浅夏，不由得担心地问了一句。

皇甫杉将身后的人放进车子，自己也跟着挤了进去，同时还带上了一箱行李。

“她没醒而已，睡得跟猪一样，刚在我怀里还打呼呢。”

真是个没良心的女人，搞得好像只有他一个人很重视这件事情。

安文泽忍不住想笑，垂眼看了下自己怀中的女人，道："她也一样。"

"杉少爷、泽少爷，我们可以走了吗？"这时，坐在驾驶位上的司机说话了，是秘书小吴。

"可以了。小吴，这次的事多谢你偷偷相助。"皇甫杉对老爷子的秘书道了声谢。

小吴笑了笑，回道："没什么，我只是见老爷年纪大了，不忍心看到他和子孙的关系闹得那么僵，所以才冒险加入你们的计划，这样才方便我以后好好地引导他。杉少爷，您放心，老爷就是一个嘴硬心软的人，说不定在你们离开后的第二天，他就不得不承认花小姐是咱们的孙夫人了。"

"老公，我记得我们的航班不是五点半吗，为什么提前叫醒我？"

原本以为可以多睡一个钟头的水妈妈提早被水爸爸摇醒了。

"老爷子的秘书小吴给我打电话，说会向我们提前介绍皇甫泽。"

他们赶到机场的时候，小吴已经等在那里了。

"老公，陆炎不是说，我们的女儿被皇甫泽接走了吗？你看哪个是皇甫泽？"

还没走近，水妈妈就伸着脖子张望。

水爸爸也在看，然后道："那个高高的不是皇甫杉吗？皇甫泽应该是老爷子那个已经去世的小女儿皇甫荞的孩子，是老爷子的外甥，跟母亲姓。不过我从没有听说过和皇甫泽有关的事，想来应该是一个十分低调的人。"

夫妻俩还在纳闷，直到皇甫杉的身影移动了一点，他们才看清了站在他们女儿水云菲身旁的另一个人。

“安文泽？”

“怎么会是他？”

那一瞬，夫妻俩都傻掉了。

这边，秘书小吴也发现了他们，朝他们挥了挥手，然后对水云菲道：“小水，你爸妈来了。”

听到这话后，水云菲揉着惺忪的睡眼，在安文泽怀中挺直了身子。一抬眼，她就看见父母朝他们走了过来。

水爸爸和水妈妈走到安文泽面前的时候，脸色十分复杂。他们似乎有些尴尬，不知该如何开口。反倒是安文泽，一见面就朝他们伸出了手，微笑着招呼道：“岳父、岳母，你们好，我是皇甫泽。不好意思，我之前没好好和你们做自我介绍，所以造成了一些误解。我很抱歉。”

水妈妈一听，差点没站稳，而水爸爸更是面色苍白，有些僵硬地伸出手和他握手。

“这个，这……我们……”他完全不知该如何解释。

“泽，原来你就是那个泽……”水妈妈终于鼓起勇气赔着笑脸，然后主动将双手伸过去，握住了他的另一只手，道，“对不起，对不起！之前是我们误会了！我……我们是……”

她很想说自己是有眼不识泰山，但作为一个长辈，在一个晚辈面前这么说，实在是很尴尬。

安文泽好像知道她要说什么似的，她还没说完，他就适时地接了一句：“没关系，这是我的失误。不过，这并没有对我造成什么影响，也希望你们不要放在心上。飞机马上就要起飞了，我们去安检吧。”

水爸爸和水妈妈这才恢复了常态。这时候他们不由得感到庆幸，要不是安文泽为人谦逊和气，他们估计已经失去这个金龟婿了。

皇甫杉一直默默地观察着这对夫妻表情的变化，自始至终都没和他们说一句话，只是有些不屑地笑了，然后扶着自己的女人往安检口走去。

清晨，当老爷子发现家里除了安文泽还少了两个人后，气得差点砸碎了一套餐具。

“老爷，老爷，您没事吧？当心您的身子！”

突然，一个青年从门口跑进来，看模样也就二十多岁，一副斯斯文文的样子。

“你是谁？你怎么进来的？”

老爷子不记得自己什么时候又多请了一个人来伺候他，而秘书小吴送安文泽去机场后，直到清晨六点多才回来，现在正在房间里补觉呢。

听见老爷子询问自己的身份，那青年立刻礼貌地回答道：“我叫云晓风，是花语传媒的总裁特助。总裁让我从今天起跟着吴秘书学习如何安排您的日常起居。”

老爷子一听眉头又皱了，不解地问了一句：“什么花语传媒，没听说过！还有，你们总裁是谁？”

云晓风再次露出微笑，答道：“花语传媒是盛宏集团旗下的一家娱乐产业公司，两年前已经在美国上市。我们的总裁就是您的孙子杉少爷，我们的副总裁就是泽少爷呀。”

“噗——”

老爷子一口老血差点喷了出来，他赶紧捂着胸口顺了顺气。云晓风见状，立即给他端来一杯凉水，好让他降一降火。

“你是说，杉和泽两个人两年前注册了一家公司，还发展上市了？”过了好一会儿，老爷子才理清了思路，问道。

“是的。”云晓风点头应道。

老爷子听后，紧紧地握住了手中的杯子。这俩孩子真是有能耐啊，居然瞒着他做了那么多事。这一次，他是不服都不行了。

第十五章 最后的比赛

八个月后。

悉尼市中心的医院里，皇甫杉焦急地在产房外走来走去。

花浅夏的羊水终于破了，这已经比预产期迟了一周，差点就被医生要求剖腹。

安文泽在接到水云菲打来的电话后也赶了过来。自从和水云菲登记后，他就一直在新加坡和悉尼之间来回跑，直到上个月他回美国的学校拿到了毕业证书，才结束了“空中飞人”的日子，与皇甫杉一起留在了一个位于马来半岛的偏僻却又极具特色的小镇上。

此时，水云菲也坐在产房外的休息椅上焦急地等待着：“浅夏就是和我聊了一会儿天，后来又散了步，羊水才破了的。”

安文泽轻轻拍了拍她的肩膀，安抚道：“你不用紧张，羊水破了是好事，要不然她迟迟不卸货，杉更着急。”

水云菲抬眼看了看皇甫杉，见他一副要吃人的模样，不由得抓紧了自己丈夫的手臂。如果不是害怕皇甫杉会责骂自己，她也不会急于解释。她的记忆是在婚后慢慢恢复的，这可能要归功于她心情愉悦，从而促进了脑中积血的消散。

“杉真不怪我？”

“傻丫头，他这是紧张啊！你是学医的，难道就不知道一个期待自己孩子降临的父亲，心里有多么焦急吗？换成你，我也是一样紧张啊！”

安文泽还在安慰她，水云菲却觉得自己的情况好像也不太对了。和安文泽登记后不久，她就发现自己也怀孕了。

“泽，我感觉有点疼……”

“嗯？哪里疼？”安文泽一时还没反应过来。

“就、就是……”水云菲的脸色不太好，她抓着安文泽的手臂，手心直冒汗，“泽，我……我是不是也要生了？”

“什么？”

本来还很镇定的安文泽，被吓得差点就失了态。

看来，这注定是不平静的一天……

“老爷，杉少奶奶生了，是一位漂亮的千金！”

此刻，老爷子正坐在新加坡的皇甫家祖宅里看报。因为皇甫杉和花浅夏“私奔”的事，他气了好久，直到上个星期，他才认输地从澳洲回到了新加坡，打算原谅那两个孩子，可又碍于面子不肯主动把他们约出来。此时，秘书小吴的汇报让他的精神为之一振。

“是女儿？”

老爷子一听就特别兴奋，皇甫家就是男孩太多了，以至于祖训一直没有人来完成。

“是女儿！是非常漂亮的女儿！刚才杉少爷在医院里打电话给我，还把详细地址发过来了，老爷您……”

小吴还没说完，老爷子就从椅子上站了起来，并对一旁的另一个人道：“晓风，快准备车，我要去医院看看我曾孙女！”

这几个月来，云晓风一直陪伴在老爷子身边，也算是一个十分得力的助手了。听到吩咐，他立即就从口袋里掏出钥匙，然后毕恭毕敬地对老爷子说：“车早就为您准备好了，总裁在得了女儿后，第一时间就向全公司的人通报了消息。所以我猜，老爷您应该也是要过去的。”

听到这话，老爷子满意地摸了摸胡子，笑了。他们皇甫家挑的人就是能干啊。

刚上车，小吴又跑过来通知了第二个消息：“老爷，泽少奶奶也生了！是个儿子！”

老爷子这回高兴坏了，差点直接哭出来，儿女双全，今天真是好日子啊！

而此时，已经当上了爸爸的皇甫杉和安文泽，几乎处于半疯癫的状态。

水云菲的孩子是早产儿，所以一出生就被送进了温箱里，待到足月才能出来。不过目前，那孩子的各项指标都是正常的。

老爷子赶到的时候，两个产妇都已经从产房出来了。

“让我看看我的曾孙女！”老爷子一来就先要抱女孩，女孩的小脸红扑扑的，眼睛也大，一看就是个标准的美人坯子，“好漂亮！我们的乖曾孙女好漂亮呢！”

老爷子瞬间就被萌化了，伸出手指逗了逗，没想她忽然咧开嘴，笑得像花儿一般娇艳。

花浅夏却很紧张，下意识地握住了皇甫杉的手。

“浅夏。”逗了一会儿后，老爷子终于抬头和他们说起了正事，这让花浅夏的心更是悬了起来，“如果你答应我一个条件，我就接受你做我们皇甫家的媳妇。你父母那边，我也会补上一笔丰厚的礼金。”

花浅夏没有出声。

老爷子继续道：“我希望你能答应，等这孩子长大后，和南宫家的那孩子订婚，我便欢迎你加入皇甫家大家庭。”

南宫家的那孩子？

花浅夏想了一会儿，还是皇甫杉在一旁提醒道：“就是小茜的父亲南宫羽的大儿子，也就是小茜的亲哥哥在不久前刚得的那个男孩子，叫南宫辰。爷爷这是在给我们找避开祖训的理由呢。”

原来如此，花浅夏这回算是明白了他老人家的心思了。

但是她若是答应了的话，不就和他们老一辈一样，早早就限制了孩子的婚姻自由吗？她不想让同样的事在孩子们身上上演，可是又……

就在花浅夏犹豫不决，迟迟无法做出决定的时候，皇甫杉替她做了决定。

他说：“可以，爷爷。”

什么？

他居然答应了？

难道他真的愿意历史在他们的孩子身上重演吗？

她刚要开口回绝，就听皇甫杉继续道：“但是爷爷，您也要答应我们，如果那俩孩子以后各自有了喜欢的人，谁也不许反对他们和自己喜欢的人在一起。若是我们的下一代还不行，就下下一代、再下一代，相信这个祖训终会在某一代人身上完成的。您看这样可以吗？”

听了他这番话，花浅夏心中豁然开朗。其实就加一个这么简单的附加条件而已，她怎么就没有想到呢？

其他人在听了皇甫杉的建议后，也都默默表示赞同。

老爷子眉头紧皱，低头看了怀中漂亮的女娃一眼，似在思考，也似在纠结。

良久，只见他点了点头，然后开口道：“好，我同意。相信总有一代，我们和南宫家的夙愿会实现的……”

倘若他再不同意，那他这辈子很可能就会失去一个幸福温暖又四代同堂的大家庭了。不值得。

又过了两个月。这天，花浅夏随着皇甫杉飞往美国。飞机落地后，她的心竟有些疼。

这里就是纪羽寒一生中最后来到的地方吗？

她又开始想念他了。

这一次，他们是来参加南宫家的小曾孙南宫辰的百日宴的。一同前来的还有安文泽和水云菲，就连曾经和南宫钰闹僵了的老爷子也来了。

“你们家的小公主叫什么名字？”

作为南宫家如今的当家人，南宫龙最近一见到小生命就特别喜爱，仿佛自己年老的生命又被注入了一股新鲜的活力，瞬间就变得年轻了许多。

花浅夏将自己的孩子递过去，又伸手将南宫家的小王子抱了过来。

“我们家的小公主叫‘珊’，是珊瑚的‘珊’，和咱们家杉同音。”她跟南宫龙解释道。

“皇甫珊？”南宫龙抬头，有些诧异地笑了笑。

“嗯。”花浅夏朝身旁的皇甫杉看了过去，“你看，就你起的好名字，每个人听后都是这个反应。”

皇甫杉笑着搂住了妻子，俯身在她耳边轻声道：“这样才能让南宫家的人听着就有一种‘祖训’得到延续的感觉呀。”

“哈哈哈，这名字起得好，起得真好啊！”南宫龙果然仰头大笑，又转头问安文泽，“那另一个小家伙呢？”

安文泽将自己的孩子朝他们抱近了些，然后微笑着回了一句：“他叫皇甫川，川流不息的‘川’。”

“你起的？”

“不是，是我老婆起的。”

安文泽说着将身旁的水云菲揽了过来。

他们将三个娃放在一张小床上，三个娃看着差不多大小，颜值都很高，十分耐看。

大家都争着要给他们仨拍照。

皇甫珊作为唯一的女娃，很荣幸地睡在中间。她似乎很好动，张牙舞爪的，就好像在向人示威似的。

在她两旁，南宫辰和皇甫川一左一右睡着。他们一个是她的小表弟，一个很可能是她未来的夫婿。两个男孩穿着同一款式的开裆裤，突然在同一时间尿尿了。

“天啊！他们怎么像小狗一样，一到新的地盘就恨不得赶紧滋尿宣告自己的领地？”

眼看保姆一一替他们扯下尿布，还没来得及换上新的，大人们就迫不及待地拿起手机，“咔嚓咔嚓”地给他们拍起了难得一见的狼狈照。

“杉，你觉得我们家珊以后和他们家小辰有可能吗？”看到躺在小床上的两个宝贝如此登对，花浅夏忍不住问。

皇甫杉在她唇上亲了一口，这才答道："谁知道呢？看缘分吧。"

这场百日宴结束之后，花浅夏还会在美国待上一段时日，因为再过不久，就轮到他们自己孩子的百日宴了，既然已经来了美国，那就在美国举办。

皇甫家在纽约也有一栋自己的豪宅，和南宫家的别墅相邻。然而，就在他们孩子的百日宴即将到来之际，皇甫杉接到了一个来自洛杉矶的电话。

"是这样吗？就是后天？不能延期？……好吧，我知道了。那我早点过去做准备。"

待他挂了电话，花浅夏转头问他："你要去哪里？"

皇甫杉面色微沉，他抬眼看着她，眼里满是纠结和歉意："花，对不起，在孩子百日宴之前，我必须去参加一场比赛……"

花浅夏心里忽然有种不好的预感，她下意识地问了句："什么比赛？"

皇甫杉很认真地回答道："赛车，就是当年纪羽寒参加的那种机车比赛。"

洛杉矶。

还是在那盘旋蜿蜒的傍山公路上，一年一度的机车比赛就要开始了。自从纪羽寒参赛的那年山上突发泥石流后，赛会负责人就对赛道进行了重新修整。

花浅夏从没有想过，有一天自己会来到这里。皇甫杉是不想让她来的，可是她无论如何都必须来。

此刻，她站在赛道的终点，焦急地等待着，脑子里不断重复着那天和皇甫杉的对话。

“你为什么要参加？难道你忘了纪羽寒当时是怎么丢了性命的吗？”她几乎是声嘶力竭地问。

“我没有忘，我知道你也，忘不了，所以我必须去。”他十分严肃地回答。

“你什么意思？你为什么必须去？你有孩子了！你有我，有孩子，有一个家啊！你忍心抛下我们母女……”她很想哭。

“花，请你相信我，我一定会平平安安地回来的！你在这儿等我，等我回来参加女儿的百日宴，然后，我们再补办一场婚礼怎么样？”他几乎是在恳求她，但绝不是在征求她的意见。这一战，他必须参加。

安文泽和水云菲也跟着来到了现场，他们一人抱着一个孩子，好让花浅夏腾出手来，去拥抱将到达终点的男人。

其实皇甫杉在做出这个决定之前，也犹豫了很久。可是，如果不这样做，他就永远无法扫除纪羽寒留在花浅夏心中的那片阴影，他也永远无法找到一个让自己心安的理由。他也想赎罪。当初是他间接给纪羽寒介绍了马兰宜，这才把纪羽寒推向了这样危险的比赛中。这也是花浅夏之前憎恨他的原因。

现在，也该是他面对自己的错误的时候了。他不能逃避，更不能装作毫不在乎。所以，他今天所使用的装备，与当年纪羽寒所用的一模一样，只是升了级。

这一天的天气晴朗，所有的参赛选手从起点冲出去后，都会绕着山体一路向上。到达顶端之后，他们会从另一条傍山公路向着终点做最后的冲刺。

这一带山脉是最容易发生气候变化的地段，很可能刚才是晴空万里，下一分钟就暴雨倾盆。

观赛的人密密麻麻地站在蜿蜒的公路两边，比赛才进行到一半，山顶就被一片突如其来的乌云给压住了，急急的大雨说下就下。

花浅夏的整颗心都悬了起来，不停地对天祈祷着。

——杉，你一定不能有事！

这一刻，她终于明白，皇甫杉之所以要参赛的真正原因。

他要将纪羽寒留在她心中的痛苦全部抹去，他希望她以后再来美国时是快乐的，他希望她以后每次看到那红车红衫的赛车选手的时候，想到的人是他而不是纪羽寒。他就是那么霸道，不想把她心中的一点位置留给别人。

“看！第一个选手出现了！”水云菲用手指着前方，激动地冲了过去。

安文泽急忙拉住她，喊道：“别太靠前，那些机车的速度非常快，到了终点后，一时半会儿还停不下来。”

但安文泽却没拉住花浅夏，此时的她早就冲到了终点彩带边，踮着脚，双手合十，仰头紧张地看着。

不是他！

第一个出现在众人视线中的，并不是她期待的那个红车红衫的人。

雨越下越大，似乎又有一部分泥石从山顶滑下。

安文泽和水云菲都撑起了伞，将两个孩子牢牢地护在怀中。花浅夏依然站在雨里。

第一个出现在人们视野中的是一个黑车蓝衫的参赛选手，眼看着他狂飙的车子马上就要接近终点了，就在这一刻，另一辆机车跟了上来。

但依然不是他。红车黑衫，就连车的款式都不一样。

花浅夏根本不敢眨眼，即便雨水打在脸上是那样疼，打在眼皮上是那样沉重，她仍一眨不眨地紧盯着回来的人。

又有一辆车追了上来，但仍然不是他。

三辆车，时不时会超过彼此，而最前头的那辆距离终点不到五百米了。

“浅夏，是那一辆吗？”突然，水云菲来到她身后，伸出手指着冲过来的一辆车。

紧追着那三辆车的一批赛车中有一辆耀眼的艳红色机车，它像离弦的箭一般直直朝领头的三辆车冲去。

花浅夏眼睛一亮，红车红衫，是他！

“杉！杉！”

花浅夏好像打了鸡血般，拼命跳起来挥动手臂。那辆引人注目的红色机车在这一刻仿佛插上了翅膀，一眨眼就超越了领先的三辆车。

“啪”的一阵彩炮声响，终点的彩带在这一刻被扯断了。

“啊！杉！你第一！你是第一！”

车子刚在安全的位置停下来，花浅夏就朝他冲了过去。

皇甫杉将头盔摘下，回头时，还朝当初发生事故的那一段路看了许久。

——纪羽寒，我赢了。这一次，我们算是公平竞争了吗？

山顶看台上，一男一女默默地注视着前方的赛场。

“真想不到，他第一次参加比赛就把你梦寐以求的第一名拿到了。”

说话的是一个穿着白衣的女人，男的则坐在轮椅上，从背影来看，两个人都十分年轻。

“怎么样，你输给他，服了吧？他可是你弟弟啊！”

女人笑着伸手在他头顶摸了摸。

这时，男人才开口反驳她的话：“其实我早就输了。赢了比赛又如何？即便我赢了比赛，也赢不了她的心。可他就算输了，她也会将他放在心上。走吧，乔，我们也该回家了……”

该回家了。

他的过去结束了，迎接他的，还有更好的生活。

澳大利亚，悉尼，圣玛丽大教堂。

花浅夏已经换好了婚纱，满面春风地打理着自己的妆容。

她的孩子正和南宫家的那小子混在一起，两人又被放在同一辆婴儿车上，口中含着的也是同一品牌的奶嘴。

可怜向来喜欢缠着姐姐的皇甫川被分开了，只好一个人坐在另一辆婴儿车里，含着奶嘴一脸怨念地看着他们。

“新娘子准备好了吗？”喜娘推开化妆间的门，朝里面叫了一声。

“准备好了！”花浅夏举了举手中的花束。

“那另一个新娘子呢？”喜娘又转头朝另一边望去。

“好了！”水云菲也高兴地踮起了脚。

两人相视一笑。许多年前，她们一定想不到，两人居然会在同一天生孩子，又于同一天在同一个教堂举行婚礼。她们之所以会选择在悉尼补办婚礼，主要是因为她俩都是在这里和自己的另一半定情的。

当教堂的钟声响起时，神圣的婚礼在乐队的奏响中开始了。郝明宇牵着花浅夏走在前面，跟在他们身后的则是水爸爸和水云菲。

皇甫杉与安文泽犹如王子一般站立在牧师讲台前面，他们穿着华丽的白色礼服，胸前还插着一粉一红的玫瑰。

“今后，无论是顺境还是逆境，无论是富有还是贫穷，无论是健康还是疾病，无论是青春还是年老，你都愿意永远爱他、珍惜他并照顾他吗？”牧师问。

花浅夏和水云菲几乎同时回答：“我愿意！”

牧师又以同样的问题问男方，新郎们在回答了“我愿意”之后，都忍不住内心的激动，将自己的新娘抱在了怀里。

一阵热烈的掌声过后，迎来的是最激动人心的时刻——抛花球。

“阿伦，你快点啊！你看他们都出来了！我们迟到了！”

南宫茜几乎是连拖带拽，终于在花浅夏和水云菲抛花球的那一刻来到了教堂门口看好戏。换作以前，叶盛伦根本就无法想象，她居然有这么有活力的一天。

突然，一手捧花砸在了南宫茜的脑袋上，她还没来得及喊疼，捧花就被叶盛伦接住了。

而另一束捧花则因不小心砸歪，落在了一旁的婴儿车里。皇甫珊几乎被砸了一脸，而南宫辰也被那飞来的捧花吓得嘴巴一张，奶嘴就从嘴中掉了出来。

“哇……”

随后，两位小朋友不约而同地大哭起来。

补办完婚礼后，花浅夏和皇甫杉就回国了。他们和安文泽、水云菲一起住在皇甫家祖屋的大宅子里，老爷子一共给他们请了两个保姆，以便于帮他们照顾孩子。闲来无事的时候，花浅夏就会替皇甫杉整理房间。

他的房间，她都快不记得最后一次进来是什么时候了。这天，她从他床边的一个柜子里掏出了一双球鞋。

那是一双有点老式且有些发黄的球鞋，她觉得很眼熟，于是对着自己的脚比画了一下，这才想起这双鞋居然是自己的。这不就是她刚转入圣丽斯，加入篮球队的时候，那双被老鼠恶作剧了的旧球鞋吗？

她继续在柜子里翻着，除了鞋子，他还收藏了她的旧手机，还有曾经被他撕碎的她亲手画的画，他居然捡了回来，还细心地将它们拼凑完整。

她还在柜子里发现了好几张散落的大白和女孩的画纸，其中有好几张画的是同一幅画，像是在反复练习，最终才得到一张和纪羽寒手法相似的画。这些画她都记得，她收到过一模一样的，就在她从香港回来后。

这一瞬间，她就明白了，她捂着嘴，眼眶里一片湿润。

这天夜里，她问他："杉，大白就是你，对不对？你是特地跑到香港去安慰我，可你刚被我从医院赶走，不敢见我，所以才套上了大白的外衣。你连话都不敢和我说，就是因为怕我听到你的声音后会认出你。"

顿了一下，她继续道："还有那些画稿。在香港的时候，那些画大部分是纪羽寒以前画的。但后来你让人送给我的那几幅，是你自己模仿他的画法画的，对吧？而我从香港回来后，你仍坚持给我寄画。纪羽寒画的画怕是没有了，所以后来你隔很久才寄来一张，因为你确实没有时间去画。"

皇甫杉见她都知道了，也没再多说什么，只是揽着她，以微笑代替了回答。

她努着嘴，又想起了一件事，将他的手机翻了出来，在他下载的游戏里找到了那个熟悉的账号——片尾曲。

“你真的是……”她的脸一下就红了。

他看了那账号一眼，忽然有些忍俊不禁，道：“怎么了徒儿，还不叫师父？”

花浅夏恨不得找个洞钻进去。

蜜月旅行定在一个月后，这样便于皇甫杉和安文泽处理好公司内部的大小事务，至于地点……

“听说马尔代夫的水很美，那是蜜月圣地，新婚夫妇最爱去的地方！浅夏，我们也去那里吧？”水云菲提议。

“太多人去就不好玩了，能不能换个地方？”花浅夏摇头。

“巴厘岛也不错。”水云菲又提议。

“不好，万一遇到火山爆发……”

“塞班岛？”

“能别去海岛吗？我们在马来半岛生活了那么久，换个内陆的吧。”

一番讨论过后，花浅夏和水云菲还是没有达成共识。后来，还是皇甫杉拿出地图，展开后用手指了一个地点——泰国。

“就去那里。也许，我们会见到一个大家都很想念的人。”皇甫杉说完，看了花浅夏一眼。

当时花浅夏并不明白他为什么会突然这样看她，直到她在泰国见到了那个人，她才终于知道，原来，他为她做的比想象中更多。

番外 纪羽寒篇

泰国，大城府。

这是一座藏在废墟里的小城，也是一个几乎被人们遗忘的地方。不过，还是有人喜欢来这里，感受历史的沧桑和悲壮。

这天，白芷乔又去市场上买了很多菜，她的泰语说得很好，若不是外表看上去比大多数人白，可能还会被认为是泰国本土的人，而她在这里生活也已经快一年了。

“乔啊，今天又买这么多菜，回去做给你家帅哥吃啊？”

隔壁邻居总是很亲切地唤她的名字，而她也很乐意和他们交谈：“是啊，要不要一起过来吃？今晚我会煮我们家那位最爱吃的冬阴功。”

“哈哈，我虽然很想吃，但还是不去做电灯泡啦！”邻居委婉地拒绝了。

白芷乔住在一栋低矮的两层小板楼里，一进屋，就看到里面的男人正坐在轮椅上，认认真真地在画板上画着各种图案。

“寒，我回来了。我买了你最爱的料理，今晚你可有口福啦。”

男人听到她的声音，转过头对着她微微一笑：“辛苦了，乔。如果需要我帮忙，就尽管开口。”

白芷乔目光温和地看着他，只轻声道了一句：“不用了，你画画，我来做饭。”

他就是纪羽寒，一个活生生的纪羽寒，一个被她从死亡的绝望中拉回来的、重新振作起来的纪羽寒。

五年前。

很多伤患被送进洛杉矶最大的中心医院，他们中有很大一部分是在赛车比赛中被从山顶上狂冲下来的泥石流给压伤或压死的。

白芷乔从新加坡赶到洛杉矶的时候，纪羽寒还没有度过危险期。

“医生，他怎么样了？求你告诉我，他还活着对不对？”在重症监护室门外，她焦急地询问着医生。

“目前虽然他还活着，但是我们不能保证他能醒过来甚至康复。”

白芷乔哭得稀里哗啦，差点就晕了过去。现在不是探视时间，她无法进入病房，只能一直在外面等着。

南宫钰看了她一眼，本来他极少和不熟的人说话，但见这姑娘对自己的儿子如此情重，便忍不住对她多说了一句：“他被送来的时候，下肢已经血肉模糊，估计他就算是活着，那双腿也救不回来了。”

白芷乔是在第二天才被允许进入病房探视的。纪羽寒的面色十分苍白，如果不是因为身旁的监护仪显示着心率和血氧，她都以为他已经死了。

“现在他处于重度昏迷，他的外伤我们已经清理过了，并给他注射了预防感染的抗生素。”医生在一旁道。

“那他现在怎样？”南宫钰关心地问。

“不能说稳定，他高烧不退，怕是会引起败血症等其他并发症，能不能挺过来就看他的造化了。”

看造化，就是听天由命的意思吗？

白芷乔捂着嘴，忍不住再次泪如雨下，却不敢大声地哭出来。

“南宫先生，无论如何，你们都不能放弃他好吗？求求你们了！”从病房出来后，白芷乔便恳求南宫钰。

南宫钰点点头，说：“他是我的儿子，我当然不会放弃。”

原以为有了南宫钰的这句话作保证，白芷乔就能心安地继续守下去。谁知，一天又一天过去，纪羽寒一直没有醒来的迹象。医生说，他现在已经处于植物人的状态了，建议转到社区的医院去护理，或者去特殊的疗养院。

“这是等于放弃治疗吗？”白芷乔听说南宫钰同意后，死死地抓着他的手不放。

“也不是，我们可以给寒换个环境，一直住在这里，也不方便照顾他。”

南宫钰也是纠结了很久才同意的，其实在公立医院没什么不好，但就纪羽寒的情况，确实不知道什么时候才能醒来，说不定一辈子都是这样呢？想了很久，又结合医生给出的各种理由，他才签下了同意。

“我给他找了一家有条件接收他的医院，我们这两天就把他转过去吧。”当晚，南宫钰又对白芷乔道。

“先生，我想过了，不如我们自己买设备，雇佣医护人员来专门照顾他吧。医院的环境确实不太合适寒，寒以前最不喜欢去的就是医院了，我也不希望他就这样一直躺在医院里。”

“那你有什么好的地方推荐？”南宫钰又问。

“我……”白芷乔也不知道哪里是好的地方。

“如果没有，那干脆送他回南宫家吧。不过，白小姐，你和寒非亲非故，不适合一直陪在他身边。这段时间谢谢你，可是以后，我不希望你再出现在寒的面前。”

南宫钰早就想对白芷乔说这番话了，在了解了白芷乔的身世后，他就特别排斥她。

白芷乔一听他要赶她走，马上就慌了。

“我不需要你们南宫家给我钱，我只是义务去照顾寒而已。你们可以不用管我，但是……”

南宫钰说道：“我们有专业的医疗团队去照顾寒，不需要你这样的外行人。”

“那如果我愿意嫁给纪羽寒，以他妻子的身份来照顾他呢？我不需要你们南宫家给我一分钱，如果将来他醒过来了，你们觉得我还是不合适，我愿意离婚！”

就因为她这句话，南宫钰才同意了她提出的所有建议。

白芷乔很快就给纪羽寒找到了一个合适的落脚点，莫里斯敦，那是她的母亲白丹妮所住的地方。

白丹妮曾是纪羽寒养父的妻子，她是看着纪羽寒长大的。所以，对于纪羽寒现在的状况，她也是心疼的。

南宫钰给他们配备了最先进的家用呼吸机和监护仪，还去费城找了高级特护和私人医生，就这样延续着纪羽寒的生命。但慢慢地，他来看纪羽寒的次数越来越少。白芷乔知道，那是因为他失望了，越来越失望。

也许在那时候，只有白芷乔一个人傻傻地相信纪羽寒终有一天会醒过来。为了照顾他，她头发都白了好多。有时候，当她看到镜中的自己，她都恨不得把镜子砸了。

白丹妮很心疼地看着女儿如今的模样，本来只是偶尔出现的白头发，慢慢地居然越来越多，多到好像永远无法拔完了。而女儿的脸也变得憔悴又暗沉。

纪羽寒的事一直被南宫家封锁着，这也是为了能让他在一个绝对安静的环境里疗养。所以在他出事之后，几乎没有任何媒体报道过后续的事情。南宫家似乎也想趁机将纪羽寒从娱乐圈里拉回来，于是对外宣布了他的死讯，还在墓园里给他立了个碑。实际上，只有白芷乔明白，他们对纪羽寒已经不抱希望了，那个墓碑就是预备给他去世后用的。

不过，让白芷乔感到欣慰的是，在她悉心照料了两年之后，纪羽寒居然能脱离呼吸机自主呼吸了。

当飞机降落在泰国曼谷机场时，花浅夏感觉这整片土地都是炽热的。从曼谷坐车到大城府需要一个多小时，赶到那儿的时候，正好是太阳最毒辣的下午。

低矮的小板楼在刺眼的阳光下显得有些泛白，日光照得花浅夏的眼睛快睁不开了，皇甫杉腾出一只手，撑开伞替她遮挡住刺目的阳光。

“我们为什么不直接上去敲门呢？”水云菲问。

“傻瓜，你觉得这样，乔姐会高兴吗？”安文泽敲了一下她的脑袋。

“也是。”水云菲看了一眼花浅夏，有些惆怅。

就在这时，他们看到屋子的露台上出现了一个人。他似乎是坐在轮椅上的，但他的背脊挺直，再配上那一头清爽的黑短发，依然是当初阳光俊俏的样子。

花浅夏几乎不敢相信自己的眼睛，她用手捂着嘴，震惊地呆立在原地。

“寒，他是寒……”

只一瞬，她就泪如雨下。

她很想冲上去拥抱他，可她刚跨出去两步，就看到露台上又出现了一个人。

女人一边扶着他从轮椅上站起来，一边小心翼翼地为他支撑着重心。两个人不知低声说了什么，随后就一起进屋了。

“她……是乔姐？”

花浅夏的脚步止住了。那个看着比原先老了许多的女人，真的是白芷乔吗？

“是，就是她。”皇甫杉上前揽住妻子的腰，“她为纪羽寒费心劳神，连头发都白了许多。纪羽寒的命可以说是她亲手捡起来的，她是一个伟大的女人。”

“你们是怎么知道他在这儿的？”提问的人是水云菲。

“是木香查到的。后来，杉好几次来这儿造访都被乔姐拒绝了。他们也搬了好几次家，就为了不让我们发现。还好，我们又找到他们了。”安文泽回道。

原来，当时韩木香是在帮他们查这件事……

水云菲忽然想起自己曾经吃韩木香的醋，心里不由得有些愧疚。

花浅夏听后，深深地吸了口气，眼泪再次夺眶而出。

“你们要上去打招呼吗？”水云菲也激动得有些想落泪。

“去吧，来都来了。不过，我还是先和乔姐说一声比较好。”

皇甫杉说着就拿出了手机，可他还没给白芷乔拨去电话，花浅夏就制止了他。

“杉，可以了，我们离开吧，我们现在就回曼谷。”

众人都不解地朝她看去。

“为什么？你不想让他看看你吗？”皇甫杉很不解，她明明那么想见那个人。

花浅夏摇了摇头，道：“不用了。只要看到他还活着，我就知足了。现在，他有了新的生活，我们就不要去打扰他吧。希望，他能幸福。”

他们后来真的就这样离开了，可是花浅夏没发现的是，就在他们一行人转身之际，纪羽寒的视线便望了过来。

半晌后，纪羽寒对着身旁的女人说道：“乔，今天的天气真好呀。”

— 全文完 —